貴女 4

風文創 218

油燈 著

目錄

第六十一章

「妳們倒來得挺整齊的！」皇后娘娘淡淡地看了敏瑜一眼，笑著對王蔓如道：「妳怎麼也跟著來了？」

王蔓如嬌俏地吐了吐舌頭，笑咪咪地道：「蔓如正和敏瑜、馬瑛一起說笑玩鬧呢，聽到公公說皇后娘娘召見，就跟著一起來給娘娘請安。」

「是過來湊熱鬧的吧！」皇后娘娘輕輕地搖搖頭，她最喜歡的是敏瑜，但對王蔓如也不反感——王蔓如或許有不少缺點，像很多這個年紀的姑娘一樣，愛掐尖、愛拈酸，常犯紅眼病，但卻不是那種不知道分寸胡來的，尤其是她對朋友的仗義，最讓皇后娘娘欣賞。

「娘娘目光如炬，我們這些小心思哪裡瞞得住您的火眼金睛！」王蔓如笑嘻嘻地拍了一記馬屁。

「不知道娘娘召敏瑜和馬瑛進宮有什麼事情啊？」敏瑜笑咪咪地問道。當然，她也很自然地站到了皇后娘娘身後，輕輕地為她捶著肩頭，皇后的背挺得很直、有些僵硬，顯然已經被累壞了。

「不過是些小事情想交代妳們一聲而已。」皇后隨意地笑笑，被敏瑜貼心的小動作弄得心裡柔軟成了一片。即便得了皇帝一再的交代，心裡卻也打定了主意，就算敏瑜做了什麼，也一定要護著她。她笑笑，道：「卻沒有想到這麼巧，馬瑛也在你們家，剛好把妳們一起叫過來了。瑜兒，妳們來之前在做什麼呢？」

「這個啊……」敏瑜微微有些心虛地遲疑了一下，帶了幾分撒嬌的口氣，道：「娘娘，您問話敏瑜自然不敢胡謅，可是，您聽了可不能生氣啊！」

「妳說說看，至於本宮要不要生氣，本宮聽了再說。」皇后輕輕地拍了敏瑜一下，帶了幾分縱容，也帶了幾分警告。

「我們在說公主和親的事情……」敏瑜站在皇后背後看不到皇后的臉色，說話更顯得沒有底氣，她帶了幾分告饒的意味，道：「真不是我們對公主不友愛，在她遭受這樣的事情之後，不但沒有進宮勸慰她，還窩在一起幸災樂禍；實在是我和馬瑛的心都被她傷透了。當初馬瑛出事情，她冷眼旁觀，還能說是不願意惹麻煩，可是敏瑜呢？她在皇上面前說那些話，讓皇上為敏瑜指了那麼一門親事……不是說楊瑜霖不好，但是這門親事也真的將我所有的期望、對未來所有的憧憬全部打破……尤其是……敏瑜心裡真的恨啊！」

皇后讓內侍召見她們的時候，她們還真是聚在一起談論福安公主即將和親的事情——對這件事情，得了馬胥武提點的馬瑛心裡帶了些不安，也抱定了心思；敏瑜和她一樣，心裡也有淡淡的不安。

只有王蔓如，完全不知道兩個人或多或少地促成了這件事情，完完全全就是看熱鬧的心態，因此她一大早，就按捺不住地衝到耒陽侯府找敏瑜討論這件事情。她這頭才出門，讓人盯著王家和耒陽侯府的馬胥武就得了消息，立刻催著馬瑛也跟過去湊熱鬧；用他的話來說，完全不知情的王蔓如的反應才是最真實、最直接的，跟著她做絕對不會錯。

至於敏瑜，在王蔓如上門的時候就醒悟過來了，但若找人請馬瑛，一是來不及，二是落了痕跡，反倒不美；她腦子一轉，就想到叫上王蔓如一道去馬府。等她們準備出門，馬瑛也到了耒陽侯府的大門口，於是三個人就湊在了一起。

「只是恨，沒有想過報復？」皇后反問一句，聽到敏瑜幾人湊在一起對福安公主即將和親的事情幸災樂禍，她真沒有什麼反感。她自己也覺得這件事情很快意，比她所想的，將曹恒迪指給其他公主，並將她另指他人還要快意。

「這個……敏瑜想過！」敏瑜微微猶豫了一下，最後卻還是坦然承認，而後又嘟囔著道：「不過，想的那些招數已經沒有用了。」

「哦？妳原本準備怎麼做？」皇后帶了幾分好奇地問道。

「那個……敏瑜原本想等到元宵之後，讓曹家人以為福安公主討好了皇上，讓皇上鬆口，答應等她及笄就為她和曹恒迪指婚。曹家人費那麼多的氣力，才讓曹恒迪在京城擁有偌大的名聲，怎麼可能願意讓曹恒迪尚公主呢？他們只要知道這個消息，必然會抓緊時間為曹恒迪定親事，更會請太妃娘娘出面拒絕福安公主……自己費了那麼多的心思和努力討好的人，卻視自己為洪水猛獸，她一定會傷心難過，甚至後悔為他所做的一切事情。」

敏瑜稍微頓了一下，就說了自己「原本」的打算，而後輕嘆一聲，道：「可沒有想到，韃靼王子居然會當眾求娶福安公主，而一向憐惜她的皇上，居然也點頭答應了。」

「所以，妳的謀算落了空，但是卻不妨礙妳們湊在一起幸災樂禍一番！」敏瑜「坦言」說出的「算計」，讓皇后娘娘放下了心，語氣卻帶了責備。

「敏瑜知道這樣做不對更不好，但是卻怎麼都忍不住……」敏瑜低頭認錯，而後又道：「娘娘，都是敏瑜的錯。蔓如和馬瑛只是看不慣公主那麼無情，所以……您不要責怪她們，要怪就怪敏瑜好不好？」

「好、好，不怪妳們就是！」敏瑜懇求的話似乎起了作用，皇后縱容地點點頭，卻又笑著道：「本宮知道妳們感情好，瑛兒剛一回京城，到了家連歇口氣都不曾就跑去找妳了，這般情誼可真是難得！」

「如果不是因為三哥哥的話……呃……」不假思索的話衝口而出之後，敏瑜才意識到有些不妥當，猛地用手捂住自己的嘴，其餘的話怎麼都不敢說出口了。而一旁原本滿臉帶笑的馬瑛，臉一下子紅了起來，惱怒地瞪著敏瑜，眼神中帶著威脅和警告，警告她不准再說下去。

「因為敏行？」皇后心裡最後的疑惑終於有了一個她樂意接受的答案，她促狹地看著臉脹紅的馬瑛，道：「不會是瑛兒喜歡上了敏行那個傻小子吧？」

馬瑛吶吶地不知道再怎麼說話，好一會兒，卻衝著敏瑜惱道：「妳怎麼就管不住自己的嘴巴呢，怎麼什麼話都亂說啊！」

馬瑛的樣子讓皇后笑了起來，道：「這是好事情啊！妳也算是慧娘看著長大的，慧娘要知道妳和敏行兩情相悅的話，一定會很高興，也一定會歡歡喜喜地上定國將軍府提親。滿京城想找一個像慧娘那般會心疼兒媳婦的婆婆可不容易；一個好婆婆，一個閨蜜當小姑子，敏行那傻小子雖然和小九一樣，稍微傻了些、天真了些，但也是個用真心對人的，嫁給他定然能過得很好。」

「娘娘，不是什麼兩情相悅……」馬瑛的聲音悶悶的，道：「敏行喜歡的是寄居在耒陽侯府的秦嫣然，對我不過是像哥哥對妹妹而已。」她自嘲地笑笑，道：「如果瑛兒不是敏瑜的好朋友，他說不定連話都不會和我多說一句呢！」

「又是秦嫣然，真是個禍害！」雖然到目前為止，皇后仍未曾見過秦嫣然，但對秦嫣然卻厭惡透了，罵了一聲之後，又安慰馬瑛道：「妳也不用灰心喪氣，遲早有一天會守得雲開見月明的。」

「或許吧……」馬瑛還是悶悶的，怎麼都開心不起來的樣子，精神也有些萎靡。

「娘娘，不說這個了！」馬瑛的表情讓敏瑜心中很是愧疚，如果不是因為那天她一回來就往自己家中跑的事情瞞不住人、也不好圓回來的話，她也不願意用這個來掩護，她岔開話，道：「您不是說有事情要交代我們嗎？」

「好，就說正事！」想問的話已經問到了，皇后自然也不會再囉嗦下去，臉色一正，道：「福安公主即將和親的事情妳們也都很清楚，妳們或許並不知道，除了侍候的內侍、宮女、侍衛之外，她還可以請求皇上讓她帶一、兩個女伴。皇上已經為瑜兒指了婚，自然不會讓她跟著去，但是別人可就不好說了。瑛兒、蔓如，妳們明白本宮的意思嗎？」

馬瑛和王蔓如都是微微一驚，相視一眼，福安公主還真會做那種自己不幸福也要將別人一起拉下水的事情。

看著兩人驚疑不定的神色，皇后淡淡地提醒道：「蔓如，本宮聽說妳已經在議婚了，回去之後，和妳父母說一聲，讓他們加快速度，只要妳的親事定了下來，就算福安求了皇上，皇上也只會斷然拒絕。至於瑛兒，妳如果不能快點定下親事的話，那麼就跟著馬將軍早點回兗州吧！」

「我娘懷著身孕，弟弟又太小，要是立刻趕路他們恐怕吃不消。」馬瑛眉頭皺了起來，而後又立刻鬆開，道：「還是讓父親派人單獨送瑛兒回兗州吧，畢竟兗州也有個我們的家，沒人照看著也不大好。」

「這樣也可以，不過，動作都要快。」皇后點點頭，其實所謂的交代不過是她的一個藉口罷了，皇上再怎麼著也不可能讓王蔓如或者馬瑛陪福安公主和親韃靼。尤其是馬瑛的父親馬胥武駐守兗州，要是他的女兒陪著福安去了韃靼，那不僅僅會寒了馬胥武的心，更是給了他與韃靼私通的機會啊……

敏瑜三人走後不久，皇帝就到了坤寧宮，坐下喝了幾口茶，便淡淡地問道：「事情查得怎麼樣了？」

「查得差不多了！」皇后點點頭，道：「韃靼使者團到的第二天，使者團中一個叫托婭的女子便打聽宮中的情況，將宮中幾位適齡公主的性情、喜好、特長、是否得寵的情況都打聽了一遍，連每位公主生母的情況也都瞭若指掌。」

「這些情況也是什麼人都能隨意打聽到的嗎？」皇帝皺了皺眉頭，語氣中帶了些不滿，要是連韃靼人都能隨意地打聽到這些，宮禁豈非形同虛設？

「皇上……」皇后知道，韃靼王子求親的這件事情超出了皇帝的控制範圍，讓他心裡著惱，並非刻意找自己的不是，認為自己對後宮管理不善，想要藉此削弱自己的權力。她略帶無奈地道：「這些事情並非什麼機密，但凡是稍微有心一點的宮人都能打聽到這些消息，尤其小五她們幾個年紀已經不小了，其中不少對她們有利的消息，都是她們身邊的教養嬤嬤或者她們的生母有意無意地放出去的，韃靼人能夠打聽到，真的一點都不奇怪。」

皇帝默然，就像皇后明白他並非借題發揮、找她的麻煩一樣，他也知道皇后並非推卸責任。幾位公主年紀都不小了，都該招駙馬了，她們是女兒家不好意思做什麼，也不能做什麼，要不然就失去了矜持，但是她們的生母和身邊的人卻會為她們打算，將她們的優勢傳揚開來。

他又喝了幾口茶，皇后看著他的神色，道：「不過，就算這些消息不是什麼機密，但也不是什麼人都能胡亂打聽、什麼人都能亂說的……那些透露消息給韃靼人的宮人，我都已經狠狠地懲處了，宮裡也絕對不會再發生這樣的事情了。」

皇帝點點頭，皇后今天早上發落了十餘個宮女、內侍的事情他自然也知道。有些是打發到了浣衣局等地方做最髒、最累的差事，有幾個甚至直接被杖斃，還有些是不輕不重地懲治了一番，而後讓人盯緊了，看他們是否與韃靼有更多、更深的往來……對於皇后的處置，皇帝很滿意。

見皇帝的神色稍好了一些，皇后繼續道：「處理完宮裡的事情之後，我也將敏瑜和馬瑛這兩個孩子叫進宮來了。」

「叫她們進宮做什麼？」皇帝淡淡地搖搖頭，道：「她們都還是孩子，就算想做什麼，恐怕也是有心無力。」

皇帝說得倒是很大度，彷彿一點都沒有起過什麼疑心一樣，但如果不是因為他在晚宴上曾用懷疑的眼神看定國將軍和耒陽侯府那一席的話，皇后至於將兩人叫進宮來問話嗎？尤其是敏瑜，就算福安公主和親的事情是敏瑜一手促成的，她也不覺得敏瑜就做錯了——福安既然不把人家的終身大事當一回事，那麼別人算計她的終身大事也是情有可原。但在覺察到皇帝起了疑心之後，皇后還是將敏瑜叫來問話，心中最糟的打算卻是如果真是敏瑜做了什麼的話，一定得為她擋去罪責。幸好，她的擔憂沒有成真，她只要據實相告就好。

「我也覺得她們沒有那麼大的本事左右韃靼王子！」皇后先是贊同地點點頭，卻又道：「但敏瑜被小七傷得不輕，她也不是麵捏的，心中惱恨，反擊一二，也有可能。至於馬瑛，她和敏瑜的關係原本就很好，要是知道敏瑜受的委屈、要是敏瑜向她開了口，就算為難，也指不定會在韃靼使者面前說些不該說的話。」

「妳想得倒也周全。」皇帝點點頭。

他亦有這種懷疑，但回去仔細一想，卻又覺得是自己多疑了，敏瑜再怎麼也只是一個養在閨閣之中的女兒家，不可能有那麼大的本事在短短幾天的時間內和馬瑛聯繫上，進而謀算福安；更沒有那麼大的本事將事情做得神不知鬼不覺。至於說在韃靼使者團抵京之後做手腳，那就更不可能了。到京城之後，韃靼使者團見了什麼外人、說了什麼話都在監控之中，她和馬瑛都沒有和韃靼使者團有過接觸。

「也是因為聽說馬瑛回京之後，半刻都不停留，就趕去了耒陽侯府，我才會這麼想的。」皇后說到這裡忍不住噗哧一笑，道：「原以為是這兩個孩子兩年不見想得厲害，或者兩人有什麼要緊的事情要說，結果……」

「結果怎樣？」皇帝看著皇后那忍不住笑的表情，難得好奇地問了一聲。

「慧娘不是將她的小兒子敏行送去軍中歷練去了嗎？敏瑜這孩子就是個嘴硬心軟的，嘴上惱恨敏行不爭氣，十幾歲的小夥子，不知道建功立業，只會兒女情長，但卻還是怎麼都放心不下，不但時時記掛著給他寄東西，還寫信拜託馬瑛，讓她請馬胥武照看一二，務必讓敏行鍛鍊出來，讓他累得沒有時間和精力胡思亂想，也別讓他有什麼危險。

「馬瑛呢，得了她的託付之後，也經常去看敏行，結果一來二去卻上了心……她一回京就趕去耒陽侯府，可不是為了什麼姊妹情誼，而是想和敏瑜說這事情。」皇后說著說著就笑了起來，道：「看著她們啊，我就想起了當年自己在這個年紀的時候……唉，年輕真好！」

皇帝也笑了，一會兒之後，笑道：「既然這件事情和這兩個孩子毫無關係，那麼以後就不要再提起了。」

「是。」皇后應諾一聲，微微一沈吟，卻還是將三個人聚在一起幸災樂禍的事情說了出來，而後道：「她們這樣做著實有些不厚道，我已經責罵過她們了，讓她們閉門思過，沒有我的准許不准出門。」

「皇后是擔心小七自己不開心，便拉人下水，點名讓馬瑛或者王蔓如跟著一道去韃靼和親吧？」皇帝瞭解地看著皇后。

三人聚在一起幸災樂禍的事情，讓皇帝心頭稍微有些不悅，但轉念一想卻又釋然了——敏瑜的人緣可比福安好得多，她們的心自然會偏向敏瑜，這種舉動其實也說明了她們心裡無鬼，要不然哪裡還能做這種事情呢？

「是有這樣的擔心！她們都是小七的伴讀，小七要點她們的名，也算是情理之中的事情，她和嫻妃一樣，根本就不知道什麼叫做姊妹情誼！」皇后的臉色一冷，在皇帝面前她從來不掩飾她對嫻妃的不諒解，她冷冷地道：「原本以為她和嫻妃還是不一樣的，但是現在……我看她和嫻妃也沒什麼不同。」

「馬胥武是兗州最重要的駐軍大將，馬瑛又是他最心愛的女兒，朕怎麼都不可能讓他的女兒跟去韃靼。那不但會讓他心寒，更會將他有意無意地推向韃靼，於大齊不利。至於王蔓如，那丫頭被嬌慣壞了，不是合適的人選，朕也不會讓她陪著小七去韃靼。」皇帝搖搖頭，淡淡的幾句話就打消了皇后的擔憂。

「那皇上準備讓誰陪小七一起去韃靼呢？」皇后試探著問道。「除了她們三個之外，小七還真沒有幾個說得來的同齡人啊！」

「曹彩音也不合適。」皇帝輕輕搖頭，否決了皇后可能會提出來的一個人選，道：「妳既然已經將曹恒迪指給了小五，曹彩音就不適合了。對了，妳怎麼會想把曹恒迪指給小五呢？嫻妃最近不是和太妃娘娘還有曹家人來往得很密切嗎？朕還以為嫻妃會越過小五、小六，讓朕將小七指給曹恒迪呢！」

「太妃娘娘不大喜歡小七，前兩日特意找我，鄭重地說了這件事情。說小七性格懦弱，又養成了一副事不關己就袖手旁觀的性格……我知道，說不喜歡小七是假，不想讓曹恒迪尚公主是真……聽到她說那些話的時候，我心裡十分惱怒，皇家的公主什麼時候輪到別人來嫌棄了？同時我也慶幸，慶幸自己生的是兩個皇子，要是我生的女兒被人這麼嫌棄，我還不知道要傷心成什麼樣子呢？」皇后帶了幾分惱怒地道。「曹家也做得太可惡了些，一面努力地和小七交好，將她當槍使，一面卻讓太妃娘娘出面說這些，其心可誅。」

「所以，就將曹恒迪指給了小五？」皇帝嘆了口氣，對皇后順水推舟的做法沒有異議，然後又問道：「那麼曹彩音呢？太妃娘娘有沒有說關於她的事？」

「能沒有嗎？」皇后挑起一抹嘲諷的笑，道：「太妃娘娘說她年紀大了，很想念家人，要是有個曹家的姑娘能時時進宮陪她卻又不落人口實就好了；還一個勁兒地誇小九好，話裡話外的意思只有一個，就是希望我能將曹彩音指給小九，就算不能做正妃，做個側妃也是好的。」

皇帝的臉色微微一沈。

皇后恍如未覺地道：「曹家的算計可真好，什麼好處都想占，什麼虧都不想吃……太妃娘娘還倚老賣老地說了不少話，我最後沒有辦法，便答應太妃娘娘，過了年就將曹彩音禮聘進宮！」

「那妳準備怎麼安頓她呢？讓她給小九當側妃？兄妹倆一個尚公主、一個嫁皇子，豈不是讓人笑話?!」皇帝的臉色很難看，皇后要那樣做的話他不會太意外，畢竟他中意的許珂寧也是皇后不喜歡的。

「我還沒有那麼糊塗！」皇后倒真的想給許珂寧和皇帝添點堵，但現在不是時候，更沒有必要為了給他們添堵讓曹彩音得逞，她淡淡地道：「禮聘進宮的，除了嬪妃、皇子們的正妃、側妃之外，不是還有女官嗎？就給曹彩音封一個有品階的女官，讓她專門侍候太妃娘娘就好，日日夜夜的都能陪在太妃娘娘身邊，也算遂了她們的心願。」

「這也好，太妃娘娘年事已高，是該有個完全信得過的人好好地侍候她到百年了。」皇帝沒有反對，還補充了一句，道：「太妃娘娘最近兩年身體越發的不好了，讓她好好地頤養天年才是真的孝敬。」

「是，皇上。」皇帝的話讓皇后暗喜。是該讓太妃知道，就算她的輩分更高，有些事情也不是她能隨意指手畫腳的……

第六十二章

「聽蔓如說妳約她們去東山踏青，我就厚顏跟過來湊熱鬧了，還望妹妹不要嫌棄！」許珂寧笑盈盈地對敏瑜道。賜婚之後，她們是第二次見面，上次她從敏瑜口中知道皇帝屬意的九皇子妃是自己之後，說了些抱歉的話，就心神亂得不知道該說什麼，匆匆告辭，之後一直沒有主動找過敏瑜，敏瑜也沒有主動找過她。

「姊姊別說這樣的話。」敏瑜心裡歡喜，上前一步牽著許珂寧的手，嘴上卻埋汰道：「我知道，定是某人想要和某人多見面，培養感情，又擔心被人非議，所以死皮賴臉地拉著姊姊過來的。」

王蔓如被敏瑜的話鬧了一個大紅臉，一旁的馬瑛現在也知道，王、許兩家已經選好了日子準備下定，在一旁吃吃地只是笑，一點都沒有幫腔的意思。

王蔓如只能帶了幾分威脅地道：「丁敏瑜，妳要再取笑我的話，我就和妳絕交。」

「絕交就絕交！」敏瑜不在乎地哼了一聲，然後又諂媚地看著許珂寧，笑道：「許姊姊，我們還是好姊妹的，對吧？」

敏瑜和王蔓如的插科打諢讓許珂寧心頭的尷尬消散了不少，她笑著點點頭，道：「從認識的那天起，我就已經當妳是好妹妹了！」

「那麼，妳的侄兒也就是我的侄兒了，妳的侄媳婦也就是我的侄媳婦了，對吧？」敏瑜笑吟吟地繼續道，臉上的狡獪都沒有掩藏一下，就那麼張揚地讓人看著，她故意裝作不大記得地道：「我記得仲珩賢侄好像叫過我丁姑姑的，妳說他未來的妻子會不會也跟著他叫一聲丁姑姑呢？」

敏瑜滿是促狹的話讓許珂寧大笑起來，一邊笑一邊努力地點頭。

王蔓如被說得滿臉通紅，又氣又惱地撲到敏瑜身上，往她怕癢的地方招呼，敏瑜一邊笑一邊躲。

一旁的馬瑛涼涼地道：「蔓如，看來我也只能和妳絕交了，比起和妳當朋友，還是當姑姑更好！」

「妳也來戲弄我！」王蔓如從敏瑜身上跳起來，又撲向馬瑛，兩個人鬧成一團，一旁的許仲珩看著她們笑鬧成一團的樣子，無奈地搖搖頭。卻被王蔓如看見了，她放開馬瑛，很有遷怒意味地瞪著許仲珩，道：「你有什麼意見？有就說出來！」

「妳真活潑！」許仲珩不緊不慢地來了一句。

王蔓如頓時羞紅了臉，不但覺得自己的遷怒有些無禮，也不好意思再和馬瑛、敏瑜笑鬧，瞬間又是那個賢淑的王家姑娘了。

王蔓如的變化讓敏瑜和馬瑛都有些瞠目，她們相視一眼，看到彼此眼中濃濃的笑意，卻終究沒有再出言取笑，要不然有人怕真的是要翻臉了。

「瑜兒，妳的朋友都到齊了吧？」敏惟這個時候過來，滿臉笑容地道：「要是都到齊了，我們就出發了！」

「齊了。」敏瑜笑著點點頭，今日原是楊瑜霖邀請她們姊妹出門踏青。她想了想，約了王蔓如和馬瑛兩人，加上不請而至的許珂甯，人自然到齊了，她笑著對許珂寧道：「許姊姊，我們兩個坐一輛馬車；蔓如，妳和馬瑛幫我照顧一下敏玥。」

「知道了！」王蔓如笑著點頭，其實今日是許坷寧主動找上她，說要跟著一起去的。她知道許珂寧定然有話想要和敏瑜說，卻不知道為什麼沒有像以前一樣直接找敏瑜，而是拐彎抹角地找上了她。她心裡原本還有些忐忑，不知道這一見如故、分外投緣的兩個人之間是不是發生了什麼不愉快的事情，但許珂寧的請求她卻無法拒絕，現在總算是鬆了一口氣。

「敏瑜妹妹，我知道我今日出現得很唐突，但如果不找一個藉口，我真的無顏出現在妳面前！」馬車啟動之後，許珂寧也不說廢話，她滿臉慚愧地看著敏瑜，道：「前天，許家收到了將我禮聘進宮的旨意……旨意到之前我都還在懷疑妳那日說的話，怎麼都不願意相信是因為要給我鋪路，妳才被指給了楊瑜霖，可是現在……我覺得那旨意給了我一記火辣辣的耳光。敏瑜妹妹，真的真的很對不起！」

「許姊姊……」敏瑜握著許珂寧的手，輕聲道：「我不知道許姊姊對我的感覺怎樣，但是我在初見姊姊的那一瞬間，只有相見恨晚的感覺，懊惱沒有早一點認識姊姊。和姊姊認識、相處之後，才知道人與人的緣分真是奇妙。就算知道皇上是因為中意姊姊為九皇子妃，才視我為障礙，將我指給了原以為永遠扯不上干係的人，而曾經以為的良人卻要成為路人，我也沒有怨過姊姊一絲半毫。

「我知道，如果這些事情是自己能夠決定的，我不會選擇楊瑜霖，而姊姊也絕對不會選擇九殿下。楊瑜霖對我來說，有太多的故事，要和這樣的人一起生活，我需要改變的、適應的東西太多；而九殿下對姊姊而言，卻又太過年輕、幼稚、單純，他在姊姊眼中或許還是一個沒有長大、沒有任何擔當的孩子。但是，世事弄人，就算一切都不如意，我們也只能接受。」

「妳看得比我透澈！」許珂寧輕嘆一聲。敏瑜告訴她皇帝屬意她為九皇子妃的那天，她想了很多——除了對敏瑜的愧疚之外，還想著要趁聖旨未下，逃離京城、逃離這樁她怎麼都不滿意的親事，她甚至都已經開始準備行囊了。

是老父、老母已然灰白的頭髮和滿臉的皺紋，還有那隱約猜到了她的離意卻滿眼的理解和縱容，讓她打消了那個可能讓皇帝震怒而給許家帶來麻煩的念頭。但就算已經認命了，她心裡還是充滿了怨念，對自己的、對皇帝的，當然，更多的還有對九皇子的——看他對敏瑜的態度，就知道他心裡應該也十分的喜歡敏瑜，可敏瑜都要成為別人的妻子了，卻什麼都不做，真是個沒出息的！

「不是看得更透澈，而是我不像許姊姊那樣，對所有的人、所有的事情都抱有最大的期望罷了！我總是將自己的期望降到最低，那麼不管出現什麼讓人沮喪的情況，我受到的打擊都會最小。」

敏瑜輕輕地搖搖頭，又道：「我很小的時候，我娘就總是讓我不要對人、對事有太多太高的期望。如果一切都朝好的方向發展，那麼自然能給自己大大的驚喜和快樂；相反，如果一切都朝著最糟的形勢去了，也不會被打擊得遍體鱗傷。」

「侯爺夫人真是睿智！」許珂寧輕嘆一聲，對丁夫人，她其實是很敬佩的，每一個女人心中或許都有個一生一世一雙人的夢想，但是大多數母親卻都希望自己的兒子享盡齊人之福，像丁夫人這樣的母親真的是太稀罕了。

「我娘確實是很睿智！」敏瑜贊同地點點頭，而後真誠地看著許珂寧，道：「那日，我之所以早早地將皇上屬意妳的消息透露出來，並非想看到姊姊的歉意，而是不想瞞著姊姊，不希望因為隱瞞而讓我們生隙。我和姊姊這般投緣，我希望能夠和姊姊做一輩子的朋友。」

其實這些日子，許珂寧也曾想過敏瑜刻意透露消息到底存了什麼心思，陰暗的、光明的、隱晦的，都有過猜度；而現在，所有的猜度隨著敏瑜坦然的話語消失。

她回握住敏瑜的手，道：「我今日來也是存了相同的心思，我也不希望因為那麼一個不成熟、還沒有長大的男子，錯過了一個或許能夠相交相知一輩子的朋友。」

「所以我們可以嘗試著做一輩子的朋友，對吧？」敏瑜看著許珂寧，帶了難得的期待。

「對！」許珂寧笑著點點頭，而後開玩笑地道：「妳將來嫁給楊瑜霖之後，要是有什麼困惑或者難處的話，可以來找我，只要我能幫得上忙的地方，一定竭盡全力的幫妳……我棋藝比不上妳，但是看過的雜書一定比妳多，亂七八糟的事情知道的也很多，說不準就能幫到大忙。」

「妳能不能幫上我，還是難說，但我卻一定能幫上妳！」敏瑜卻也不甘示弱地道：「雖然皇上對妳萬分欣賞，但是皇后娘娘對妳可不見得就是一樣的態度。姊姊這般聰慧，定然知道當兒媳的討好婆婆永遠都比討好公公更管用。皇后娘娘的喜好，我可是知道得一清二楚，一定能夠指點姊姊，讓姊姊在最短的時間內得到皇后娘娘的歡心。」

「這個再說吧！」許珂寧卻意興闌珊起來，她輕嘆一聲，道：「想到我可能會嫁給一個不諳世事、稚嫩而又天真，連做了傷害人的事情都不自知的人，我就對未來失去了希望，更沒有心思想其他的了。還是走一步想一步吧！」

「姊姊，九殿下其實真的很好，只要妳願意用心，我相信妳一定能夠過得很好、很幸福的。」敏瑜搖搖頭，許珂寧這樣的心態可真的不好，她認真地道：「我不知道姊姊心裡怎麼想的，但是對我來說，人生是自己的，沒有重來一次的機會，不管面對的是什麼，我都會努力地讓自己過得更好。」

許珂寧微微一怔，那一剎那，她都想說人生其實還是有重來的機會的，但是話到嘴邊卻又嚥下——就算她記得上一世的一切，但她的這一世和上一世也是完全的不一樣，就算活了兩輩子，她的人生也一樣沒有重來的機會。她能夠再活一輩子，已經是命運的眷顧了，她可不敢肯定自己還能再這般幸運。

她深深地看了敏瑜一眼，點頭道：「妹妹的話我記住了，我不知道自己能不能像妹妹這樣豁達和認真，但是我會努力的。」

敏瑜笑了，這時候馬車已經駛出了城門，她輕輕地掀開車簾的一角，指著路邊已經有些綠意的樹木，笑道：「姊姊，妳看，樹都已經發芽了，冬天真的過去了！」

很快，一行人便到了莊子。這是石夫人當年的陪嫁莊子，現在也由石家人代為打理。楊瑜霖早就做好了一切的安排，下人們有條不紊地引著客人們入內，安排女眷休息、安排車馬安頓。

敏瑜一行自然被安排在了最大、最舒適的院子，比他們先到一步的石倩倩已經住了進來。

敏瑜她們剛安頓好，秋霞便笑吟吟地道：「姑娘，石姑娘身邊的碧落來了，說石姑娘請您過去她房裡。」

敏瑜心裡微微一鬆，笑問道：「碧落人呢？她還說什麼了？」

「她在門外呢！」秋霞笑著道。「她說石姑娘剛進山的時候也騎了馬，卻不小心被路邊的灌木枝給刮壞了衣袖，正苦惱著不知道該怎麼出門見人呢！」

「這樣啊……」敏瑜知道石倩倩的騎術不差，不大可能出那樣的意外，這不過是一個邀約自己過去的藉口罷了。她也不說破，笑著對王蔓如等人道：「蔓如，妳們先聊著，我去看看倩倩。許姊姊，我就不陪妳了。」

「去吧、去吧！」石倩倩和王蔓如雖然不算陌生，但關係也很平常，也不關心她找敏瑜做什麼。

「那我去了。」敏瑜點點頭，轉身便出了院子，碧落一直在院子外面等著，見她出來，當前引路，帶著她進了石倩倩剛住進去的房間。

「我和敏瑜有些私密話要說，妳在外面看著，別讓人靠近。」見到敏瑜之後，石倩倩沒有像以前一樣親暱地上前握著她的手，而是吩咐了碧落一聲，等碧落出去，石倩倩才看著敏瑜，很不好意思地道：「敏瑜，恭喜妳啊！」

「呃？」敏瑜故作不解愣了一下，滿臉疑問地看著石倩倩，其實不用想也知道，她恭喜的定然是自己和楊瑜霖被指婚一事，可是事情都過去了那麼久，現在才說恭喜，是不是晚了些？

「恭喜妳要嫁給表哥了！」石倩倩還真是個毫無心機的，敏瑜的樣子反而讓她帶了幾分歉疚，道：「我知道現在說恭喜太遲了，我應該在皇上下旨之後上門恭喜的，可是……我真不知道該怎麼面對妳。」

石倩倩臉上浮起的紅暈和滿臉的不好意思，讓敏瑜有所感悟，她看著石倩倩，臉上只有淡淡的微笑。

「我知道妳是個心胸大度的人，可是再怎麼大度也不會喜歡有人愛慕妳未來的夫君，甚至覬覦吧！」石倩倩低下頭，不好意思地嘟囔著道：「聽到你們被指婚的消息之後，妳都不知道我有多懊惱，想到以前當著妳的面，毫無顧忌地說自己有多愛慕表哥、多想嫁給表哥，就後悔得要死……」

果然……敏瑜心中的擔憂完全消失，她上前一步，伸出雙手握住石倩倩的手。

石倩倩回握住她，卻還是不好意思抬起頭來，繼續低著頭，懊悔不已地道：「知道皇上居然將妳指給了表哥的時候，我真的開心壞了。妳又聰明、又漂亮，出身又好，表哥能娶到妳這樣的妻子，真的是好福氣。我當時就想衝到妳面前，高高興興地說一聲恭喜，可是想到以前和妳說的那些話，卻怎麼都不好意思。妳不知道，我娘知道我對妳說了自己的心思之後，把我罵得多慘，我躲在家裡哭了好幾天，既擔心我說的那些話會影響妳和表哥的感情，也擔心妳會生我的氣不再理我了……」

「我怎麼會呢？」敏瑜看著單純的石倩倩，心裡輕嘆一聲，早知道石倩倩是因為這樣的原因一直避而不見的話，自己應該主動找她的。唉，看來是自己身邊的人精太多了，自己整天和人精打交道，卻忘了世上其實還有一些像石倩倩這樣純粹的人。她鬆開一隻手，輕輕地摟住石倩倩，輕輕地拍拍她的背，道：「我怎麼會生妳的氣呢，真要生氣也是妳生我的氣才對！」

「我怎麼會生妳的氣呢？」石倩倩抬起頭，不明所以地看著敏瑜。

「妳那麼喜歡他，還喜歡了那麼多年，但現在和他有了婚約的人卻成了我，妳不該恨我橫刀奪愛嗎？」敏瑜看著石倩倩，說出了自己之前擔心的事。

「哪裡是妳橫刀奪愛啊！就算不是皇上指的婚、就算我還沒有訂親，也不能說妳橫刀奪愛啊！我對表哥的愛慕不過是我的一廂情願而已，不管是誰嫁給表哥，都不能說是橫刀奪愛。」石倩倩瞪大了眼睛，很耿直也很可愛地道：「敏瑜，知道皇上將妳指給了表哥，我真的很高興、很開心，也很想對妳說一筐子祝福的話；可是……敏瑜，妳忘了我以前和妳說的那些話吧，千萬別記在心上，免得惱了我或者讓它們影響妳和表哥的感情。我向妳保證，不管以前怎麼樣，但是從現在開始，我只將他當作表哥，絕對絕對不會有任何不該有的想法和念頭。」

「妳啊！」敏瑜笑了起來，她摟著石倩倩直笑，道：「我不會忘記妳和我說的那些話，那是我們最美好的回憶。妳不知道，妳一臉仰慕的說著楊參將如何神勇無敵的樣子有多可愛，我怎麼能忘記呢？不過，妳也放心，我絕對不會讓那些話影響我們之間的友誼；至於說影響我和楊參將之間的感情……如果我對他有什麼不喜的時候，我會努力地回想妳對他的讚譽、對他的仰慕，然後努力地讓自己用妳的眼光去看他。妳的那些話一定會影響我，讓我越看越覺得他是個好的。」

「這麼說，妳不會因為那些話氣惱了？」石倩倩眼睛亮晶晶地看著敏瑜，心中的擔心終於煙消雲散了。

「不會！」敏瑜保證道。

「那就好！聽妳這麼說，我總算是不用再擔心了！」石倩倩的臉都亮了起來，她笑著道：「妳不知道，我最近一直在糾結這件事情，吃不香也睡不好，都不知道該怎麼面對妳。」

「現在知道其實並不是什麼大不了的事情了，對吧？」敏瑜看著石倩倩，道：「我們還和以前一樣，是無話不說的好朋友。」

「現在可以，但以後就不行了！」石倩倩認真地道。「等妳和表哥成親之後，我就該改口叫妳表嫂了，要尊重妳、要敬著妳，要不然的話我娘一定罵死我的。」

成親？那是好幾年以後的事情了吧！敏瑜搖搖頭，雖然大齊律規定，男十六、女十四方可談婚論嫁。普通的老百姓，尤其是家境不好的那種，女子十四歲就出嫁的比比皆是。但官宦人家卻不一樣，大多都會將女兒留到十六歲以後，一來可以留在家中多嬌養兩年；二來，年紀稍大一些，為人處事更成熟，身體也漸漸長好了，嫁到夫家之後，既可以成為賢內助，孝敬公婆操持家務，也能馬上生養。

敏瑜現在也不過才將要滿十五歲，及笄還有大半年，別說丁夫人對這門親事極度不滿意；就算是合心合意，也不會讓她這麼倉促出嫁的，肯定是能拖儘量拖，拖上三年，等她滿了十七歲也是有可能的。

石倩倩卻誤解了敏瑜搖頭的意思，她著急地道：「我知道楊勇和趙姨娘故意拖延時間，一直沒有找媒人上耒陽侯府，也知道他們還在暗中打鬼主意。不過，妳別擔心，表哥已經在處理這件事情了，不出十天，楊家的媒人一定會上門的。」

楊勇故意拖延時間？敏瑜皺皺眉頭，不覺得意外。一般來說，皇上下旨指婚之後，不管是否滿意，男方都會用最快的速度請了媒人上門，將所有的禮節流程走一遍，定下親事甚至婚期。

但或許是因為在正月，事情很多，楊家的人還無暇來關心這些事情；也或許是因為楊家，尤其是楊勇和趙姨娘對這門親事極度不滿，想用消極的態度來讓世人知道，到目前為止，別說是媒人，就連楊家的人都沒有和丁家的人打過照面。

對此，丁培寧很不滿，卻沒有就此發表意見，而是耐心地等著。至於丁夫人，反正敏瑜還小，她恨不得楊家就這樣拖著，拖上一年半載。等到指婚的事情淡出眾人的視線，等到九皇子妃的人選定下，等到楊家的怠慢讓皇上都心生不滿之後，再慢慢地算計。

至於敏瑜，她沒有什麼不滿，她知道除了楊瑜霖之外，楊家恐怕沒有一個人會歡迎她，拖延不過是預料之中的事情。但她相信，楊瑜霖一定不會讓楊勇得逞，就看他們父子怎麼鬥法了。

第六十三章

在東山住了一宿，男人們第二天天未亮就進山打獵，收獲不錯，除了成串的野雞、野兔之外，楊瑜霖還打到了一頭野豬，在莊子上用過一頓野趣十足的午餐之後，這一次的踏春之遊便到了尾聲。

「二姊，妳為什麼不讓楊大哥上家裡看望妳啊？」敏玥疑惑不解地問道，昨日楊瑜霖找機會單獨和敏瑜說一會兒話，最後說了句會時常到耒陽侯府看望敏瑜，但敏瑜卻拒絕了。

「男女有別，該避諱的還是多避諱一二的好。」敏瑜靠在秋霞為她準備的大靠枕上，昨夜陌生的地方、陌生的床鋪、入夜之後驟降的氣溫、與楊瑜霖交談之後起的心事，都讓她難眠，直到天明，才迷迷糊糊地睡了一小會兒。之前王蔓如和馬瑛在，楊瑜霖也跟在馬車外面，她只能強打起精神和他們說話，不讓他們看出自己的疲倦，現在，和他們都分道了，才放鬆下來。

「可妳和楊大哥都已經……」敏玥微微地頓了頓，不知道應該怎麼說敏瑜和楊瑜霖的關係，說他們是未婚夫妻，卻連納采都還沒有，但要說他們不是未婚夫妻，卻又有了皇上指婚的聖旨。

「未成親之前，不管我和他是什麼關係，哪怕是已經定下婚期，明天就要嫁給他，該避諱的也要避諱。」敏瑜輕輕地撫摸著敏玥的頭，輕聲道：「這不僅僅是男女之防，更多的還是對自己的一種尊重和保護。玥兒，如果連自己都不注意，自己都不知道愛護、尊重自己的話，別人又怎麼會尊重呢？」

「可是你們以後將會是夫妻啊！」敏玥不理解地道。「姨娘說，夫妻之間是最親密的，既然是最親密的人，就不應該顧忌那麼多才是啊！」

「玥兒，至親至疏才是夫妻。夫妻是相扶相持、相廝相守一輩子，生同衾死同穴的人，這種親密是連父子母女都無法相比的。但同時，夫妻也是世間最親密的陌生人，原本完全不相干的人，卻因為婚姻成為親人，如果同心同德，那麼就是最親密的家人；相反，如果心不在一起，那麼也就是同床異夢，共同生活在一個屋簷下的陌生人。」敏瑜輕輕地搖頭，道：「既然是至親至疏之人，那麼來往之間就更應該掌握分寸、更應該有所顧忌。」

「所以妳才會斷然拒絕楊大哥上門看妳嗎？」敏玥有所悟，卻不能完全理解。

丁夫人有的時候會和她說，夫妻相處之道是彼此尊重，為妻者當尊重丈夫，卻不能卑微得失去了自我，一定要得到丈夫的尊重。而青姨娘卻告訴她，夫榮妻貴，所以當妻子的應該全心全意地侍候夫君，一切以夫君的喜好為主，將自己放在最卑微的位置上。她本能地認為丁夫人說得對，但青姨娘說的似乎也有道理，經常不知道該聽誰的才好。

「嗯。」敏瑜點點頭，道：「就算有皇上的旨意，我們充其量也就是有了婚約的未婚夫妻，未婚夫妻見面不算逾禮，但有失莊重。若我和楊瑜霖是青梅竹馬，一起長大的，那麼不用太講究，但我們不是，那就不妥當了。如果我們成親後感情一直很好，這件事情說起來不過是甜蜜的回憶；但如果我們成親後感情不好，那麼這便是讓人詬病的事情了，他或許會以此為例，說我天生輕浮……玥兒，輕浮是女子最不能承受的評價。」

「我大概明白了！」敏玥點點頭，道：「就像表姊，別看她現在攀上了九殿下，但不管是她和九殿下的結識，還是結識之後的言行舉止，都少了矜持端莊，就算能順利地嫁給九殿下為妾，能夠得到九殿下的寵愛，也難逃一個輕浮的評價。」

「嗯。」敏瑜輕輕地點頭。

「可是，表姊能夠得寵，這些應該都無所謂了吧？」敏玥頓了頓，帶了幾分難為情地道：「二姊姊，這也是姨娘和我說的，她說為妻者最要緊的便是得夫君的寵愛，有子女傍身，別的都不重要。」

「胡說！」敏瑜皺眉輕叱一聲，道：「妻者，齊也！為妻者沒有必要一門心思地討夫君歡心，只有以色侍人的妾侍，才需要費盡心思地討夫君歡心，依仗著夫君的寵愛度日。」

「可是姨娘……」敏玥遲疑了，這幾年青姨娘可沒有對她說這些話，也沒少教她一些討人歡心的小手段。

「玥兒，我知道青姨娘是妳的生母，對妳來說她應該是最親近的，但我真不希望妳和她太親近。」敏瑜看著敏玥，敏玥打小就是個機靈聰明的，極會看眼色，也很會討人歡心，但受青姨娘的影響，比起敏心當年，多了一分慧黠靈氣，卻也少了些侯門姑娘的大氣，這對她來說，並不是好事。

「為什麼？」敏玥倒也沒有誤解，雖然青姨娘不止一次的說敏瑜是嫡出的，和她不是一個娘所生，必然不會真心的為她好，但這樣的話她從來都是聽過就算，不放在心上。

「妳是青姨娘唯一的女兒，她必然希望妳千好萬好，不管做什麼、說什麼應該都是想為妳好。可是，她的眼界……玥兒，她以前只是個八品小官之女，現在也只是父親的妾室，而妳卻是耒陽侯府的四姑娘，她真的不知道應該怎樣教導對妳才是最好的。」敏瑜看著敏玥，很鄭重地道：「玥兒，妳知道我最近這半年來為什麼時時帶著妳嗎？」

「姊姊是希望我多和不一樣的人接觸，長長眼界，免得養成了眼皮子淺的性子。」敏玥倒也不是個不知道好歹的，立刻道：「和姊姊相處得極好的姊姊們，都是京城有名的閨秀名媛，和她們多接觸，對我大有益處。」

「就是這個原因，但更重要的是我想讓妳看看什麼才是名門貴女的氣度！」敏瑜點點頭，道：「真正的貴女，出身反而是次要的，重要的是她的氣度、學識，以及待人處事的態度。」

敏玥似懂非懂地看著敏瑜，道：「二姊姊，我大概知道妳的意思，可是我只是庶出……」

「玥兒，我知道庶出對妳來說是硬傷，可是妳想想大姊姊。」敏瑜淡淡一笑，道：「大姊姊一樣是庶出，但現在，大姊姊也是堂堂知縣夫人，大姊夫是個踏實肯幹的，不用等到十年、八年，定然也能為大姊姊掙一個誥命回來。」

「可大姊姊是長女啊！」敏玥吶吶地道，她知道敏心嫁得真的很好，就連青姨娘提及此事的時候都是滿心的羨慕，總用這個為例子，讓她好好地討好丁夫人，希望她將來能像敏心一樣找一個好歸宿。

「是，大姊姊是長女，可妳應該知道，母親不是厚此薄彼的人，她能夠一心為大姊姊著想，也會為妳好好謀劃，但前提是妳要爭氣啊！」敏瑜看著敏玥，道：「如果妳淨跟著青姨娘學些討人歡心的小手段，卻沒有耒陽侯府姑娘該有的氣度，妳讓母親怎麼辦？母親到時候最多也只能給妳找一個門當戶對人家的庶子嫁了。」

「那……那……」敏玥有些著急，她和敏瑜、敏心感情一向好，倒真沒有養成那種一心想攀高枝的心思，最希望的還是和敏心一樣，嫁個真正的好人家。她拉著敏瑜，道：「二姊姊，我該怎麼做啊？」

「這個妳其實不用問我，妳想想大姊姊是怎麼做的，想想桂姨娘是怎麼做的。」敏瑜看著敏玥道：「大姊姊沒有為我們生下大外甥之前，桂姨娘是絕對捨不得回來的；但大姊姊生產之後，不用人催，桂姨娘一定會在大姊姊坐完月子之後趕回來。青姨娘要真是為了妳好、為了妳著想，妳讓她多向桂姨娘學學。」

「嗯。」敏玥點點頭，而後又帶了幾分委屈地道：「二姊姊，妳以前從來沒有和我說這些話……」

「以前我自以為有時間慢慢地教妳，但是現在……」敏瑜輕輕地搖搖頭，敏玥受青姨娘的影響，她也是有時間多待在家中之後才發現的，之前想著就算她出嫁，她也會留在京城，有的是時間慢慢地引導敏玥；但是現在，她不知道自己什麼時候要出嫁，卻知道，一旦出嫁了，就要離開京城，自然要抓緊時間了。

「二姊姊，楊大哥和妳說什麼了嗎？」敏玥敏銳地看著敏瑜。

「他說，我們一旦成親，就會離開京城去肅州，到時候，我遠在千里之外，就算想和妳說什麼也不方便了。」敏瑜輕輕地拍拍敏玥。

「啊？」敏玥大吃一驚，瞪大了眼睛看著敏瑜，道：「肅州？那種荒涼的地方？妳怎麼能吃得了那種苦呢？」

「也吃不了什麼苦的。」敏瑜笑笑，道：「楊瑜霖是參將，我跟過去也吃不了什麼苦，只是比不上在京城這般安逸罷了。好了，這件事情我們知道就好，別告訴別人，免得母親知曉了心中添些煩惱。」

「嗯！」

「敏瑜妹妹！」看到敏瑜熟悉的身影出現在書房門口的時候，坐在書房不知道喝了多少杯茶、吃了多少塊小點心的九皇子跳了起來，不管丁培寧和敏彥是什麼臉色，直接衝到敏瑜身邊，毫不避諱地牽起敏瑜的手，道：「妳總算是來了，妳要是再不出現的話，我該衝出去找妳了！」

敏瑜沒有甩開九皇子，也沒有說話，只是看著他牽著自己的手，看得九皇子自己覺得不好意思，訕訕地放開她，陪著笑解釋道：「我知道，我知道，我知道我不該這麼衝過來就拉妳的手，這於禮不合，我只是太激動了……。」

「我知道你很激動，但也不能失了分寸的。」敏瑜點點頭，而後看著他道：「我聽我娘說，你一大早就過來了，還放出話說，見不到我就不走了。現在，你見到我了，有什麼要對我說的就說吧！」

「這個……」九皇子遲疑了一會兒，將視線投向一點離開的意思都沒有的父子兩人，他有很多的話想對敏瑜說，卻不想讓別人聽到，哪怕那人是敏瑜的父親、兄長也一樣。

「爹爹、大哥，您們迴避一下好嗎？」敏瑜微微一笑，沒有讓他失望的對丁培寧道：「我也有些話想要和殿下單獨談談。」

「瑜兒……」丁培寧不放心地叫了一聲，在他眼中，九皇子和楊瑜霖的條件都很好，他更偏向楊瑜霖，但卻知道，如果有選擇的餘地，女兒定然會選擇九皇子。無關乎身分地位，而是他們青梅竹馬的感情。

「爹，您放心好了，女兒自有分寸的。」敏瑜笑笑，認真地道：「相信女兒，女兒已經長大了，可以處理和自己有關的事情了。」

「妳……唉，彥兒，我們走。」丁培寧想阻止，最後卻還是嘆了一口氣，成全女兒了。

女兒自打九歲進宮當公主侍讀之後，就一天比一天更聽話懂事，再也沒有任性過，就算這一次她要任性，他這個做父親的也該縱容一次。

等丁培寧和敏彥一走，敏瑜就淺笑著看著九皇子，道：「殿下，有什麼話現在可以說了吧！」

「敏瑜妹妹，妳也瘦了！」九皇子卻沒有直奔主題，而是心疼地看著敏瑜略顯得消瘦的臉，憐惜地道：「這些日子妳定然也像我一樣，吃不好、睡不好，做什麼都不對勁……」

「殿下——」敏瑜輕聲打斷了九皇子的話，她看著九皇子，道：「殿下今天過來不會是為了說這些無關緊要的話吧？」

「別說廢話，我知道了。」九皇子好脾氣地笑笑，然後看著敏瑜道：「敏瑜妹妹，我已經安排好了，我們離開京城吧！」

「這是什麼話？」敏瑜不敢相信地看著九皇子，以她的聰慧自然知道九皇子說這話的涵義是什麼，但是她真的不敢相信九皇子居然會有這樣的念頭，甚至還對自己說了出口。

「我們私奔吧！」九皇子看著敏瑜，道：「今年的選秀已經開始了，父皇甚至還下了旨，將好幾個出身、相貌、才華都很不錯的女子禮聘進宮……上一次選秀父皇就沒有留人充盈後宮了，這一次更不可能，想必禮聘進宮的這些女子定然是配皇子的。敏瑜妹妹，妳應該知道，一直以來，我想娶的只有妳，別人都不行。」

「私奔？」敏瑜苦笑一聲，這話說得倒是簡單。她看著九皇子，直接問道：「姑且不說能不能成功，就算成功地離開了京城，然後呢？」

「然後自然是天高任鳥飛，海闊任魚躍了！我們可以遊山玩水，等到妳及笄了，我們就找個地方以天地為媒拜堂成親；等我們成了夫妻，最好是有了孩子再回來。到時候，我們都已經是夫妻了，母后不用說，她那麼喜歡妳，必然會滿心歡喜地歡迎我們回家；至於父皇，就算還在生氣，也會接納我們的。」九皇子的話還是那麼的天真，真以為離開了京城就無憂無慮了。

「再然後呢？」敏瑜滿臉失望地看著九皇子，真不知道他怎麼會有這樣的念頭。

「然後我們就能相親相愛地過一輩子了啊！」九皇子看著敏瑜，道：「我之前做了讓妳失望、讓妳傷心的事情，但是以後絕對不會再有了。」

「殿下，你可想過聘者為妻，奔為妾？」敏瑜帶了質問的語氣，直接道。「只要我點頭，和你踏出耒陽侯府的大門，就是私奔。那麼我這一輩子只能當殿下您的侍妾，還是那種一輩子都背負著讓人取笑、永遠都抬不起頭來的罪名的侍妾。我會看著你迎娶正妻，會看著你和妻子兒女和和美美，然後自己只能卑微地跪在一旁。我的家人會因此而蒙羞，我的姊姊妹妹會因為我被人質疑她們的品行，我的大姊可能因此被夫家休棄，四妹妹可能因此無法嫁人，就算嫁了人，也可能找不到一個好人家。我已經被皇上指給了楊瑜霖，和你私奔不只是品行不良，更是違旨不遵，皇上暴怒之下，極可能對我的父兄做出懲罰……」

「我沒有想那麼多，我只想和妳在一起！」九皇子還真沒有想過後果會有那麼嚴重，敏瑜的質問讓他連說話的底氣都沒有了。

「那麼，現在，知道了私奔會有怎樣的後果，殿下還希望我和您私奔嗎？」

「我……」九皇子猶豫了一下，卻又想起秦嫣然說的那些話，看著敏瑜道：「敏瑜妹妹，妳和我說實話，妳到底有沒有喜歡過我，有沒有想過要嫁給我？父皇將妳指給了楊瑜霖，妳有沒有那種鬆了一口氣的感覺？」

「你要聽實話嗎？」敏瑜看著九皇子，腦子轉得飛快，思索著到底是什麼人在他耳邊說了什麼，不用多想，敏瑜就想到了秦嫣然。

「嗯，我想聽實話。」九皇子看著敏瑜，第一次不願意讓著她。

「那我就實話實說好了！我確實是有鬆了一口氣的感覺，因為我嫁給楊瑜霖，就算他有再多的妾室、再多的紅顏知己，也不會像你和表姊出雙入對那樣，讓我那麼難過、那麼傷心，甚至不自信起來。」敏瑜這時候心裡已經想好了該怎麼回答。她輕聲道：「我一直知道嫁入皇家面上風光，背裡卻要面對複雜的人際往來和勾心鬥角，也知道自己對那樣的生活很厭煩，卻也從來沒有過抗拒的心思；直到你和表姊認識，甚至有了私情……那件事情對我的打擊真的不小，既然連你都會做這樣傷害我的事情，那我不知道還有什麼人可以相信。」

「敏瑜妹妹，對不起，我真的不想傷害妳。」九皇子連忙道歉，被敏瑜這麼一說，都忘了敏瑜並沒有回答他最要緊的問題。

「我知道，所以我原諒了你，想看看你以後會怎麼做。可是卻沒有想到天意弄人，就在皇上為給楊瑜霖指婚的事情頭疼的時候，公主殿下會將我給推了出去，成了現在這個局面。」敏瑜苦笑一聲，道：「接旨的那天晚上，我哭了整夜，哭過之後我就告訴自己，一切要以大局為重，不能任性，事實上我也沒有任性妄為的資格。」

「所以，妳會遵從父皇的旨意，嫁給楊瑜霖？」九皇子看著敏瑜，苦澀地道：「敏瑜妹妹，我怎麼能眼睜睜地看著妳嫁給別人啊！」

「所以，你就希望我和你私奔？」敏瑜苦笑一聲，心裡拿不準這個私奔的主意是不是秦嫣然給他出的，她輕笑著搖頭，道：「殿下，為了耒陽侯府，為了父母兄長，為了姊妹，我是絕對不會點頭的。」

「所以，妳會嫁給楊瑜霖，是吧？」九皇子臉上帶了一抹瘋狂，他看著敏瑜道：「我知道楊瑜霖是妳二哥的大師兄，也知道楊瑜霖是他所有師弟眼中的英雄；妳要嫁給他，敏惟一定很高興吧？他一定在妳面前說了無數他的好話，說不定還讓妳對他心生愛慕……」

「殿下不想我嫁給楊瑜霖，對嗎？」看著情緒激動的九皇子，敏瑜出奇的冷靜，她認真地道：「為了我的家人，也為了自己的堅持，我不能答應跟著你私奔，但是我可以答應你不嫁給任何人，包括楊瑜霖。」

「難道妳還能違旨不遵嗎？」九皇子帶了一絲嘲諷，這是他從未有過的態度。

「不能，但是我有折衷的方法。」敏瑜淡淡地看著九皇子，冷漠地道：「只要我在嫁人前死了，就無所謂抗旨不遵，不是嗎？」

「敏瑜妹妹！」九皇子一聲驚呼，所有的瘋狂、所有的嘲諷忽然退去。

「殿下，您希望我怎樣做，是遵從聖旨，嫁給楊瑜霖；還是不讓您傷心難過，用一種不會觸怒皇上的方法違抗聖旨？只要您說，我一定會做到的。」敏瑜的聲音很輕很淡，沒有一絲玩笑的意味，道：「就算皇上知道，其中必有蹊蹺，也不會因為我的死震怒，更不會因此累及家人，這也是我唯一能照顧您的心情而做到的事情。」

「我……」九皇子什麼話都說不出口了，讓敏瑜嫁給楊瑜霖，他不願；但讓敏瑜去死，他更不願意。

「沒關係，您可以好好地想想再給我答案，如果您覺得不忍心親口對我說，也可以讓人轉達。」敏瑜微微一笑，眼中卻只有冷意，她這些話並不是說說就算的，如果九皇子真的寧願看她死都不願意她嫁給楊瑜霖的話，她會照做的。

「敏瑜妹妹……」敏瑜的神態讓九皇子覺得完全陌生，他已經後悔說了那些傷人的話了。

「時候已經不早了，殿下該回宮了。」敏瑜卻疏遠地退了兩步，道：「恭送殿下！」

長亭外，春雨綿綿；長亭內，離愁濃濃。敏瑜、王蔓如一人拉著馬瑛的一隻手，三人的眼中都帶著不捨的眼淚。

「好了，妳們也別太傷心難過了，說不定等到秋天，我又能回京，又能和妳們在一起了。」馬瑛強打起笑臉說著自己都不相信的話——王夫人大概就在秋天生產，她怎麼都不可能有時間進京的。

「妳就睜著眼睛說瞎話吧！」王蔓如白她一眼，道：「這一去，沒個兩年妳是怎麼都不可能回來的……不過，倒也不能把話說死，說不定不到一年半載，妳就會回京成親嫁人。」

「要死啊！」王蔓如的取笑讓馬瑛又羞又惱地甩開她的手，撲上來，恨恨地掐了她一把，而後又道：「想嫁人的是妳吧！也是，許家連聘禮都已經下了，說不準什麼時候就會請期，把妳娶回去……唔，等到妳嫁人的時候，我一定會努力趕回來送妳出嫁的。」

「哪有那麼快！」王蔓如也不害羞，大大方方地道：「我娘可捨不得我早早地出嫁，她都和許家說了，要將我留到十七歲，我至少還能留在家中兩年……馬瑛，說不定等妳成了敏瑜的嫂嫂，我都還沒有出嫁呢！」

「妳還說！」馬瑛羞惱地打了王蔓如一下，卻又失落地道：「敏行眼裡、心裡只有秦嫣然，對我……」馬瑛沒有再說下去，苦笑著搖搖頭。

「馬瑛……」王蔓如輕輕地抱了馬瑛一下，卻不知道應該說什麼安慰她——如果馬瑛喜歡的不是敏行，不是敏瑜的親哥哥，她一定會罵敏行是個有眼無珠的，珠玉在側卻只看得見那個死魚眼睛，但是敏瑜就在一旁，她只能沈默。

「馬瑛！」敏瑜也上前，和她們抱在一起，輕聲道：「我們是最好的朋友，我真的很期望妳和三哥哥能夠相互喜歡，也真的很期望我們能有一個好的結果。我想不管是伯父、伯母還是我爹娘也會和我一樣，滿心的歡喜；但如果三哥哥對妳無心，妳還是要多為自己考慮。我娘經常說，女兒家嫁人就是第二次投胎，甚至比出生在什麼人家還要重要，妳再喜歡三哥哥，也應該多想想自己的幸福。」

「敏瑜說得對，多為自己想想。」王蔓如連連點頭，她當然也希望馬瑛自私一些。

「我知道，我會多想想自己的。」馬瑛點點頭，輕聲道：「看我娘就知道了，以前還是威遠侯夫人的時候，娘看起來風光，可是連笑容都是苦的；而現在，兗州的生活相對清苦了些，可是娘的臉上卻總帶著甜蜜……我娘的前車之鑑就在眼前，我會多為自己著想的。」

「那就好。」王蔓如笑著，而後從身後的丫鬟手上接過一個包袱，笑著道：「這是我給妳準備的送行禮！」

「這麼大？」馬瑛看著長長的包袱，顯然，裡面包了一個長匣子。

「妳打開看看，看看喜歡不？」王蔓如笑盈盈地將包袱遞向馬瑛，馬瑛也不客氣，當著她的面就將包袱解開，露出裡面的長匣子；打開匣子，裡面是一副卷軸，馬瑛打開卷軸，卻是一幅工筆畫，畫的正是那日她們幾人在東山遊玩的情景。那日所見的景色、每個人穿的衣裳、每個人的神態，都是那麼的栩栩如生，和那日沒有半點不一樣。

「蔓如，妳什麼時候畫的？」敏瑜湊上去，欣賞了一會兒，讚道：「妳的畫技明顯見長啊，看妳畫的那衣帶，我似乎都能感受到迎面而來的、帶著絲絲涼意的風……」

「從東山回來之後畫的。」王蔓如笑著道。「其實在東山的那一夜我就找了紙筆打了個稿，回來之後花了點時間和功夫，這才完成了這幅畫。」

「花了點時間和功夫？這畫可不是花一點點時間就能完成的！」敏瑜雖不善畫，但鑑賞的本事卻不差，她仔仔細細地看了一番之後，笑著道：「我看從東山回來之後，妳除了畫畫之外，就沒有時間做別的事情了。」

王蔓如沒有回話，只是笑笑，道：「馬瑛，有了這幅畫，妳想我們的時候就能打開看看。只是時間緊，我沒有來得及將它裝裱好，妳回去之後一定要先找人裝裱。」

「嗯！回到兗州之後我就找人裝裱，把它掛在我房間裡，每天抬頭就能看到這幅畫，看到妳們。」馬瑛點點頭，寶貝似地將畫捲好，小心地放進匣子，又包好，將包袱抱在自己懷裡，滿臉感動地道：「蔓如，妳真好！」

「我的禮物已經給了馬瑛，妳呢？給馬瑛準備了什麼？」馬瑛喜歡畫，王蔓如很開心，但也有些不好意思，立刻轉移話題，指著一旁的秋霞，笑著道：「是秋霞手上的東西吧，讓我也看看是什麼！」

敏瑜笑著從秋霞手裡接過包袱遞給馬瑛，王蔓如卻搶先一步接過來，一點都不客氣的打開，卻見裡面有兩個一樣大的匣子，一上一下，她皺皺眉，輕輕地掂了一下，打開了下面更重的那個，打開之後，卻看見裡面放了一套鑲了珍珠的首飾。

「敏瑜，這……」王蔓如微微一愣，她也是眼光極好的，一看就知道不管是首飾的款式、做工、上面鑲嵌的珍珠，都是最好的。像這樣好的整套首飾，敏瑜自己只有兩、三套。

馬瑛也很詫異，她看著敏瑜，道：「敏瑜，妳是不是拿錯了東西？」

「是有人翻錯了東西！」敏瑜嗔怪地瞪了王蔓如一眼，打開另外一個匣子，裡面放了幾本冊子，敏瑜輕聲道：「這才是我給妳準備的禮物！馬瑛，妳不是說伯母管家並不擅長，自己都經常捉襟見肘，更不知道應該怎麼教導妳，讓妳很為難、很擔心也很頭疼嗎？這是我這些年跟著我娘學管家的領悟和一些心得，是我特意整理出來給妳的，或許對妳會有幫助。」

「妳真是有心！」馬瑛從這不薄的幾本冊子感受到敏瑜濃濃的關切，她感動地看著敏瑜，終於明白她遮不住的黑眼圈是怎麼來的了，寫這些東西，可不比王蔓如畫那幅畫省功夫和時間。

「那這套首飾呢？」王蔓如懷疑地看著敏瑜，總覺得她送這麼貴重的東西有些蹊蹺。

「這是我去年得來的。」敏瑜輕笑著道。「第一眼我就覺得，這套首飾馬瑛一定會很喜歡，戴上也會很漂亮，就準備了將來給馬瑛添妝之用。」

「馬瑛的親事都還沒有影子，妳怎麼現在就……」敏瑜的話王蔓如倒沒有什麼懷疑的，事實上她也為這兩個最好的朋友準備了添嫁妝的東西，也在留意還有沒有更好、更合適的，但是敏瑜現在就送，未免也太早了些。

「楊家已經上門納采了。」敏瑜輕聲解釋，道：「楊瑜霖和我提過，成親之後，會帶著我去肅州……我不知道我會在什麼時候出嫁，我爹娘的意思自然希望我多留在家中兩年，楊瑜霖看起來也會尊重我和我爹娘的意願，可是誰知道到時候會不會如人所願。我擔心若我真去了肅州，會來不及給妳送添妝禮，就想先把東西送給妳。」

「敏瑜擔心的沒錯！雖然敏瑜還沒有及笄，但楊瑜霖卻已經二十一、二歲了，一定會希望早一點娶敏瑜過門，說不準我們三個中她最早出嫁。」王蔓如嘆氣，道：「能不能不去肅州呢？妳打小比我養得還要嬌慣，妳跟著楊瑜霖去肅州，能忍受那種清苦的生活嗎？」

「能有多清苦啊？」敏瑜笑笑，道：「肅州和兗州都是邊城，馬瑛能在兗州過得好好的，我也能在肅州過得很好。」

「那怎麼能一樣呢？」王蔓如撇撇嘴，道：「馬瑛是跟著爹娘一起去兗州的，再怎麼著也有爹娘照顧，而妳呢？」

「妳也不用太擔心了，真要去肅州的話，楊瑜霖一定會照顧好敏瑜的！」馬瑛卻持不同意見，道：「更何況，今年大戰之後，瓦剌暫時無法興風作浪，肅州會比兗州更安全，也會慢慢地繁華起來，敏瑜受不了多少苦的。」

「好了，不說我的事情了。」敏瑜笑笑，將她給馬瑛的禮物重新打包好，這時候，馬夫人身邊的丫鬟過來，恭敬地道：「二姑娘，時間已經不早了，該啟程了。」

「確實是不早了。」馬瑛苦笑一聲，外面還是綿綿不斷的細雨，看不到漸漸升高的日頭，但是她們在長亭內說話也有好大一會兒了，想必馬車內的母親和弟弟已經等急了，她不捨地看著敏瑜和王蔓如，道：「我該走了。」

「路上多小心，到了兗州別忘了馬上給我們來信！」王蔓如和敏瑜一起點頭，她們臉上都帶著笑，然後一左一右地送馬瑛出了長亭，上了馬車。

「妳們也別忘了經常給我來信啊！」馬瑛上了馬車，又從車窗探出頭來，朝著兩人喊。

「知道了！」王蔓如和敏瑜一起回應著，就那樣站在那裡，看著馬車緩緩駛出，直到馬車走遠之後，才滿懷離愁地上了車，一路無話的回到了京城。

是夜，或許是送馬瑛離開的時候吹了冷風、淋了雨；也或許是為了給馬瑛準備禮物，好幾天沒有好好安寢，王蔓如和敏瑜一起病倒了……

第六十四章

「這是這次秀女的畫像，你看看可有中意的。」皇后將十多張畫像遞給剛剛進殿的九皇子，畫像上的是這一次選秀中容貌、才德、出身都比較出眾的秀女，皇后看了覺得還算可心，特意挑選出來讓九皇子看的。她微笑著道：「正妃我和你父皇自會好好地為你挑選，側妃卻可以依你自己的心意……」

「依我自己的心意？除了敏瑜妹妹，誰都不合我的心意！」九皇子沒有去接皇后遞過來的畫像，皇后身邊的嵐娘將畫像遞給他，卻被他揮手掃到地上，臉上帶著冷笑，道：「真心喜歡的人，只要有她一人相伴，這一生也能喜樂，否則就算有再多的美女，也不能開心。母后，您以為用這些女子就能彌補我失去敏瑜妹妹的傷痛嗎？」

「小九……」皇后看著自從敏瑜被指婚後性情大變、不再滿臉陽光笑容的兒子，心裡很心疼，但再怎麼心疼也不能由著他這般胡鬧，她微微一沈臉，道：「母后知道你喜歡瑜兒，母后自己也一樣很喜歡瑜兒；這麼多年來，母后心裡早就將瑜兒當成了自己的女兒，還是那種最貼心最讓人心疼的女兒，母后也希望你們能結為夫妻。可是，天意弄人……」

「天意弄人？是小人作祟吧！」九皇子冷哼一聲，看著皇后道：「母后，您和我說實話，是不是您和父皇有了更中意、更喜歡的，所以才將敏瑜妹妹指給了楊瑜霖？」

「你胡說什麼！」皇后喝斥一聲。除了對敏瑜說了實話之外，她一直以來都讓九皇子以為指婚的事情是嫻妃和福安公主搞的鬼，和旁人無關，九皇子也信了。為此，他還到嫻甯宮大鬧了一場，將嫻甯宮能砸的東西都砸了一個稀巴爛，怎麼忽然之間卻這樣說？是誰在他耳朵邊上說了什麼？

就算到這個時候，皇后也沒有懷疑過是敏瑜說了什麼——一來九皇子去耒陽侯府見敏瑜已經是半個月前的事情了，要是敏瑜說了什麼，以九皇子藏不住話的脾性，定然早就衝過來質問自己。二來，她知道敏瑜和許珂寧甚為相得，就算心裡再委屈，為了許珂寧，敏瑜也絕對不會說這些可能會影響許珂寧在九皇子心中印象、地位的話，她不是那種自己不能好，也讓別人跟著倒楣的人。

「我沒有胡說！」九皇子梗著脖子，道：「如果不是，父皇怎麼可能會將敏瑜妹妹指給楊瑜霖？就算勇國公到父皇面前為楊瑜霖求恩典也不可能。滿京城那麼多未出嫁的閨秀，比敏瑜妹妹更合適的比比皆是，為什麼偏偏是敏瑜妹妹？別的不說，單論年紀，楊瑜霖都已經二十多歲了，是急著成親的人，而敏瑜妹妹卻還未及笄，將她指給楊瑜霖，還要等幾年才能成親……這指婚好沒道理！」

「誰和你說這些的？」皇后皺緊眉頭，九皇子不是個喜歡瞎琢磨的，他還沒有建府，身邊暫時還沒有得力的謀士，身邊侍候的都是宮女和內侍，而他們比任何人都知道什麼話能說、什麼話不能說，就算猜到某些內情，也決計沒有膽子和九皇子胡言亂語。

「母后別管是誰和我說的，反正，我今生非敏瑜妹妹不娶！」九皇子看著皇后，直接道：「我知道母后最心疼我，也知道母后其實和我一樣，也更喜歡敏瑜妹妹……母后，您和父皇好生說說，讓他收回旨意，別讓敏瑜妹妹和我都抱憾終生。」

「胡鬧！」皇后又是一聲厲喝，她看著九皇子，喝斥道：「小九，你真是越來越胡鬧了！你應該比任何人都明白什麼是『君無戲言』，指婚的旨意已下，現在滿京城、甚至滿天下的人都知道了這樁婚事，收回旨意，豈不是告訴天下人，你父皇言而無信？」

「我管不了那麼多！」九皇子任性了起來，他甚至語帶威脅地道：「如果母后不肯求父皇收回旨意的話，那麼就別怪兒子胡鬧了！」

「你想怎樣？」皇后看著任性的兒子，頭一次後悔一直以來對他的放縱，之前對他放縱、嬌慣，是因為她心裡知道，除了她所生，卻讓另外一個女子撫養了好些年，深受那女子疼愛和影響的大皇子以外，皇帝沒有對別的皇子寄予厚望，不希望再養出一個出眾、心大的兒子，看著自己的親生兒子為了那把椅子相爭。可是現在，她卻後悔沒有對他嚴厲一些了。

「母后，您說要是天下人都知道我和敏瑜妹妹青梅竹馬、兩小無猜的感情，敏瑜妹妹可還會嫁給楊瑜霖？那楊瑜霖就算被譽為大齊第一勇將，有沒有膽子娶皇子鍾情的女子為妻？」九皇子看著皇后，這些話，包括之前的猜度，全都是秦嫣然為他分析並出謀劃策的。

秦嫣然雖然不若敏瑜瞭解她那樣瞭解敏瑜，但是卻也知道，敏瑜對耒陽侯府、對自己的名聲有多麼的重視，要真是傳出這樣的風聲，敏瑜為了闢謠，一定會做出非同一般的舉動。

「你……」皇后被九皇子的話氣得幾乎仰倒，她冷冷地看著九皇子，道：「如果你想敏瑜死，你儘管那樣說！」

九皇子微微一怔，腦海中不期然地想起那日被敏瑜客氣地「恭送」出耒陽侯府的事情，微微猶豫了一下，強笑道：「敏瑜妹妹一定會支持我的……」

皇后氣得說不出話來，這時候，殿外卻有個內侍在門口晃了又晃，似乎有要事要稟告又不敢進來一般，她微微挑了挑下巴，對嵐娘道：「妳去問問有什麼事情！」

「是。」嵐娘立刻出去，很快就回轉過來，輕聲道：「啟稟娘娘，是溫太醫過來回話。」

「溫太醫？」皇后微微一皺眉，溫太醫是太醫院最好的老太醫之一，但是她真想不起她派溫太醫給哪個嬪妃或者皇子、皇女請脈去了。

「溫太醫是給丁姑娘看病回來的。」嵐娘輕聲提醒，道：「丁姑娘病了好些日子，一直不見好，侯夫人著急，與奴婢說了，奴婢便自作主張請了溫太醫。」

「敏瑜妹妹怎麼了？」九皇子著急地問道。

「奴婢也不清楚。」嵐娘搖搖頭，道：「侯夫人說丁姑娘為馬姑娘送行的時候，不小心淋了雨又吹了冷風，之後就一直有些不好，看了好幾位大夫，連太醫院的幾位太醫也都為她扶了脈、開了藥，卻一直沒有起色，還越拖越不好。」

「那還不快讓他進來回話！」九皇子著急上火地道。

「讓他進來回話吧！」皇后輕輕地搖頭，她也關心敏瑜的病情。

嵐娘應聲，很快，鬚髮皆白的溫太醫進來了。

溫太醫磕頭請安之後，皇后也沒廢話，直接問道：「瑜兒的病情怎樣？」

「回娘娘的話，丁姑娘不過是偶感風寒而已。」溫太醫恭敬地道。「或許是丁姑娘這段時間思慮過多，傷了精氣神，所以，才會一病不起。」

「這麼說來不過是小病了？」皇后皺眉，以她對丁夫人的瞭解，怎麼都不相信丁夫人是這種大驚小怪之人。

「病是小病，只是……」溫太醫斟酌了一下，道：「恕微臣直言，丁姑娘似乎對自己的身體和病情並不在意，也不是很配合微臣；如果丁姑娘一直都這樣，微臣也不敢保證需要多久才能痊癒。」

對自己的身體和病情並不在意？溫太醫這話落在九皇子耳中，猶如晴天霹靂，劈得他腦子成了一團漿糊，什麼都看不見、什麼都聽不見了。等到溫太醫回完話告退，嵐娘搖了搖他，才讓他清醒過來。

「母后，敏瑜妹妹這是……」九皇子看著皇后，臉上帶了擔憂和倉皇，道：「不會是我那日見了她後說的那些胡話，讓她受了刺激，才會生了病卻不好好地吃藥治病吧？」

「你對瑜兒說了些什麼胡話？」皇后臉色鐵青地看著九皇子。溫太醫的話雖然很委婉，但也點明了一個重點，那就是敏瑜不配合。要不然小小的風寒絕對不會看了那麼多的大夫都看不好，更不會越拖越重。還說要是一直這樣，即便就此香消玉殞也並非不可能。

「我……」九皇子將那日的話說了一遍，滿懷悔意地道：「我真的沒有想到敏瑜妹妹真的會這樣，我……」

「你閉嘴！」皇后抓起手邊的杯子就砸了過去，道：「沒想到？你多大的人了，一個沒想到就想推卸所有的責任嗎？你不是想將你和瑜兒青梅竹馬的事情鬧得人盡皆知嗎？好啊，你去鬧吧，等瑜兒真的出了事情，本宮倒要看你還能怎麼鬧！」

「母后，我真的……」九皇子跪了下去，卻不知道該辯解什麼，最後，他垂下頭，道：「母后，我錯了！」

「錯了？一句錯了就算完嗎？瑜兒還躺在床上呢！」皇后臉色冷峻，心裡卻暗嘆一聲。

「母后，您說兒臣應該怎麼做……」九皇子閉上眼，淚水無聲的溢出，一滴一滴的落下，落在金磚之上，一滴接著一滴，他強忍著徹骨的痛楚，道：「這一次，兒臣一定聽母后的。」

「忘了敏瑜，好好地聽父皇、母后的安排，歡歡喜喜地成親。」皇后看著地上的淚水，心裡一樣感到痛楚，但事情已經到了這一步，她只能照著皇帝的意願走下去了。

「那敏瑜妹妹……」

「從此之後，她只是路人，你不能再私下見她，更不能再對她說些不該說的話，除非你真的想逼死她！」皇后無情地道。「如果你答應，那麼明日就讓嵐娘去耒陽侯府探望敏瑜，如果不然，那麼……本宮就什麼都不管了，由著你折騰便是。」

「兒臣……兒臣聽母后的。」

「什麼？讓妳年內出嫁？」丁夫人的聲音驟然拔高，臉上帶著不可置信的表情，道：「瑜兒，妳確定娘娘真的是這麼一個意思嗎？妳確定妳沒有誤解嗎？」

「娘，嵐姑姑說得已經很明顯了，我怎麼可能誤解？」敏瑜苦笑一聲。知道她的病情後，皇后便派了嵐娘過來探視，嵐娘一走，她就將嵐娘傳達的意思告訴了丁夫人。

「可是，妳才十四歲！讓妳嫁給楊瑜霖，已經是天大的委屈了，要再讓妳這麼早就出嫁……」丁夫人的心都揪成一團，她在屋子裡轉了幾圈，最後站定，帶了幾分決然地道：「不行！萬萬不行！我明天就進宮和娘娘好好地說道說道，怎麼都得把妳多留兩年，起碼也得等妳滿了十六歲再說。」

「娘！」看著丁夫人氣急敗壞的樣子，敏瑜高聲喚了一聲，等丁夫人看過來之後，低聲道：「如果沒有經過深思熟慮，娘娘是絕對不會讓嵐姑姑上門來說這樣的話；既然已經說了，那麼就不會輕易更改……照著娘娘的意思去辦吧！」

「我知道娘娘不會輕易更改自己的決定，但是不能因為娘娘決定了，就什麼都不說的照辦啊！」丁夫人自然知道皇后的脾性，也知道就算自己找上皇后，也未必就能改變皇后的態度，她惱怒道：「除了那種小門小戶的，哪家的姑娘不是留到十六、七歲才出嫁的？除了那種十八、九歲無人問津，還沒有定親的，但凡是定了親的姑娘，都是留得越久越金貴。要真是依照娘娘的意思，就這麼讓妳嫁過去了，妳不僅要被楊家給看低了，更會讓全京城的人笑話。」

「娘！」丁夫人說的，敏瑜都懂，但比起自己會不會被人看不起、會不會被人笑話，她更在意的是這些事情給父兄、給耒陽侯府帶來的影響。

「瑜兒，妳什麼都別說！」丁夫人打斷敏瑜即將出口的話，她直接道：「我不知道娘娘為什麼會讓嵐娘傳達這樣的話，但是這一次，我絕對不能聽從她的意思。誰生的孩子誰心疼，娘娘不為妳著想，我這個當娘的不能不為妳著想，就算因為這件事情得罪了娘娘，影響了我們這麼多年的感情，甚至遭人厭棄，我也不能再讓妳任由他人擺佈了！」

丁夫人的暴怒讓敏瑜心裡暖暖的，但她卻不能讓丁夫人衝動——耒陽侯府能夠在丁夫人嫁進來這二十年，漸漸地恢復之前的榮光，讓人提起耒陽侯府的時候不再帶著嘲笑、帶著不屑，丁培寧和丁夫人的付出都是巨大的。

要是丁夫人為了自己的事情找皇后娘娘爭辯、討說法，就算皇后自知理屈，就算皇后念在這麼多年的情分上不加以責罰，甚至改變決定，但皇后是母儀天下的一國之母，經此一事，她怎麼都不會像以前一樣對待丁夫人了，而那個時候……

在她心中，丁培寧和丁夫人是最好的父母，也是最好、最能幹、最有本事的人，但敏瑜卻不得不承認，丁夫人和丁培寧其實都不是什麼天資絕豔之人，如果沒有丁夫人和皇后的情誼，沒有皇后這些年另眼相看得來的便利，歷經過兩代不靠譜的主母，不管是名聲、威望還是人緣都已經跌落谷底的耒陽侯府，絕對不會是今天這個樣子。或許能夠有個好名聲，也或許還能勉強的在勛貴之中立足，但絕對不會像今天這樣，不管到什麼地方、不管做什麼事情，總是有人肯賣面子。

還有敏彥，他有滿腹才華，有著許多勛貴子弟沒有的堅毅品行，但像他這樣出色的勛貴子弟，只能說很少，但也並非沒有。如果不是因為丁夫人和皇后的情誼，大皇子怎麼可能在那麼多的勛貴子弟中偏偏親近他，視他為親信？雖然皇上目前為止還沒有立太子的意思，但是誰都知道，大皇子是最可能成為太子和新皇的人，現在能夠成為他的親信，等他登基為帝之後，就有可能成為天子近臣。

耒陽侯府早在很多年前就被視為皇后的人，很多的便利、很多的照顧、很多的情面，都是衝著丁夫人是皇后娘娘閨蜜才有的；如果皇后對丁夫人冷淡下來，不用皇后說什麼、做什麼，甚至暗示都不用，就一定會有人試探皇后的態度，一旦確定丁夫人真的得罪了皇后……那對耒陽侯府雖不會是滅頂之災，也不會被打回原形，但是處境絕對會艱難起來。

敏瑜絕對不容許那樣的事情發生，更不容許是因為自己才讓那樣的事情發生！

「娘可有想過，娘娘為什麼會讓嵐姑姑傳達這樣的意思？」心裡已經作了決定，但敏瑜卻沒有直接表態，而是看著丁夫人，問起了另外的問題。

丁夫人聽到敏瑜轉述皇后的意思之後，心頭又是氣惱、又是心疼、又是憤怒，根本沒有細想皇后所為背後的緣由，被敏瑜這麼一問，也冷靜下來，仔細思索了一番之後，道：「莫不是九殿下還沒有死心，還想讓皇上收回指婚的旨意，皇后娘娘不希望九殿下為了妳一再地觸怒皇上，失了皇上的歡心，所以才起了這樣的念頭？」

敏瑜就知道丁夫人一定能夠想到這一點，畢竟就在不久之前，九皇子還找上門來。她點點頭，道：「嵐姑姑說九殿下在皇后娘娘面前說了些不當的言辭，沒有細說九殿下到底說了些什麼，只說皇后娘娘被他的胡言亂語氣得夠嗆……」

「果然是他惹的麻煩！」丁夫人恨聲道。「他說話做事之前就不能動動腦子，為別人想想嗎？他是皇子，就算做錯了什麼、說錯了什麼，皇上和皇后娘娘就算惱怒生氣，也不過是略施懲戒便算了，但旁人呢？」

「他……」敏瑜很想為九皇子說兩句好話，但是卻不知道該怎麼說，最終只是搖搖頭，道：「他是什麼性子娘應該也知道的，沒有必要為了他生氣。」

「如果不是因為他已經拖累到了妳，我會生氣嗎？」丁夫人搖搖頭，依舊堅持地道：「我明日還是進宮一趟，不能因為他的任性胡鬧牽連到妳……」

「娘！」敏瑜輕輕地搖搖頭，她知道，丁夫人不是沒有想到找上皇后可能有的結果，只是不願意自己一再地受委屈，她看著丁夫人，輕聲道：「如果娘心疼女兒的話，就別去找皇后娘娘理論或討說法，而是將手頭上其他的事情放下，專心的張羅女兒的婚事。」

「瑜兒——」丁夫人板起臉，看著敏瑜，道：「娘知道妳心裡在想什麼，無非是擔心這件事情會影響我和皇后娘娘的關係，進而影響到耒陽侯府以及妳哥哥們的仕途。但是，瑜兒，就算到最後真的要賠上這一切，娘也不能讓妳一再地受委屈。」

丁夫人的態度讓敏瑜很感動，卻更堅定了自己的決定，她看著丁夫人，道：「娘可曾想過，到最後賠上的可能不是耒陽侯府、不是哥哥們的仕途，而是女兒的性命呢？」

「瑜兒，這是什麼話？」丁夫人臉都青了，顯然被敏瑜這話給嚇到了。

「那日，九殿下上門見我，是讓我跟他一起私奔離京的！」敏瑜一直沒有將那日九皇子的荒謬言辭告訴任何人，包括丁夫人，她不希望家人為自己擔憂。

「什麼？」丁夫人懷疑自己的耳朵出了問題，要不然怎麼會聽到這種荒誕無稽的話？

「我拒絕了，他很生氣，問我是不是很高興能夠擺脫他、嫁給楊瑜霖，還說了一些失去理智的傷人言語。」敏瑜看著丁夫人，道：「我不想和他說關於許姊姊的任何事情，也不知道該如何向他解釋。最後，我告訴他，為了家人我不會抗旨，但如果他怎麼都無法接受我嫁給他人，那麼我會去死。」

「瑜兒！」敏瑜的話讓丁夫人的心驟然刺疼，她驚呼一聲之後，忽然省悟過來一些事情，她瞪著敏瑜，道：「瑜兒，妳老實告訴我，妳這次生病有沒有故意延誤病情，生生將病拖到了現在？」

「有。」敏瑜點點頭，看著眼中閃爍著水光的丁夫人，道：「原本只是想以此嚇唬一下九殿下，讓他知道我說得出做得到，卻沒有想到我這頭生病剛驚動了娘娘，他那頭就對娘娘胡說一氣……娘，嵐姑姑走後我心裡一陣怕，如果這兩件事情沒有誤打誤撞地湊到了一起，不但把九殿下給嚇住了，也讓娘娘明白了我的心意，您說娘娘是會讓嵐姑姑過來傳話，還是另做決斷呢？」

丁夫人的心冰涼冰涼的，皇后不是個心狠手辣的，但在那個位置上的女人也絕對不會心慈手軟，該狠心的時候她必然能狠得下心來。如果九皇子真的為了敏瑜不惜一切，那麼她絕對不會放縱九皇子胡鬧，她定捨不得傷了自己的親生兒子，到最後她必然像皇上一樣，來一招釜底抽薪，讓九皇子不聽話、胡鬧的根源消失……

「娘，與其鬧得大家心裡都不痛快，事情還無法收拾，還不如順著娘娘的意思來。」敏瑜看著丁夫人，道：「更何況，我是遲早要嫁出去的，早嫁、晚嫁其實也沒有多少差別，不是嗎？」

「胡說！早嫁、晚嫁差別大了去！妳現在就嫁過去，讓別人笑話也就算了，要是楊家人因此看低了妳，那對妳的影響可就大了。楊家那樣沒有規矩的人家，又要在一個屋簷下生活，麻煩的事情很多，要是一進門就讓人有了議論的地方，對妳可相當的不利。」丁夫人輕責一聲，心裡知道，女兒早嫁的事情可能無法改變了。

「娘，我和他們不一定會在一個屋簷下生活。」敏瑜輕輕地搖搖頭，決定將所有丁夫人會暴跳的事情一次性全部告訴她，她輕聲道：「最晚中秋，楊瑜霖就會回肅州，他之前有和我提過，我們成親之後會帶著我去肅州。」

「他說的算嗎？」丁夫人冷哼一聲，卻又嘆氣，道：「皇后娘娘應該會希望妳跟著去肅州……短時間內不回京，不要和九殿下有任何接觸的可能，對妳、對九皇子都好。」

「要斷了九殿下不該有的念頭，最好是這樣。」敏瑜點點頭，嵐娘都已經這麼說了，那麼絕無商量的可能。

丁夫人苦笑著，卻已經連生氣的力氣都沒有了。

「娘，如果您能控制好情緒，明天不妨進宮見見娘娘，不是讓您找娘娘理論，而是去談條件。」敏瑜心裡盤算著，她不是不覺得委屈，也不是不覺得憤怒，但為了家人，為了大局著想，有再多的委屈只能嚥下，再多的憤怒也只能壓下。

「談什麼條件，妳說，我聽著。」丁夫人清楚，女兒有的時候比自己厲害很多。

「只有一個——年內，準確說是中秋前讓我們成親的事情必須由楊家主動提出來。短短一年之內就完成從納采到親迎的所有禮節，對女子而言已經是一種輕慢了，要是再讓爹爹主動提，那對我來說傷害就太大了。」敏瑜心頭閃過很多的念頭，卻又將那些誘人的念頭壓了下去，只提了一個不算要求的要求。

「這算什麼條件？」丁夫人覺得這根本就不是條件。

「娘，您照我說的去做就是了！還有，您一定要悲傷一些，帶一點點憤怒……」

第六十五章

「等得心急了吧？」看到伸手扶自己下馬車的是王蔓青，丁夫人了然地說了一句。

「嗯。」王蔓青點點頭，看著一身盛裝打扮的丁夫人，關切地道：「娘今日進宮收穫如何？」

「我們進屋再說吧！」丁夫人嘆了一口氣，見皇后之前她也盼望是敏瑜太過敏感而誤會了，可是進了宮，和皇后說了幾句話之後，她才知道敏瑜把所有的事情都給說中了，她甩甩頭，將煩心的事情先放到一旁，關心地問道：「瑜兒今天氣色怎樣？有沒有好好的吃藥休息？」

「今天是我親眼看著她將所有的藥喝下去的，氣色看不出有多大的變化，不過午睡的時候倒是安穩了許多。」王蔓青立刻回答。敏瑜故意延誤病情和皇后要她早點出嫁的事情，丁夫人只告訴了丁培寧和他們夫妻。

丁培寧和敏彥是既心疼又慚愧，心疼的是敏瑜受了那麼多的苦，還受這樣的委屈；慚愧的是他們身為父兄，卻不能庇護她，反倒讓她事事為自己著想。

王蔓青卻不一樣，或許她終究只是嫂子，除了憐惜之外，更多的卻還是敬佩。敬佩敏瑜的冷靜和果決，既能狠得下心來對自己，也能冷靜地看清楚現實，作出最明智的決定。

「那就好！」丁夫人點點頭，心頭總算是有了些安慰，一邊快步和王蔓青往書房走，一邊道：「敏惟呢？他沒有在家吧？」

「夫君找了個藉口將他支出去了，現在還沒有回來。」王蔓青回答道。不管丁夫人進宮的結果如何，定然要說起楊瑜霖，而敏惟和楊瑜霖關係不一般，情感也不一般，最好還是避開一點，就找了個藉口，讓他到郊外的莊子上辦事去了。

丁夫人點點頭，說話間便也到了書房，丁培寧和敏彥正在下棋，看她進來，不約而同地將手上的棋子放下。

丁培寧直接問道：「慧娘，怎麼樣？」

「唉！」丁夫人嘆了一口氣，坐下，王蔓青連忙為她倒了一杯茶，丁夫人接過來，卻沒有喝，就那麼端著杯子，道：「娘娘還是和以前一樣的和氣，可是……九殿下不省心，娘娘很擔心他任性胡鬧出些狀況，娘娘覺得，避免他胡來最好的辦法就是斷了他的念想。」

「所以，讓瑜兒早點嫁為人婦，跟著楊瑜霖離開京城，就成了娘娘最好的選擇？明明是九殿下不省心、不省事，到最後倒楣的卻是乖巧懂事的瑜兒！」丁培寧冷哼一聲，道：「瑜兒和九殿下日久生情是她縱容的，瑜兒被指婚是她和皇上較勁得來的，現在，還要為了被她寵壞的九殿下，逼著瑜兒早早出嫁嗎？」

「現在說這些有用嗎？」丁夫人苦笑一聲，她心裡也有過和丁培寧同樣的抱怨，她心裡甚至抱怨自己——歸根結柢，如果沒有她和皇后的交情，敏瑜恐怕也會和京城絕大多數的貴女一樣，頂多不過見過九皇子那麼幾次而已。

「唉！」丁培寧重重地嘆了一口氣，看著丁夫人苦澀的笑容，輕聲道：「我知道現在說什麼都沒用了，只是心頭不忿……」

「其實說來也都怪我，如果不是因為我的態度，以瑜兒的脾性定然會適當地遠著九殿下一些的。」丁夫人很是自責地道。

「這怎麼能怪妳！」丁培寧搖頭，滿是自責地道：「真要怪也該怪我自己沒本事，要是我能有曾祖父那般英勇善戰或者有祖父的善謀，皇上就算不中意瑜兒，也多少會考慮我們的感受，不會這般隨意地就將瑜兒指了出去。」

丁培寧的自責讓丁夫人心裡滿是酸楚，也顧不上兒子、兒媳在一旁看著，將手上都沒有沾唇的茶水放下，伸手握住丁培寧的手，道：「你別這麼說，這麼多年來，你為了這個家已經盡了你自己最大的努力。在我眼中，你是最好的丈夫，我也相信在兒女眼中，你是最好的父親。」

「爹，娘說的沒錯！」敏彥立刻插話，道：「在兒子眼中，您是誰都比不上的！」

丁夫人的話讓丁培寧心裡好受了些，但敏彥的話卻讓他瞪了眼睛，狠狠地看著他，道：「睜大眼睛好好的看看，你老子我沒出息，才讓最寶貝的女兒受這樣的委屈。你天資比我好，打小的條件也比我好，起點更比我高，可一定得努力再努力地往上爬，將來別像我一樣，眼睜睜地看著自己的女兒受委屈卻無能為力。」

「兒子受教了！」敏彥恭恭敬敬地點頭。

一旁的王蔓青卻不禁低頭，看著自己到現在毫無動靜的肚子，心中悽楚，她什麼時候才能有好消息呢？

大概二十幾天前，她身體有些不適，吃什麼吐什麼，聞到了不喜歡的味也都吐得唏哩嘩啦，一直準時的小日子也遲到了。她又是驚喜又是忐忑，拖了幾天，便請了大夫上門，結果大夫卻說她是不小心吹了冷風，寒了胃，根本沒有懷孕。至於小日子推遲，可能是那段時間的作息時間有變化，影響到了。

大失所望的她強顏歡笑地送走大夫之後，將自己關在房裡大哭了一場，當天晚上，小日子便來了。這件事情，家中上上下下沒有一個說嘴的，但王蔓青自己心裡卻滿不是滋味，她好幾次都忍不住地想主動對敏彥提納妾的事情了，但話到嘴邊，卻怎麼都說不出口。現在，丁培寧無意的話，卻讓她心裡難受起來。

丁夫人察覺到王蔓青情緒有了變化，對於這個兒媳，她是打心眼裡喜歡，就算她進門至今都快兩年沒有消息，也不影響她對她的態度，她放開丁培寧的手，道：「知道嵐娘說的那些話確實是娘娘的意思，也察覺到娘娘的態度很堅決、沒有商量的餘地之後，我便沒有再說什麼多餘的話，只將瑜兒所提的要求告訴娘娘。娘娘也沒有為難，只說這件事情她會去辦，定然不會讓瑜兒一再地受委屈。」

「瑜兒還沒有一再地受委屈嗎？」丁培寧冷哼一聲，微微地頓了頓，卻又道：「看九殿下這般的任性胡鬧，一點都不為瑜兒著想；看娘娘一心只想著兒子，想著為兒子解除所有的隱憂，卻讓瑜兒承受所有的委屈，我忽然覺得瑜兒嫁給楊瑜霖其實也不錯。姑且不說楊瑜霖這人是不是個會疼人的，就說瑜兒嫁過門去，上頭沒有婆婆可以輕鬆很多這一點，就很不錯了。」

丁夫人輕嘆一聲，她知道，皇后娘娘這一次作這樣的決定，其實也有敏瑜已經是外人的緣故。如果敏瑜真的嫁給了九皇子，皇后雖然也會護著九皇子，但絕對不會這般不顧及敏瑜的感受。但她不想為皇后辯解什麼，再怎麼辯解都無法改變她為了九皇子絲毫不顧及敏瑜的決定。

丁夫人苦笑一聲，道：「說這話也為時過早，楊夫人石氏雖然過世了，可是妳別忘了趙姨娘和楊勇。一個是不知道何為規矩的，一個是偏心偏得毫無立場的，我敢說瑜兒進門之後，他們定然會想著法子為難瑜兒。」

「趙姨娘算什麼？不過就是個姨娘而已！」丁培寧冷笑一聲，道：「她想為難瑜兒，也得照照鏡子，看看自己有沒有那個資格。至於楊勇……聽說他在戰場上斷了一臂，為國建功立業再無可能，他的那些庶子都是些不成器的，楊家以後就指望著楊瑜霖。他要是個有腦子的，定然不會跟著趙姨娘那個無知婦人瞎胡鬧。」

「你也別高看了楊勇，他要是個有腦子的，他不會是現在這個樣子，楊家也不會是現在這樣的名聲，勇國公更不會為楊瑜霖到皇上面前求什麼恩典！」丁夫人搖搖頭，楊勇就是個沒長腦子的，指望他？還是算了吧！

「爹，娘，你們也別太擔心了。」王蔓青輕聲道。「妹妹那般聰慧，在宮裡都能活得如魚得水般自在，怎麼可能連這兩個人都應付不了呢？」

「宮裡的人心機深，手段毒辣不假，但不管做什麼都是暗裡來，不管有多大的仇怨都不能擺到檯面上，這是規矩。要是楊勇和趙姨娘也是那樣的人，我倒也不擔心，我擔心的是這兩人直接不要臉面，明面上為難啊！」丁夫人嘆氣，人家都說明槍易擋暗箭難防，可到了敏瑜這裡卻大不同，暗箭好躲，這明槍卻不好躲啊！

她不想再談楊家人，都是些糟心人和糟心事，她看著王蔓青道：「現在都已經是三月底了，到中秋滿打滿算也就不到半年的時間，楊家這才問名，短短的幾個月就要將剩下的禮節走完，將瑜兒嫁出去，不知道有多少煩心的事情要做。瑜兒的嫁妝我倒是很早就在準備了，可差的還有很多，還要挑選陪嫁……零零碎碎的事情不知道有多少，我一個人怎麼都忙不過來，妳打起精神和我一起張羅吧！」

「嗯。」王蔓青點點頭。想也知道，接下來的日子會忙成什麼樣子，不過也好，忙起來她說不定就不會再去想那些讓她煩心，讓她不知道該如何決定的事情了……

「由我統領肅州軍？」楊瑜霖訝異地看著吳廣義，直截了當地道：「我年紀輕，恐怕難以服眾啊！」

「你這孩子，還是這麼謙虛。」吳廣義捋了捋鬍子，哈哈笑道：「要是讓你去別的地方統領，以你的年紀，自然要擔心這個，但是在肅州，若連你都不能服眾，那還有誰能夠服眾呢？」

吳廣義這話還真是一點都沒有誇張，肅州軍中的中高階將領，大平山莊出身的占了近半，這些人中，五成是楊瑜霖的師弟，還有五成則是他的叔伯輩，不管輩分如何，對他都是服氣的。大平山莊弟子素來團結，由楊瑜霖統領肅州軍，就算有想法，也一定會大力支持。而非大平山莊出身的那些，不服氣的肯定有，畢竟有不少比楊瑜霖年紀大、資格老、歷年來立下功勞也不小的，都看著這個位置呢！

但是，楊瑜霖在肅州這兩年立下的功績是有目共睹的，他「大齊第一勇將」的名號也不是當擺設的，武力的震懾加上大平山莊眾人的擁護，他一定能夠勝任這一職責。

「可是我的資歷和年紀……」楊瑜霖知道這是一個絕好的機會，把握好了，二十年後封公列侯也不是難事，但越是這樣，他心裡就越是沒底——他自認以自己的本事足以當此重任，但他的資歷淺、年紀輕，更沒有靠山，這麼大的一個大餅落在他的頭上，他想的更多的還是背後的緣由。

「你的年紀是小了些，不過，年輕人熱血，有衝勁，至於說資歷……你的功績足以彌補資歷不足的弱勢。」吳廣義哈哈笑著，道：「當然，你也不要想得太好，你接手的肅州軍和之前的肅州軍可不一樣。」

「怎麼個不一樣?」楊瑜霖關心地看著吳廣義,他知道肅州軍肯定會有變動。去年的那一場大戰,雖然以大齊和韃靼聯軍勝利而結束,但戰爭不管對戰勝的一方還是戰敗的一方而言,都是殘酷的,不同的不過是付出的代價多少而已。去年的那一戰,除去老將軍帶去的七、八萬人,肅州軍原本五萬駐軍,死傷過半;傷輕者養好傷後還能回去,但傷重者卻意味著只能卸甲歸田。這樣一來,肅州軍頂多還能剩下三萬人馬,而這三萬人,楊瑜霖可不認為就能全部留在肅州。

去年一戰,瓦剌元氣大傷,沒有休養生息個七、八年是不可能有能力再大舉進犯,而韃靼損傷卻不大,就算韃靼現在看起來很和氣,韃靼王甚至遣五王子上大齊求親,但是誰都不知道韃靼什麼時候就會撕毀盟約,舉兵進犯——古往今來,和親的公主不知有多少,但有幾個和親公主的犧牲真的換來了兩國的友好呢?

肅州軍剩下的這三萬,是上過戰場、殺過人見過血,真正的鐵血軍士。這樣的士兵在戰場上,對上那些初次上戰場的,不說個個都能以一擋十,但一個老兵對付七、八個新兵還是有餘力的。這樣的士兵,留在肅州是一種浪費,他們極有可能在一、兩年內被調往兗州,充入兗州軍,能夠剩下一半就不錯了。

「我想怎麼個不一樣你心裡應該有譜!」吳廣義收起笑容,道:「第一,肅州軍原本的將領,有六成會留下,留下的人中八成是大平山莊出身,這也是肅州軍的傳統,有助於肅州軍的向心力。另外的三成調往兗州,充入兗州軍,還有一成則到地方駐軍。這四成將領將帶走大量的軍士，留下來的老兵不會少於八千，但也不會超過一萬。」

「這個我想到了！」楊瑜霖點點頭，如果真的是他接任統領肅州軍的話，這對他來說是個好消息，有利於他掌控肅州軍。

「第二，各地方已經開始徵兵，入秋之前，新兵會陸續抵達肅州。新兵加上從各地駐軍調派的士兵，大概會有兩到三萬人，這兩到三萬人將充入肅州軍。」吳廣義看著楊瑜霖，道：「你統領肅州軍之後，最大的任務就是訓練新兵，將這些新兵在一、兩年內訓練成不怕血的士兵。韃靼王正值壯年，我想快則一、兩年，晚不過三、四年，大齊和韃靼之間必然有一場惡戰，到時候可是要向你要兵的。」

「我明白。」楊瑜霖點點頭，訓練新兵對他來說真不是什麼陌生的事情，他這個大師兄就是將師弟們當士兵來操練的。

「還有，瓦剌已經派人上京，請求開放肅州經商通貿，皇上和眾位大臣已經在慎重考慮此事了，我想此事應該能成。如果成了，皇上必然會指派文官與你一同前往肅州，到時候，除了肅州的邊防之外，你們還有個重要的任務，那就是讓肅州成為繁華的邊疆貿易大城。」吳廣義看著楊瑜霖，道：「對這個，我是兩眼一抹黑，完全不能幫你，只能靠你自己去做。唯一能夠告誡你的就是，和那些滿肚子墨水和壞水的文官打交道，一定要多留幾個心眼。打仗的時候，我們在前面流血拚命，他們在後面賣力吆喝；到了論功行賞的時候，他們往往比我們的功勞還要大。不打仗的時候，我們就是匹夫、就是粗人，說不準什麼時候就會被他們暗地裡參上一本。」

「我明白。」楊瑜霖點點頭，就像文官看不慣武官，覺得他們粗俗無禮，好逞匹夫之勇一樣；武官也一樣看不上文官，認為他們就會在暗地裡算計。

「還有最後一點……」吳廣義微微地頓了頓，道：「你此次去肅州，責任遠大，沒個兩、三年甚至更久是看不到成效的，職責所在，不奉詔不能回京。」

楊瑜霖微微一怔，這意味著他的親事要再拖上個兩、三年甚至更久嗎？他心裡微微嘆氣，原本還想著等敏瑜及笄後和丁家商議婚期，早點成親，但現在……罷了，反正她還那麼小，再過三年，等她十七歲成親也剛剛好。如果到那個時候還不能回京，和侯爺、侯爺夫人好生商量，將她送到肅州再成親也就是了。

「你得好好地考慮考慮你的親事了！」見楊瑜霖只是微微一怔，卻沒有說什麼，得了辜鴻東提醒的吳廣義提點一句。

「我會和侯爺、侯爺夫人好生商議的！丁姑娘是他們唯一的嫡女，也是他們的掌中寶，他們一定會想將她多留上幾年的。」楊瑜霖點點頭，苦笑一聲道：「他們要知道我去肅州兩、三年回不來的話，定然會很歡喜，高興能將女兒多留在身邊兩年的。」

這個榆木腦袋！吳廣義沒有想到楊瑜霖想的居然不是將敏瑜先娶回家，他狠狠地瞪了楊瑜霖一眼，道：「什麼叫多留幾年？你就不能早點把她娶回去嗎？成了親，你也能安安心心地當差，免得總記掛著媳婦兒還養在丈母娘家！」

早點成親？楊瑜霖又愣了一下，心頭熱了起來，但最後卻還是將這個誘人的念頭壓了下去，輕輕搖搖頭，道：「老將軍，別拿我尋開心了！丁姑娘才十四歲，指婚到現在也不過三個多月，我這才請人合了八字，都還沒有將合八字的結果告知侯爺夫人，怎麼就能提成親的事情？我知道，您是覺得我年紀不小了，但也不能讓她將就我啊！」

「說什麼將就不將就的！」吳廣義又瞪著他，道：「你們的婚事是皇上指的，她嫁給你是遲早的，既然如此，早嫁、晚嫁又有什麼不一樣呢？」

「老將軍……」楊瑜霖無奈地看著吳廣義，道：「丁姑娘尚且年幼，一來侯爺夫人捨不得讓她這麼年幼就出嫁，二來我也聽敏惟提過，侯爺夫人管家有方，想必也想將丁姑娘多留兩年，好好地教導她管家之方。」

「你說的也有道理。不過，我想只要你好生和他們商議，就算他們不同意你們早點成親也不會責怪你的。」如果不是辜鴻東的那些話，吳廣義絕對不會這樣建議，他笑呵呵地道：「你連試都不試一下，又怎麼能夠肯定耒陽侯夫妻就會拒絕呢？說不定他們也希望你們早點成親，讓丁丫頭跟著你去肅州，長長見識呢！」

可能嗎？楊瑜霖苦笑一聲，上耒陽侯府幾次，他算是看清楚了，除了敏惟這個師弟對他們的婚事是喜聞樂見的以外，其他人的態度可不見得有多好。尤其是侯夫人，看他的眼神都帶著各種挑剔。不過……他皺起眉頭看著吳廣義，道：「老將軍為什麼一再地勸我早點成親，莫非有什麼我不知道的事情嗎？」

這個……吳廣義語塞，他能將從辜老大人那裡知道的，九皇子和敏瑜青梅竹馬，甚至一度猜測敏瑜會是九皇子妃的事情如實說出來嗎？

他能說他向皇上推薦楊瑜霖統領肅州軍的時候，皇上同意並暗示他敦促楊瑜霖早點成親好赴任的事情嗎？

他能說他和辜鴻東分析再分析之後得出的，九皇子對敏瑜還念念不忘，皇上想讓她早點嫁人，離開京城，斷了九皇子念想的推論嗎？

當然不能，那些事情未必就能瞞著楊瑜霖一輩子，但至少現在不能讓他知道，至少也不能由他告訴他。

「你這蠢小子！老夫還不是想看著你早點成親，就算丁丫頭年幼，還不能為你生兒育女，但看到你身邊有個女人照顧，我這心裡也能放心啊！」吳廣義最後只能斥罵一聲，道：「怎麼？你不想娶嗎？」

「當然不是！」楊瑜霖總覺得其中定有貓膩，但看吳廣義的態度也知道，就算問也不一定能問出什麼來。

「那就是了！你小子就聽我的，好好的和未來的岳父、岳母商議，要是他們好說話，點頭同意早點成親最好；要是不同意的話，我豁出去這張老臉，為你說情便是！反正，一定要想盡辦法，讓你成了親，帶著家眷去肅州我這心裡才舒坦！」吳廣義看著楊瑜霖，道：「好了，該說的話我也說完了，你回去好好想想吧！」

第六十六章

楊瑜霖滿腦子事情的回了楊家，和往常一樣，直接進了後罩房的馬廄。

楊勇自己是武將出身，對馬有一種常人無法理解的感情和鍾愛，楊家的馬廄修得極好，馬廄裡還有專門打理的小廝。

看楊瑜霖進來，正在為幾匹馬刷洗毛髮的小廝只是起身問安，卻沒有上前侍候的意思，倒不是他們故意怠慢楊瑜霖，故意怠慢這樣的事情，楊瑜霖兩年前回來的時候倒是有，但現在……有眼睛的人都知道，楊家以後的興衰全在這位從小就離開楊家的大少爺身上，哪裡還敢怠慢呢？沒看高高在上的趙姨娘面對大少爺的時候都堆起了滿臉的笑容，甚至還將自己的娘家姪女弄到楊家，為的不過是將大少爺攏過去而已。

只是，楊瑜霖對自己的愛馬格外地珍愛，牠對他來說不僅僅是一匹馬，是陪伴他度過了無數孤寂日子的朋友，更是和他出生入死的同伴。自從得了這匹馬，不管是為馬兒刷洗毛髮還是餵食，楊瑜霖從來沒有假手過任何人。

縱使是滿腹心事，楊瑜霖也俐落地為愛馬刷洗了毛髮、為牠添了草料，看著牠吃飽，將頭伸過來和他親熱了一番之後，才回了自己的房。

楊家還真是不大，三進的院子，楊勇自然是住在正房的，他也就納了趙姨娘這麼一個妾室，在楊夫人石氏去世之後，有楊老夫人撐腰，又得楊勇全心寵愛的趙姨娘，就堂而皇之地搬到了正房，和楊勇住到了一起。

楊家的宅子小，縱使趙姨娘沒有規矩地住到了正房，卻也沒有空出什麼房間來。正房西側的偏房，楊夫人在的時候是書房，楊夫人過世之後，家中唯一喜愛讀書的楊瑜霖也去了大平山莊，書房也就閒置了出來。因為有一個小小的、獨立的院子，趙姨娘將它稍加改造之後，就成了楊勇唯一的女兒楊雅琳的住所。趙姨娘所出的兩個兒子楊衛遠、楊衛武，和楊瑜霖分別住在東、西廂房。

楊瑜霖是長子，按理來說應該住東廂房，他現在住的也確實是東廂房，但在他回來之前，東廂房住的卻是楊衛遠夫妻，如果不是因為他在戰場上立下了赫赫戰功，而楊勇卻殘了一臂的話，說不定他們現在還住在東廂房沒有挪窩。

現在楊瑜霖住的地方還是他回京之前，趙姨娘自己主動讓楊衛遠夫妻搬了騰出來的——騰出來的兩間，楊瑜霖住了當頭的第一間，楊衛武則住到了第二間，楊衛遠夫妻帶著他們一歲的女兒住到了對面的西廂房，楊衛遠的妾室飛紅則和楊家的下人一起住到了倒座房中。聽說，不管是楊衛遠還是那位頗有幾分姿色的飛紅對此都很有意見，只是不敢發作而已。

楊瑜霖才跨進院子，打扮得花枝招展的趙慶燕便滿臉是笑地迎了上來，殷勤地道：「表哥，你可回來了！」

楊瑜霖臉色冰冷，連看都不願意看她一眼，更別說和她搭話了，往旁邊一避讓，自顧自地往房間走——他對楊家沒有任何的歸屬感，如果可以的話，他恨不得永遠不要踏進楊家半步，但是他知道那不可能，他能做的只是儘量減少在這個家待的時間，不得已回來之後，也儘量待在自己的房間，看書也好、做別的事情也罷，儘量不和這個家裡的任何人，包括客人和下人接觸。

趙慶燕可不是那種看人冷著臉就會退縮的，看著楊瑜霖不理不睬就當沒有見到她一樣地繼續往前走，她也不氣餒，略顯得誇張地嬌笑一聲，輕巧地一轉身，就跟著楊瑜霖身後走，一邊努力地加快步子，靠近楊瑜霖，一邊笑著道：「表哥看上去心情不大好，是哪個不開眼的惹你生氣了嗎？表哥，有什麼不高興的事情和我說說，別悶在自己心裡，那會把你給悶壞的！」

楊瑜霖對這個「便宜」表妹只有滿心的厭惡，自然不會和她搭話，幾個跨步就到了自己房門前，沒等他推門，一直守在房間裡、聽到外面聲響的小廝石松便從裡面將門打開，恭敬道：「大少爺，您回來了！」

「嗯。」楊瑜霖點點頭，腳上沒有停留。

石松讓開路，卻在他進屋之後擋住門口，對緊跟著楊瑜霖、想要進屋的趙慶燕，不是很客氣地道：「表姑娘，男女有別，還請止步！」

「你這沒眼力的奴才，我和表哥有話要說，還不給我讓開！」趙慶燕恨死了眼前的石松，如果不是因為他總是守在表哥房裡，不讓自己有半點機會的話，自己早就照姑母教的那樣，脫了衣服在床上等表哥回房了——真要是那樣的話，表哥喜歡也罷、不喜歡也罷，一定得娶她進門的，哪至於多了門推辭不得的親事。

「表姑娘，男女有別，還請自愛！」石松對趙慶燕是半點尊敬都欠奉。

石松的父母是楊夫人當年嫁進楊家的陪房，他一直在楊夫人的陪嫁莊子上當差做事，楊瑜霖回京之後，石信威特意挑了他出來給楊瑜霖當小廝，為的就是讓楊瑜霖在楊家也有個放心的使喚人。對於他來說，楊家只有楊瑜霖才是他的主子，別人就連楊勇都不是，更別說這個一看就居心叵測的表姑娘了。

「滾開！」趙慶燕狠狠地瞪著石松，心頭不只恨極了眼前這個目無尊卑的奴才，連自己的姑母也埋怨上了，她怎麼就不能強硬一些，將眼前的這個死奴才攆出府去呢？

「石松，你去給我沏一壺茶過來！」楊瑜霖心頭有些煩躁，沒有心思再看著他們僵持，先找件事情給石松做。不等趙慶燕面露喜色、說出什麼曖昧不清的話，他順手將腰間的佩劍取下，啪地一聲放到桌子上，冷冷地道：「至於妳……妳要是不趕快給我滾的話，別怪我的劍不長眼！」

「表哥！」趙慶燕卻沒有將楊瑜霖的威脅當一回事，等石松離開，沒有人擋著門，便進門，嬌嗔地叫了一聲，整個人朝著楊瑜霖靠了過去。不等她靠近，她只覺得眼前寒光一閃，臉頰微微一涼，鬢角的頭髮便被削落在地，她未出口的話到了嘴邊化成了一陣尖叫——

「啊——」

楊瑜霖若無其事地將劍回鞘，淡淡地道：「還不快滾！」

「表哥，你怎麼能……」趙慶燕還想多說兩句，卻在楊瑜霖緩緩地又抽出劍的時候嚇得連忙閉嘴，再也不敢停留地出了楊瑜霖的房間。到了門口，她仍舊不死心地道：「表哥，我知道你今天心情不好才會這樣，等你心情好些之後，我再來……」

「滾！」

楊瑜霖用力地將劍回鞘，聲響之大，讓趙慶燕也忍不住有些心驚膽戰，終究沒敢將話說完，滿心不甘願地離開了東廂房。她沒有回房，而是眼珠子一轉進了正房。

「又碰了一鼻子灰了？」見她進來，趙姨娘沒有抬頭，一邊繼續著手上的針線活，一邊淡淡地道，院子就那麼大，東廂房的動靜自然瞞不過她，只是她不想去摻和而已。

「姑母聽到了也不幫幫人家！」趙慶燕滿臉委屈地坐到趙姨娘身邊，道：「如果不是姑母讓人將人家從老家接到京城，人家定然以為姑母不願意人家嫁給表哥呢！」

「幫妳？我怎麼幫妳？難不成我還能出面訓斥他一頓，讓他好生對妳嗎？」趙姨娘咬斷線頭，這才抬起頭來，道：「他恨我恨得跟什麼似的，我要是出面，只會辦壞事。燕子，接妳過來之前，我想的是不管他願不願意，只要妳姑父點頭，妳嫁進來當大少奶奶便是板上釘釘的事情，誰想到妳姑父都同意了，卻出了意外。皇上的指婚我們再怎麼不滿意，也不能推託，要不然就是抗旨不遵，那可是掉腦袋的大事。」

「那我怎麼辦？」趙慶燕恨恨地道。「妳和姑父也是，就不能早一點將親事定下，要是你們的動作能快點，我至於像現在這樣嗎？」

「燕子，妳這話可就不中聽了啊！」趙姨娘皺著眉頭看著自家姪女，道：「我們動作還不快嗎？妳姑父才寫信說戰場上的事情，我就把妳給接來了，妳到了之後，妳姑父他們可還在肅州。妳姑父才回京，都還在養傷就為妳的事情煩心……妳怨我們拖沓，妳可想過，就算妳姑父不顧他的反對，也不一定能趕在聖旨之前將你們的親事給定下……」

「姑母，我錯了！」眼見趙姨娘越來越憤怒，話也有越來越多的趨勢，趙慶燕連忙識趣的認錯，而後低聲道：「那我現在該怎麼辦啊？總不能就這樣拖下去吧？」

「妳也別著急。」趙姨娘老神在在地道。「我打聽清楚了，被指給他的那位姑娘都還沒有及笄，又是耒陽侯府唯一的嫡女，是那位總看不起人的侯夫人的心尖子。照京城這邊的慣例，沒個兩、三年是不會嫁進門的。妳姑父也說了，大少爺是勇國公看重的後輩，一定會讓他盡快回肅州，在那之前，妳姑父會作主，先將妳抬進門。」

「他這樣子能心甘情願地納我進門嗎？」趙慶燕嘀咕一聲，卻沒有反對趙姨娘說的安排，在聖旨剛下的時候，她倒是因為心不平而鬧過——

原本圖謀的是正頭娘子，結果卻被人截了胡，她能甘心嗎？但是經過了趙姨娘的勸說，又經過了這麼一段時間，她倒也認命了。正室又怎樣，妾室又如何，看她姑母，雖然是妾室，可哪一點比不得正頭娘子威風？而先頭的那個楊夫人，還不是只能窩窩囊囊地死了給姑母讓位。

「心甘情願也好，不情不願也罷，反正都要納妳進門的！」趙姨娘沒有將楊瑜霖的態度當一回事，但卻還是嚴肅地看著趙慶燕，道：「不過，我和妳姑父能做的也只有這些了，至於進門之後怎麼做，就看妳的了！燕子，我告訴妳啊，身分什麼的都不重要，最重要的是得抓得住男人的心，只要妳抓住了他的心，那什麼都好說；要是抓不住男人的心，別說是什麼侯門姑娘，就算是公主娘娘也一樣抓瞎。」

「我知道了。」趙慶燕點點頭，而後傲然地道：「姑母，您放心吧！只要我能進門，一定會做得很好的。」

「早一點完婚？」丁培寧的眉頭皺得緊緊的，心裡卻著實鬆了一口氣。

女兒早點出嫁勢在必行，但若是讓他們提出來或者給楊家暗示卻又不妥當，面子抹不開都是小問題，更主要的是那會給女兒帶來極不好的影響。現在，楊瑜霖先開口了，也就沒有了那樣的顧慮。

不過，丁培寧也沒有一口答應，而是問道：「瑾澤為什麼忽然提出早點完婚？莫不是出了什麼不在預期內的事情嗎？」

「小侄中秋一過便要啟程前往肅州，出任肅州都指揮使一職，未來幾年，肅州軍將由小侄統領，三、五年內小侄定然無暇分身回京，所以想盡早完婚，以免耽誤了自己，也耽誤了二姑娘！」楊瑜霖將吳廣義給的理由拿了出來，今日他接到了兵部的調令，他相信這個消息不出三日必然傳遍京城；不出十日，肅州那邊也定然得了消息，自然沒有隱瞞的必要了。

「讓你出任肅州都指揮使？」丁培寧大吃一驚，懷疑地看了楊瑜霖一會兒，想了又想，方道：「可是勇國公有意讓你繼他之後，統領肅州軍？」

不是丁培寧不願相信楊瑜霖，而是這個消息太突然、也太出人意料了，楊瑜霖的勇猛沒有人會質疑，前程也是一片大好，可是要說讓他這個年紀就統領肅州軍，丁培寧還是有些不敢相信，畢竟他太年輕，肅州軍中不乏比他更有資格的人……想來想去，丁培寧只能將這個消息歸於吳廣義的意願，勇國公可從未掩飾過他對楊瑜霖的欣賞和維護，也從未掩飾過他一心提拔栽培楊瑜霖的心思，要是他有這樣的念頭，丁培寧覺得自己不該太意外。

「確實是老將軍傾力栽培提拔的結果。」楊瑜霖點點頭，道：「小侄已經收到了兵部的調令。」

調令已經下了？丁培寧更訝異了，看向楊瑜霖的眼神中帶了一種全新的、不一樣的審視意味，他才二十出頭，就被委與這樣的重任，那將來……他不由得想起勇國公，想起他那令人津津樂道的事蹟，可就算是他，在楊瑜霖這個年紀的時候也還沒有統領肅州軍啊！

丁培寧清楚的記得，勇國公是在而立之年的時候才成為肅州都指揮使的，之後幾乎是每三年升一職，直到被封為護國大將軍和三代承爵的勇國公。或許自己的這位女婿，將來也能像勇國公一樣，一路榮耀地封公列侯？

「侯爺？」楊瑜霖並不意外丁培寧會這般吃驚，但他卻不能由著丁培寧那般走神，他還想從丁培寧這裡得到確定的答覆，而後回楊家和楊勇好好地談一談自己的婚事。想到楊勇，難免會想到趙姨娘對自己和以前截然不同的態度，以及趙慶燕那般不知廉恥、硬要貼上來的樣子……想到那些人和事，楊瑜霖就是一陣心煩意躁。如果不是因為孝道，如果不是辜鴻東一再告誡自己要暫時忍耐，不能為逞一時之快影響自己的前程甚至一生，他定然提劍殺了她們，一了百了。

「呃，喔！」丁培寧回過神來，略顯得有些不自然地笑笑，沒有直接給楊瑜霖答覆，而是帶了幾分為難地道：「你也知道，敏瑜還未及笄。勛貴人家的姑娘，像她這個年紀的，別說是出嫁，就是定親的都不多；我和夫人原本還想多留她兩年，等她十六、七歲再談出嫁的事宜……唉，我們膝下僅有這麼一個嫡出的女兒，從小如珠似寶地嬌養著的，讓她年紀小小的就出嫁，我和夫人怎麼捨得啊！」

「小侄知道二姑娘是您和夫人的心尖子，也知道您們定然是滿心的不捨，只是情況如此，如果不能盡早完婚，小侄離京之後，也不知道要再耽擱幾年。要是一切順利，或許三年能回，否則耽擱五、六年也是有可能的。小侄一個男人，早幾年、晚幾年倒也無所謂，但要是耽擱了二姑娘，甚至惹來些流言蜚語，那可就罪過大了！」

楊瑜霖誠懇地看著丁培寧，就算心裡清楚，丁培寧的為難極有可能是裝出來的，也清楚經過九皇子的胡鬧和敏瑜的以死明志，耒陽侯府說不定正等著自己開這個口，但他還是將自己的姿態擺得低低的。不管怎麼說，敏瑜都是自己未來的妻子，是那個將與自己白頭偕老的人，自己應該給她、給予她家人足夠的尊重。

「你說的倒也是實情！」丁培寧也在肅州軍待過些年月，加上敏惟的緣故，對肅州軍的具體情況就算不能說是瞭若指掌，但眾所周知的一些情形卻還是心裡有底的，自然知道楊瑜霖被任命為肅州軍都指揮使之後，將面臨怎樣的嚴峻考驗。他皺著眉頭，道：「不過，完婚這樣的大事，我也不好就這麼一口答應你。這樣吧，你先回去，我和夫人好生商議，等商量完了之後，再給你回話。」

「那小侄就敬候佳音了！」楊瑜霖點點頭，他知道丁培寧不可能直接點頭，話說到這分上和同意也沒有什麼兩樣了，他忍了忍，卻又帶了幾分遲疑地道：「聽師弟說，二姑娘前些日子偶感風寒，一直臥床養病，不知道現在好些沒有？」

「呵呵……」丁培寧打了個馬虎眼，在心裡罵了一聲什麼話都說給楊瑜霖聽的敏惟之後，才道：「她是送馬家那孩子的時候不小心淋了雨，加上離愁滿懷，才病倒的。前些天，兗州來了信，她看了信之後心情大好，病也就好了一大半，現在已經無恙了。」

「那就好！」楊瑜霖點點頭，很想問丁培寧自己能不能探望一下，但想到九皇子給敏瑜帶來的麻煩，終究還是將那略顯得有些失禮的話嚥了下去，笑笑道：「時間不早了，小侄也該告辭了。」

「我送你出去。」丁培寧沒有挽留，他現在急於將楊瑜霖帶來的讓人意外的消息說給敏彥和丁夫人聽，順便也商議一下怎樣回覆楊瑜霖更妥當。

楊瑜霖也不推辭，但兩人這才出了正廳，便看到敏瑜身邊的大丫鬟秋霞站在廊下，顯然等了不少時候。

見兩人出來，秋霞就恭恭敬敬地上前行禮，而後道：「侯爺，二姑娘聽說楊少爺來了，便令奴婢過來，說如果楊少爺有暇，想請楊少爺過去，她有些事情想和楊少爺談談。」

丁培寧微微皺眉，他知道女兒打小就是個有主見的，但現在請楊瑜霖過去是不是……然而不等他說什麼，楊瑜霖就點頭道：「都到了侯府，原本就該去看看姑娘的。」

楊瑜霖都這樣說了，丁培寧也不好再說什麼，只能點點頭，對秋霞道：「好生侍候著！」

第六十七章

秋霞引著楊瑜霖到兩人第一次單獨見面的亭子，此時紅泥小爐上的水正好燒開了，敏瑜沒有起身相迎，只是笑著對楊瑜霖點點頭，俐落地溫壺泡茶，動作優美俐落，很快便泡好了茶，給已經落坐的楊瑜霖倒上。

「這是今年的貢茶，皇后娘娘知道我閒來無事的時候會靜下心來品茗，便賞了些給我。」敏瑜輕笑著道。「前兒有心思，泡了一壺，嚐了嚐，覺得味道極好，今日便用它來招待你了。你喝喝看，喜歡不？」

楊瑜霖也不客氣，端起小小的品茗杯，微微皺了皺眉頭，似乎覺得這杯子未免太袖珍了些，卻沒說什麼，一口將仍舊滾燙的茶水一口喝完，而後道：「不錯，是好茶！」

看楊瑜霖這樣子，敏瑜就知道他定然沒有喝出什麼滋味來，莞爾一笑，道：「茶是好茶，不過看你的樣子，卻不是什麼愛茶、懂茶的。」

楊瑜霖自嘲地笑笑，道：「我自幼跟著師父習武，學的不是武功就是韜略，哪有機會接觸這些雅事？再說，我們一群武夫，喝茶不過是為了解渴，哪有什麼講究？妳這茶我喝著還真不如那大碗茶來得舒暢！」

敏瑜臉上的笑意更濃，對一旁侍候的秋喜道：「給楊少爺拿一個大杯子來。」等秋喜拿了大杯子，她便給楊瑜霖倒了一大杯茶，笑著道：「你這態度和二哥還真是如出一轍，他前兒陪我坐了一小會兒，就抱怨這個、抱怨那個，坐不到一刻鐘就找藉口溜了。我其實也知道，像你們這樣的大男人，讓你們端著這小小的杯子喝茶，也難為你們了，只是我已經習慣了這般一邊泡茶、一邊慢飲，讓我就那麼端著一大杯子茶水，我也真不知道該怎麼喝了。」

端著大杯子，楊瑜霖莫名的就覺得舒服了很多，他笑著道：「看妳泡茶就有這麼多的工具和講究，就知道妳必然是個愛茶的。」

「愛茶倒真說不上。」敏瑜卻搖搖頭，道：「我體質偏寒，不適宜多喝茶，平日喝茶不多。喜歡這般親自動手泡茶，一來是為了打發時間，二來也是想讓自己的心能夠寧靜下來。這般專心一意的泡茶，不知不覺中就會將心頭的煩悶拋開，心也能在不知不覺中安寧下來。至於這些茶具……」

敏瑜微微地頓了頓，臉上帶了幾分懷念地道：「京城很多人都知道，我娘和皇后娘娘、嫻妃娘娘在閨閣之中時就是好友，在我很小的時候，就經常跟著娘出入宮闈，坤寧宮和嫻甯宮是我最熟悉的地方。嫻妃娘娘擅長茶藝，我現在都還記得，每次娘帶著我到嫻甯宮，嫻妃娘娘便會歡歡喜喜地將自己珍藏的茶葉、窖藏的水取出來煮水泡茶。那個時候我和七公主都還很小，都覺得很無趣，根本就坐不住，但嫻妃娘娘端坐在茶桌後面，渾身不帶一絲煙火的優雅寧靜氣質，卻還是深深地刻在了我的心裡。

「後來我當了七公主的侍讀，整日待在嫻甯宮，見嫻妃娘娘泡茶的機會更多，耳濡目染之下便也學會了。閒來無事時便也喜歡這般打發時間。不光是我，七公主也好、蔓如也罷，多多少少都養成了心煩意躁或者無事可做的時候便拿出茶具泡茶、自娛自樂的習慣。」

「看來妳和王姑娘還真是興趣愛好都相投的好朋友！」沒有人比楊瑜霖更清楚，福安公主和親一事，敏瑜起了怎樣的作用，他自然只能避重就輕地提了王蔓如一聲。

「這你就錯了！我和蔓如是好朋友不假，但卻還真談不上興趣相投。我喜歡的蔓如大多都不大喜歡，而她喜歡的我也一樣不擅長，只不過在一起相處得久了，在自己都沒有察覺的時候就養成了一些相似的習慣而已！」

敏瑜輕輕地搖頭，她才不覺得自己和王蔓如興趣相投呢，她們是脾氣相投，興趣相左。說到這裡，她笑道：「看我和蔓如現在這般要好，你肯定猜不到，最初我們倆一起成為公主侍讀、在一起陪公主學習時是什麼樣子。那個時候，她看我不順眼，我看她也不順眼，不知道鬥了多少個回合。馬瑛和我關係一向不錯，七公主那個時候又最是維護我的，就算沒有她那般的牙尖嘴利，我也總是占上風……蔓如現在提起這個，還恨得咬牙切齒呢！」

「這個還真是看不出來。」楊瑜霖笑了，看王蔓如和敏瑜那般不用對眼神就默契十足的樣子，還真想不到她們曾經是針鋒相對的冤家。

「現在我們都長大了，很多的脾性都在不知不覺中有了變化，恍然回首，連自己都會一陣恍惚，別人又怎麼看得出來呢？」敏瑜感慨地嘆了一聲，道：「看我和七公主之間的相互算計，你一定不知道，我們曾經是最好的朋友。我還記得，那個時候我們是無話不說的，我喜歡的，她不管喜歡不喜歡都會嘗試著去接受去喜歡；我厭惡的，她也無條件的憎厭，最常掛在嘴邊上的一句話就是，妳都不喜歡，定然不是個好的，而現在……」

敏瑜為自己倒了一杯茶，低頭喝茶的時候閉了一下眼，壓下湧起來的淚意。再抬頭的時候，苦笑一聲，道：「想想當初，看看現在，我真的只能說世事變遷，造化弄人了！」

就算沒有看出來剛剛那一剎那敏瑜有落淚的衝動，楊瑜霖也知道她定然是滿心的激盪，他輕聲道：「人總是會變的，妳也不用太傷感了。」

「是啊，人總是會變的，七公主變了，我何嘗又沒有變呢？」敏瑜點點頭，輕嘆道：「走到這一步，說不上是誰對誰錯，真要論個對錯的話，我們都有錯。如果兩年前我沒有對她起了芥蒂，不自覺地疏遠了她，或許我們也不會變成今天這樣子。」

兩年前？

楊瑜霖微微一怔，不期然地想起當初回京奔喪時路遇敏瑜，和離開京城時耒陽侯府一家子為敏惟送行的事情。當然，也想到了敏瑜當時死死地拽著敏惟的衣角怎麼都不肯鬆手的模樣，他臉上不由得帶了一抹笑，道：「兩年前發生什麼事情了嗎？」

敏瑜輕嘆一聲，將兩年前威遠侯府發生的事情大略講了一下。

對那件直接影響到兗州軍的事情楊瑜霖也有過幾分瞭解，也在夜探馬府的時候從馬胥武口中知道了敏瑜在這其中起到的關鍵作用，但敏瑜的講述卻還是讓他心生感慨，明白了為什麼和敏瑜性格愛好不同，甚至曾經相互看不慣的王蔓如會成為她無話不說的好朋友，而原本與她無話不說的七公主卻日漸疏遠。

「真不能怪妳！以七公主的身分地位想要幫馬瑛的話，不過是舉手之勞，卻因為不願意惹麻煩而袖手，換了誰都會心寒齒冷，也都會像妳一樣，慢慢地疏遠。畢竟誰都不想自己將來被這般對待。」楊瑜霖理解地道。「妳和她生分疏遠了，卻與王姑娘和馬姑娘患難見真情，也算是失之東隅，收之桑榆了。」

敏瑜幽幽嘆息一聲，道：「但我還是會忍不住想，要是我沒有因為那件事情和七公主慢慢疏遠的話，我們會不會還是最親密的朋友，那些相互算計的事情是不是就不會發生……想著想著就會忍不住自責起來……」

敏瑜的聲音越來越低，到最後都有些語不成句了，頭也低了下去，似乎是傷心得說不下去了，事實上卻是擔心自己的眼神不到位，讓楊瑜霖知道自己這番話口不對心而已！

楊瑜霖看著敏瑜的樣子，立刻出聲安慰道：「丁姑娘無須自責！」

敏瑜沈默了一會兒，抬起頭來，苦笑一聲，道：「現在說這些也是有些矯情，只是……唉！想到半年之前，我們還坐在一起談笑風生，現在卻物是人非，心裡難免多了些感慨而已！」

到底是什麼事情讓兩人之間的關係變成現在這樣子呢？楊瑜霖心中微微一動，敏瑜不等他問，便又輕嘆一聲，道：「你一定好奇，到底出了什麼事情，讓我們在短短半年時間內從好友反目至此吧？其實，說起來真是不值，不過是情之一字和一對讓人糟心的兄妹而已！」

情之一字和一對糟心的兄妹？楊瑜霖不知道敏瑜口中的「情」指的是什麼，但「一對糟心的兄妹」卻大概想到了指的是什麼人，他正想開口，敏瑜卻又來了一句讓他萬萬沒有想到的話——

「不知道我那個說話沒有遮攔的二哥有沒有和你說過，我們一家人原本都以為我會嫁入皇家，嫁給九皇子殿下呢？」

剛指婚的時候，楊瑜霖便知道這件事情了，他也曾想過，敏瑜會將她和九皇子之間的糾葛對自己言說——

不是他對自己太有信心，而是他相信，以敏瑜的聰慧定然清楚，她和九皇子之間的糾葛知道的人或許不多，卻也不是太隱秘的事，只要用心打聽定然能夠得窺一二。既然這樣，與其透過別人的口舌言語，還不如自己坦白，起碼能夠少些誤會。

但是，楊瑜霖卻認為，敏瑜就算要說，起碼也會等到他們成親，感情漸漸穩定之後，找一個適當的機會與自己說清，或者會在察覺到有人想要利用這個離間他們的時候坦誠，萬萬沒有想到敏瑜會選擇這個似乎一點都不妥當、不明智的時間點。

正因為猝不及防，楊瑜霖當下就愣住了，滿臉吃驚地看著敏瑜，動了動嘴，卻不知道該說什麼，最後，乾脆什麼都沒說出口。

「看你吃驚的樣子就知道二哥這次還真的管住了自己的那張嘴，什麼都沒有和你說。」敏瑜破顏一笑，似乎被楊瑜霖的樣子逗樂了，但很快又收起笑容，自嘲地道：「二哥什麼都沒說也好，正好這件事情我也不想假借任何人的嘴和你提起，只是，我該從何說起呢？」

敏瑜輕輕地垂下頭，狀似思考，實則大鬆一口氣，看來她這一次又賭對了，看楊瑜霖的表情就知道，更讓他吃驚的是自己的坦言相告，而不是她說的話。會是誰那麼大嘴巴，迫不及待地將事情告訴了他呢？

敏瑜沒有沈默太久，抬起頭，悠悠道：「我和九殿下很小就認識了，有多早呢？據我娘說不過百天就帶我進宮了，我和九殿下是在彼此都還是個什麼都不知道的奶娃娃的時候就認識了。小時不懂事，不知道尊卑，見了皇后娘娘也只會撒嬌要她抱，更別說對大殿下以及沒有大我多少的九殿下了。五歲以前，我都是叫他們哥哥的，直到五歲以後，漸漸地懂了些規矩才改了口的。」

楊瑜霖沒有說話，眼中卻閃過一絲失望。

敏瑜沒有錯過這一絲難於捕捉的表情，卻也沒有什麼表示，繼續帶了幾分甜蜜的回憶道：「那個時候是我最快樂的時候，在家中我是全家人的掌上寶，祖母和父親、母親都最疼愛我；去宮裡我是開心果，皇后娘娘見了我就滿臉的笑，不光是哥哥們讓著我，就連天之驕子的大皇子和頑劣的九皇子也都讓我三分……現在憶起來，自己小的時候還真是刁蠻霸道得厲害！」

敏瑜的笑顏讓楊瑜霖臉上的表情不自覺地舒緩了許多，他還以為敏瑜會說她打小就將九皇子當成了親哥哥一般——

秦嫣然最讓敏瑜覺得惡寒的，便是她對敏行說將他當成哥哥一般的事，敏瑜又怎麼會說那種讓自己都覺得噁心的話來噁心別人呢？

「又長了兩歲之後，卻忽然覺得事事不如意起來。」敏瑜嘴角帶著笑，道：「先是一貫寵著我、什麼都依著我的二哥哥被狠心的爹娘送去學武了，不知歸期；而後大哥哥和大皇子殿下學業漸重，別說是像以前那樣哄著我玩，就連見面都不大容易了；然後素來和我沆瀣一氣，到處捉弄人的九殿下忽然對捉弄別人沒了興趣，一心一意地捉弄起我來，幾乎每次見到我都要把我惹毛了……

「因為這個，我不知道向皇后娘娘告過多少次狀，現在想來，不過是他故意引起我全部注意力的小手段而已。每次將我惹惱之後，他總會送上費盡心思準備的禮物討我歡心，那些賠禮的小物件零零總總不下百樣，直到最近兩年，他才沒有玩那種幼稚的小把戲！」

敏瑜的話讓楊瑜霖很不是滋味，但又不知為何，這些日子一直縈繞在心頭的鬱悶卻消失了不少，他甚至還有心思打趣道：「沒想到皇子殿下也有這般幼稚的時候，二姑娘當時一定很生氣頭疼吧？」

「可不是！」敏瑜點點頭，繼續道：「就在他改邪歸正，不再以捉弄我為樂之後，皇后娘娘透露了想要將我們湊成一對的意思，我娘對此是樂見其成。」

敏瑜的話讓楊瑜霖又是一陣氣悶，女兒能當皇子妃有幾個做母親的會不樂意啊？他悶聲道：「那妳呢？」

「我？」敏瑜苦笑一聲，認真地看著楊瑜霖道：「我不想欺瞞……雖然我從來都不覺得嫁給皇子、嫁入皇家是什麼好事情，但卻不排斥這樣的安排，因為那個人是九殿下。」

楊瑜霖覺得自己應該氣惱，未過門的妻子毫不掩飾地說不排斥嫁給另外一個男人，換了誰都高興不起來，但莫名的，他卻覺得踏實和心安——如果敏瑜心裡不重視他，也沒有必要和他說這些發自內心的話。

「你生氣了？」敏瑜的聲音中帶了忐忑不安，看楊瑜霖的眼神也多了些他陌生的怯怯。

「我沒有生氣！」楊瑜霖肯定地看著敏瑜，見她臉上猶帶著不相信，又鄭重地重複了一遍，道：「我真的沒有生氣，我不是糊塗的人，怎麼會因為妳的坦誠相告而生氣呢？」

敏瑜大鬆一口氣，不好意思地道：「其實我一直都很猶豫，不知道該不該對你說這些。說了，擔心你生氣、惱怒，甚至起了怨恨；不說，卻又擔心你從別人嘴裡知道，畢竟知曉我和九皇子青梅竹馬，知曉皇后娘娘一直有意留我在身邊的人不算少，如果是沒有惡意的人對你說了倒也罷了，要是遇上那種心懷不軌的，還不知道會說些什麼……思來想去，我決定還是親口對你坦白，我相信你不是那種小肚雞腸的人，就算著惱生氣，也能在沈靜下來之後想透。」

敏瑜的話讓楊瑜霖心裡更舒坦了，卻還是小心眼地問了一句，道：「妳對九皇子……咳咳，抱歉，我不該這麼問，妳就當我什麼都沒說吧！」

「你既然問了，我又怎麼能當作沒有聽到呢？」敏瑜卻沒有避而不談，今天這樣的時機難得，要是不趁著這個機會將某些事情說開，以後不一定能找到這麼好的機會，還有可能白費了今天的一番心思，她坦然地看著楊瑜霖，道：「我是喜歡九殿下的。」

這丫頭連說謊也不會嗎？敏瑜的話讓楊瑜霖心頭升起一股惱意，她就不能說句好聽的騙騙自己嗎？

「是不是覺得我太不識趣了？」楊瑜霖並沒有太多的掩飾自己的情緒，他臉上的惱意自然讓敏瑜看得清清楚楚，這讓敏瑜真的放下心來了——比剛坐下來的時候，楊瑜霖似乎對她卸下了更多的心防，這是好現象。

「沒有！」楊瑜霖否認一聲，卻又道：「我只覺得姑娘坦誠得可愛！」

「我不想騙你，我不能保證永遠都對你坦誠，但至少在這件事情上，我不想欺騙你。」

敏瑜笑笑，坦誠得可愛？他還真看錯了自己！

她輕聲道：「我和九殿下一起長大，說是青梅竹馬恰如其分，他對我真的很好。雖然他的一根筋和不動腦子有時會在無意中讓我受傷難過，但是他卻從來沒有故意傷害過我。這樣一個全心全意對自己的男子，我要說不動心、不喜歡，誰能相信呢？事實上，如果不是因為我心裡是喜歡他的，也相信嫁給他之後他會對我好，會生活得幸福美滿，我也能讓皇后娘娘就算喜歡我，也不將我列入兒媳人選的。在宮裡待了這麼多年，見多了各色的勾心鬥角、口蜜腹劍，我對嫁入皇家沒有什麼期待，想到宮裡的虛應、想到皇家的淡薄親情，我就心裡厭煩，如果不是因為喜歡他的話，我定然會早早地告訴父母我不願意了。」

「就因為他對妳好，是一起長大的，妳就喜歡他？」楊瑜霖卻聽出了其中的不一樣。

「這還不夠嗎？」敏瑜眨著眼睛，而後又想了想，道：「他在我面前從來不隨意地發脾氣，真有什麼也會護著我；遇到好吃的、好玩的會記著給我留一份；遇到什麼有趣的事會和我講，有什麼煩惱也會和我說……」

聽著敏瑜列舉著九皇子的優點，楊瑜霖心頭升起一種隱隱的感覺，覺得敏瑜或許是喜歡九皇子的，但和九皇子卻真的沒有什麼男女之情，要不然她怎麼會用這種彷彿在說自己哥哥一樣的口氣說九皇子呢？

「丁姑娘會不會覺得妳口中的人更像妳某個哥哥呢？」楊瑜霖無奈地打斷了敏瑜的話。

敏瑜微微一怔，而後帶了幾分惱怒地道：「你是說我其實是把九皇子當成了哥哥，而不是喜歡他？我怎麼可能連喜歡、不喜歡他都分不清楚呢？」

敏瑜的惱怒讓楊瑜霖越發地覺得好笑起來了，他看著敏瑜，直接問道：「那麼，對皇上將許姑娘定為九皇子妃，妳心裡是什麼感受呢？」

「瑾澤走了？」丁夫人坐到尚有餘溫的凳子上，淡淡地問了一句。

「娘不是看著他離開才過來的嗎？」敏瑜俏皮地反問，她就不相信母親會對她見楊瑜霖的事情不聞不問，她讓秋霞送楊瑜霖出去，自己卻紋絲不動，就是等母親過來談話。

「妳這孩子！」丁夫人輕輕地搖搖頭，端起敏瑜給她倒的茶，喝了一口，問道：「妳和他都說了些什麼？我看他離開的時候眉宇間豁然開朗，似乎解開了什麼難題一般。」

「也沒什麼。」敏瑜微微一笑，不等丁夫人再問，便用一種風輕雲淡的口氣道：「只是和他說了我和九皇子之間的一些事情而已。」

「什麼?!」丁夫人大吃一驚，她沒想到一向穩重的女兒和楊瑜霖說了半天的話，說的居然是這個，她看著敏瑜，著急地道：「妳是怎麼說的？有沒有和他解釋，說主要是我和皇后娘娘的意願，妳也是無可奈何……」

「娘！」看著丁夫人著急的樣子，敏瑜輕喚了一聲，打斷了她的話，等丁夫人有些頹然地閉上嘴，她輕聲道：「我和他說了我與九皇子一起長大的情分，說了皇后娘娘喜歡我、屬意我、希望我嫁給九皇子的事情，也和他說了我應該是很喜歡九皇子的……」

「瑜兒！」丁夫人又是一聲驚呼，不理解地看著敏瑜，道：「瑜兒，妳是不是受了什麼刺激，妳怎麼能和他說這些事情呢？雖然娘對這門親事也是萬分不中意，可是到現在已經沒有了迴旋的餘地，妳只能嫁給他，如此又何必將這些事情告訴他，給他心裡添堵不說，也影響妳以後呢？」

「娘，這些事情知道的人可不少，就算我不說，他未必就不會知道。與其讓不相干、甚至和我有怨的人透露給他知道，還不如讓我親口告訴他。」敏瑜看著著急上火的丁夫人，不緊不慢地解釋道，卻沒有說自己好像還是晚了一步，已經有人早一步和楊瑜霖說了這些事情。

「妳是指……」丁夫人眉頭微微一皺，本能地就想到了嫻妃。

「不一定會是誰。」敏瑜微微一笑，道：「嫻妃、曹彩音、秦嫣然這些與我多少有些仇怨的皆有可能，當然，也可能是欣賞楊瑜霖、不希望他被我蒙蔽的人。」

丁夫人微微沈默了一下，卻又嘆氣道：「那妳也沒有必要現在就和他說這個，等你們成了親，感情也正好的時候和他說也不遲。那個時候和他說或許會影響你們的感情，但總比現在讓你們未成親就心生芥蒂的好啊！」

「我知道娘的意思，但是我寧願在我們還沒有什麼感情的時候就讓他知道，也不願意在感情正濃的時候給他一盆冷水。」

敏瑜知道丁夫人的意思，那也是大多數人會選擇的方法，但是她不一樣。她寧願一開始就讓楊瑜霖知道，也不願意等到兩人感情漸漸好起來之後再和他說。這樣或許會讓他們的婚姻在一開始就有些磕磕絆絆，但卻會越走越穩；而另一種選擇卻會在他們的婚姻中埋下一個不知道什麼時候就爆發的危機。

人都是心存僥倖的，萬一那個時候自己動了心，擔心說出來會影響安寧平靜的生活，心存僥倖不說卻讓別人說破了，那才被動呢！到時候自己說得再多、再好聽，楊瑜霖未必就能信。她更喜歡未雨綢繆，而不是亡羊補牢。

「可是妳就不擔心……」丁夫人的話沒有說完就自己頓住了，她帶了探究的看著女兒，道：「瑜兒，妳和他說了些什麼？我怎麼覺得他沒有什麼惱怒，反而是如釋重負一般呢？」

「娘也看出來了？」敏瑜笑了，道：「能說什麼？不過是將我和九皇子之間的事情如實相告罷了。」

就這樣？丁夫人疑惑地皺起了眉頭。

不等她再問，敏瑜又繼續道：「我坦誠告訴他我是喜歡九皇子的，不過他好像根本就不相信；不但不相信，還認定我年紀小，根本不懂何為男女之情，更認定我對九皇子不過像對幾個哥哥一樣罷了！要不然的話不會將九殿下的優缺點看得那麼清楚，不會在九殿下和秦嫣然同出共進的時候表現得那麼冷靜，更不會在知道許姊姊被定為九皇子妃之後，只為許姊姊感到惋惜卻沒有嫉恨……」

敏瑜的話讓丁夫人的眉頭皺得越發地緊了起來，她看著敏瑜，一個從來沒有想過的疑問躍上心頭。「瑜兒，妳老實告訴娘，妳對九殿下是不是真的沒有男女之情？」

楊瑜霖會認為敏瑜年幼，根本就分不清什麼才是男女之情，但丁夫人不會那麼想。在宮闈中待了那麼多年，女兒不可能分不清什麼是男女之情、什麼又是兄妹之情。想到秦嫣然和九皇子出雙入對鬧得她心裡都不舒服，女兒卻還能冷靜處之；想到自己為女兒抱屈，女兒卻還能一點都不覺得有什麼好委屈的；再想想她被指給楊瑜霖的次日進宮謝恩的表現……丁夫人恍然，讓敏瑜嫁給九皇子，她心裡未必歡喜，只不過是這孩子從來都不願讓自己擔憂，沒有反對而已。

「現在說這個做什麼？」

敏瑜的迴避讓丁夫人肯定了自己的猜測，她看著敏瑜，心疼地道：「瑜兒，既然不喜歡九殿下，為什麼不和娘說呢？」

「娘，我沒有不喜歡九殿下，只是對他真沒有男女之情而已！」敏瑜看著丁夫人，真心地道：「從小一起長大，我對九殿下真的是太熟悉了。熟悉他的性格脾氣、熟悉他所有的喜好厭惡、熟悉他每一個習慣，可能因為太熟悉了，所以……」

看著敏瑜無奈的笑容，丁夫人心頭更是愧疚，輕責地道：「那妳為什麼從來不和娘說呢？娘要是知道妳的心思的話，這些年也不會和皇后娘娘一樣，一心要撮合妳和九殿下了。」

「娘，我對九殿下沒有男女之情，但我真的不排斥嫁給九殿下。」敏瑜坦誠地道。「他對我很好、皇后娘娘對我很好、慶郡王和王妃對我也不錯，嫁給他，我可以過得很好，這就夠了。」

「連男女之情都沒有，能過得好嗎？」丁夫人輕聲嘆氣，但卻明白女兒定然是在宮裡見多了才會這麼想。宮裡的嬪妃，那種對皇上一腔情意的往往過得都不好；真正過得好的，都是理智、冷靜、有手段且不為感情所左右的。

敏瑜笑笑。

她不諳男女之情是真，但她從不覺得這有什麼不好，起碼人會更理智。福安公主就是例子，如果不是因為被那朦朦朧朧的愛慕弄昏了頭，她又怎麼會那麼輕易地被人利用，最後自己也討不了好呢？

但她不想說這個，換了一個話題，道：「娘，楊瑜霖今日上門所為何事？可是向你們提出早點完婚？」

「不錯！」丁夫人點點頭，又道：「他的理由是他被封為肅州都指揮使，調令已經下了，最遲中秋一過就要離京前往肅州，這一去沒個三、五年是回不來的，才想早一點完婚。瑜兒，妳說他有沒有得了什麼暗示呢？」

「多少有些吧！既然他提了，那您和爹隔兩日便給他一個確定的回覆，然後準備我出嫁的事宜吧！」敏瑜已經肯定定然有人對楊瑜霖說過她差一點成了九皇子妃的事情，說不準就是那人暗示他上門提出完婚的，她思索了好一會兒，又道：「娘，從現在到成親我可能會很忙，定然不能親自繡嫁衣了，您讓繡娘為我縫製嫁衣吧！」

「妳有什麼好忙的？」丁夫人想到女兒就要匆匆出嫁心裡就難受得緊。

「我必然是要跟著楊瑜霖去肅州的。我知道他定會被委以重任，但也沒想到會讓如此年輕的他統領肅州軍。他或許有些威望，或許有大平山莊的弟子擁戴，但他太年輕，閱歷不夠、資歷更不夠，都指揮使一職對他來說是一個難得的機遇，更是一個巨大的考驗，我想他應該需要我幫忙，但我現在真的不知道自己能幫上什麼、又該怎麼幫，趁這段時間，我應該好好的學學。」

敏瑜想到了很多，比起這些事情，能不能親手為自己縫製嫁衣真的不重要了。

「妳向誰學啊？」丁夫人心裡喟嘆一聲，真不知道這楊瑜霖哪裡修來的好福氣，居然能娶到自己女兒，這都還沒有過門，就已經在為他考量了。

「當然是勇國公夫人啦！」敏瑜展顏一笑，對身邊的秋喜道：「將皇后娘娘賞的茶葉準備一份，明日我要找辜老大人下棋！」

第六十八章

「表哥，你可不能聽他的啊！」楊瑜霖前腳出門，趙姨娘便嚷嚷開了，而她身邊的趙慶燕則假模假樣地抹著眼淚。

楊瑜霖剛剛和他們說了，他和敏瑜會在中秋之前完婚的事。楊勇自然不會輕易答應，還找了理由拖延，楊瑜霖倒也乾脆，直接告訴他們，他們只要知道這件事情就好，別的無須他們操心，石家人會張羅。

「要不然呢？妳有辦法嗎？」楊勇沒好氣地道。「妳沒有聽出來嗎，他不是和我們商量，更不是徵求意見，只是告知一聲！我們答應，婚禮也不用我們費多少心思；我們不答應，婚禮還是照樣要舉行。算了，由著他去吧！」

趙姨娘惱恨地哼了一聲，挑撥道：「他現在就目無尊長了，以後還能指望嗎？表哥……」

「好了，別那麼多話！」楊勇也一樣惱怒，但卻礙於趙慶燕在跟前，沒有說什麼。

趙慶燕則滿臉的氣惱傷心，看看楊勇、又看看趙姨娘，最後往趙姨娘身邊靠了靠，傷心地道：「姑母，表哥這麼急著要將那個女人迎進門，那我該怎麼辦啊？」

原本還想著趁著那侯府姑娘年幼，自己早一步進門、早一步將楊瑜霖的心攏過來、早一步生下兒女，讓她就算進了門也沒地方待。但現在事情有變，她該怎麼辦呢？

「現在事情有了變故，只能等老大成了親再看情況吧！」楊勇嘆氣，而後對滿臉委屈的趙慶燕道：「燕子，妳也別著急，我和妳姑母斷然不會委屈妳的。」

還沒有委屈嗎？說好的正室當不了了，退而求其次的先進門為妾的事情似乎也要黃了，還不委屈嗎？難道要將自己送回去才算委屈？趙慶燕也是被寵著養大的，小門小戶人家，沒學過規矩，沒有什麼城府，當下就黑了臉。好在她在楊家這些時日一再受挫，學會了收斂脾氣，沒有暴跳起來發火，癟癟嘴、眨巴了幾下眼睛，又哭了起來。

「不急？能不急嗎？」趙姨娘衝著楊勇吼了一聲，又衝著趙慶燕罵道：「哭什麼哭？有什麼好哭的，既然說過要讓妳進門，就一定會讓妳進門的。」

「萬一表哥不同意呢？」趙慶燕胡亂地擦了一把眼淚，道：「之前說讓我進門，想的理由是那姑娘年幼，暫不能完婚，表哥身邊沒個知冷知熱的，讓我進門照顧他。現在，還能用這樣的藉口嗎？」

「怎麼不能？」趙姨娘一瞪眼，而後又道：「就算這理由說不過去，我和妳姑父讓他納妳進門，他只能聽著。我們是長輩，長者賜不可辭，辭了就是忤逆不孝，知道嗎？」

「哦！」趙慶燕哪知道什麼叫做長者賜不可辭，但這話是聽進去了。她止住眼淚，又擔心地道：「可是萬一表哥……姑母，若是沒有旁人夾在中間，我相信表哥就算是塊石頭，我也能把他捂熱乎了，不被妳牽累；但要是多了別人……到了肅州，她擺出侯門千金的架子，我卻連個可以依仗的人都沒有，我該怎麼辦啊？」

「笨丫頭，這有什麼好擔心的！」趙姨娘瞪了趙慶燕一眼，氣惱她說被自己牽累的話，道：「等他們成了親，我會讓她留在京城侍候翁姑，讓妳跟著老大去肅州。她年紀小，正好跟在我身邊學學為人妻的道理；妳年長、妥帖一些，自然應該跟著去照顧老大的生活起居。」

「這樣可以嗎？」趙慶燕不是很確定地道。「她能聽妳的嗎？」

「怎麼不可以?當年我嫁給妳姑父的時候，我的婆婆、妳的姑奶奶就是這麼做的。」趙姨娘理所當然地道。至於趙家老夫人是正經婆婆，而她不過是楊勇的妾室，壓根兒不是正經婆婆，根本就沒有資格讓楊家任何一個兒媳婦、包括她所生的兩個兒子的媳婦當成婆婆侍候的事情，也被她理所應當地給忽略了。楊夫人石氏過世後，她和楊家所有人便將她當成了楊勇的正頭娘子，出門交際也以楊家夫人自居。她略帶得意地道：「她是侯門千金又怎樣，進了楊家的門，就得老老實實地侍候翁姑，翻不了天去！」

「那我就放心了。」趙慶燕心頭的大石頭總算是落了地，連趙姨娘和楊勇都沒有想過趙姨娘有沒有資格讓敏瑜侍候的問題，她就更想不到了。只覺得趙姨娘這話給她解決了大麻煩，她甚至還在想，說不準趙姨娘能像當年的姑奶奶一樣，換著花樣折騰、折磨兒媳婦，到最後硬生生地把兒媳婦給整死，讓她得了便宜。

「放心了就去做事情吧！」趙姨娘拍拍趙慶燕的肩頭，趙慶燕重重地點點頭，歡歡喜喜地去了。

確定外面無人之後，趙姨娘才衝著楊勇道：「表哥，讓石家人張羅老大的婚事是不是不大妥當啊？」

「不妥當又能怎樣？」楊勇無奈地道。「就算能說服老大，家裡也拿不出錢來張羅他的親事了啊！我們還得考慮老三和琳兒的終身，老三也十六了，兩、三年後得成親，琳兒再過兩年就及笄了，總得為她準備嫁妝吧！」

「銀錢自然是能有的，就看表哥能不能說通老大，叫他不讓石家人插手他的婚事了。」趙姨娘眼睛亮晶晶的，滿眼都是明明白白的算計。

「妳的意思是……」楊勇不是個會琢磨人臉色和心思的，但趙姨娘的盤算都那麼明顯了，怎麼可能看不出來？他皺著眉頭思索了好大一會兒，最後還是搖搖頭，道：「妳還是消停些吧，石家不可能將老大他娘的嫁妝交給妳的。」

趙姨娘沒有被人道破心思的尷尬，反而惱道：「什麼叫做我消停些？要不是因為除了你的俸祿之外家中沒有什麼進帳，我至於打那樣的主意嗎？你也說了，老三的親事、琳兒的親事，那都是要花錢的，可是家裡現在哪有那麼多的銀錢，到時候要不委屈老三，要不就得委屈琳兒，他們都是我身上掉下來的肉，我捨得委屈哪個啊？要是能說通老大，讓他將他娘的嫁妝和他這兩年的俸祿交回來，不但他的婚事不用外姓人插手，還能留點給老三和琳兒……」

「老大那裡妳就別想了！」楊勇搖搖頭，道：「就算說通了他，也不能說通石家人的……妳忘了，老大他娘當年死的時候，石家人可是連根釘子都沒有留下。」

趙姨娘默然。當年石家人抬嫁妝斷親的時候還真的是斷得乾乾淨淨，凡是石氏的嫁妝，能抬走的盡數抬走；抬不走的、不要的，就算是燒成灰也沒有留在楊家。照他們對楊勇、對自己的恨，確實不大可能從他們這裡佔便宜，可是除了這個以外，她真的不知道該從何處找銀錢了，或者……

她的眼睛忽然又是一亮，看著楊勇道：「表哥，老大未過門的媳婦可是耒陽侯府唯一的嫡姑娘，你說她的嫁妝是不是會很豐厚呢？」

「那是肯定！」楊勇點點頭，不用想也知道趙姨娘又在惦記未過門的大兒媳的嫁妝了，他想了想，卻又道：「不過，她是侯門千金，身邊定然有陪嫁的婆子、丫鬟管事，想打她的主意，可不容易。」

「有陪嫁的人又怎樣？孝敬翁姑是應該的吧，小叔成親給紅包、小姑成親給添妝也都是應該的吧！」趙姨娘不以為然地道，越說越覺得自己說的沒錯，那不是打她嫁妝的主意，而是她應該給的，她忽然有些期待楊瑜霖早點成親了……

「荃英，這就是我和妳說的，耒陽侯府的二丫頭敏瑜。」和勇國公夫人羅荃英笑著寒暄了幾句之後，辜家的辜老夫人朱氏笑呵呵地指著身旁的敏瑜，道：「這孩子聰明伶俐，最是個惹人心疼的，妳可得好好地教教她。」

一直陪在辜老夫人身邊、滿面帶笑的敏瑜，等辜老夫人話音落後，便落落大方的上前給吳老夫人行禮，道：「敏瑜見過老夫人！」

「快過來讓我好好看看！」羅荃英笑呵呵的，臉上滿滿的都是慈愛，眼中卻多了些審視的意味。

和勇國公夫人相交多年的辜老夫人親自上門拜託，說敏瑜和楊瑜霖成親之後就要去肅州，對肅州一無所知的她心裡很是忐忑，想找一個熟悉肅州的長輩請教，而辜老夫人則第一時間就想到了在肅州生活了好些年頭的羅荃英。

羅荃英可不認為是辜老夫人想到了自己，更可能的是眼前這個小丫頭要找自己請教，卻因為勇國公和耒陽侯平日沒有什麼深交，這才透過辜老夫人，輾轉找到了自己。她不知道是有長輩指點、還是這小丫頭自己想到的這一關節，如果是這小丫頭自己想到的，那麼她還真是不得了的！

楊瑜霖的事情羅荃英自然也聽勇國公說起過，知道他已經得了調令，將出任肅州都指揮使，那個勇國公三十年來一直擔任的職務，和勇國公相濡以沫這麼多年的她自然明白，這是對楊瑜霖的提拔，也是對他的考驗。禁受住了考驗，他極有可能是下一個勇國公，守護肅州的軍神；要是禁受不住，那麼，身為失敗者的他也只能泯然眾人。

正因為這樣，勇國公也加緊了對楊瑜霖的教導，一有時間便將他叫過來；當然，他也沒有忘記敏瑜。在兵部下了調令之後，勇國公就和她說了，說楊瑜霖去肅州之後，除了他自己需要努力奮鬥以外，也需要一個能夠幫助他的賢內助，他已經建議楊瑜霖，讓他和耒陽侯夫妻好生商議，儘量在他走馬上任之前完婚，好帶著新婚妻子一起到肅州，讓她打理內務以及和其他的夫人來往交際，添一臂之力。

他也說，敏瑜雖然聰慧，但終究是年輕人，對肅州的情況一無所知。為了避免她自己摸索，費時費力還不得好，最好是有個熟知肅州、尤其是熟悉夫人們之間的情況的人教導一二，而最合適的人選自然是羅荃英自己。

說這話的時候羅荃英還笑話勇國公，說他操心的事情還真不少，先是擔心楊瑜霖被楊勇以孝道相逼，娶個成事不足敗事有餘的妻子，覥著臉去了皇上那裡求恩典；而後是擔心他孤身去了肅州耽擱了婚期，一再地提醒暗示；現在，楊、丁兩家才決定了提前完婚，他又擔心起丁家丫頭能不能當好賢內助……

不過，笑話歸笑話，但勇國公說了，她也就上了心，正想著怎麼找個理由和敏瑜先接觸一下，辜老夫人卻先一步上門了。她毫不猶豫地點了頭，讓辜老夫人找時間將敏瑜給帶了過來，先見見面。

敏瑜也不怯生，帶著笑走近了幾步，就那麼大大方方地讓羅荃英上下打量，一點不自然的表情都沒有。

「看得出來是個心思靈活的好孩子！」羅荃英笑吟吟的，而後道：「素白（注）說妳是想

注：素白，辜老夫人的閨名。

瞭解一下肅州的情況，讓我指點一二，妳能說說妳想瞭解些什麼嗎？」

「肅州是什麼個情況，敏瑜一無所知，所以才求了老夫人，請她出面相託。至於說想瞭解什麼……」敏瑜臉上閃著慧黠的光芒，她知道像羅荃英這樣的老夫人喜歡精靈聰慧的晚輩，倒也沒有裝傻，只是笑嘻嘻地道：「您教什麼，敏瑜就跟著學什麼。敏瑜保證，一定不會讓您失望的。」

「這個丫頭，哪能這樣向長輩說話的！」敏瑜的話才說完，辜老夫人就笑罵了一句，而後看著羅荃英，道：「荃英，她不過是個沒有及笄的黃毛小丫頭，哪知道該跟著妳學什麼呢？我看啊，妳也別問她的意見了，看看什麼有用就教她什麼好了。妳放心，這孩子腦子靈得很，學什麼都很快，一定不會讓妳煩心失望的。」

「既然妳也這麼說，那我就看著教吧！」羅荃英也不再多問，笑著點點頭，而後看向敏瑜道：「我會將我能教的都教給妳，至於妳能記住多少、學到多少，就看妳自己的本事了。」

「是。」敏瑜乖巧地點頭，認真地道：「敏瑜一定竭盡全力，絕不會有半點懈懶之心的。」

「那就好。」羅荃英點點頭，又道：「妳和瑾澤的婚期定然會定於中秋之前，又要繡嫁衣、又要跟著我學這些東西，能忙得過來嗎？」

「不瞞老夫人，敏瑜不準備自己繡嫁衣，會有充裕的時間跟在老夫人身邊請教。」敏瑜也不遮遮掩掩，直接道：「家母已經讓天羅閣的人給敏瑜量過身量了，天羅閣會挑最好的繡娘為敏瑜趕工做嫁衣，敏瑜只要抽出一點點時間，繡頭蓋就好。」

「不親自繡嫁衣？」羅荃英看著臉上沒有半點不好意思的敏瑜，道：「不好好地繡嫁衣待嫁，卻整天往外跑，妳不擔心瑾澤心裡不舒坦，甚至有怨言嗎？」

「瑾澤可是老夫人看著長大的，您說他會因為這件事情心裡不舒服、埋怨敏瑜分不清事情的輕重緩急嗎？」敏瑜不答反問，心裡卻很篤定羅荃英的回答。

「果然是個機靈的孩子！只是……」笑著讚了一句，羅荃英卻又忽然來了個但是，看著敏瑜，嘴角微微翹起，道：「妳確定妳和瑾澤完婚之後就一定能和他一道去肅州？楊家的那位趙夫人可不會輕易地讓你們如願吧！」

「楊家的趙夫人？」敏瑜滿臉疑惑地看著羅荃英，似乎不明白羅荃英說的是誰一樣。好一會兒，才一臉恍悟地笑道：「老夫人定然是記錯了，瑾澤的母親過世之後，楊將軍便一直沒有再娶，楊家可沒有什麼當家夫人，只有一位姓趙的姨娘，趙姨娘不過是姨娘而已。」

羅荃英深深地看著敏瑜，敏瑜笑得很自然、很從容，好一會兒，羅荃英笑了，道：「妳這丫頭，年紀雖然小，但看得卻很清楚，看來老國公爺說的沒錯，妳還真是個難得的好姑娘，瑾澤能娶到妳確實是他的福氣。」

「國公爺謬讚，敏瑜愧不敢當！」敏瑜笑著謙虛了一句。

「不過，有一件事情我卻不得不提醒妳。」羅荃英看著敏瑜，道：「那個趙姨娘和妳見慣的夫人可不一樣，她不識字、不知書，更不明白何為臉面、風度，也不懂得要為大局著想。為了達到目的，她會不管不顧地撕破臉胡來，完全不管場合，和她相處，可得另闢蹊徑才行。」

勇國公和楊家淵源頗深，勇國公吳廣義是楊勇的師伯，楊勇剛剛到肅州軍中效力的時候，一直在吳廣義麾下，是他最得力的一員幹將，楊勇曾經的「大齊第一勇將」的名號，沒有吳廣義的提拔和培養，是怎麼都得不到的。

石氏嫁給楊勇也是吳廣義和羅荃英牽的線，甚至連兩人的婚事都是羅荃英幫著操辦的。兩人剛剛成親的那幾年，沒有楊老夫人、沒有趙姨娘，過得倒也和美，羅荃英為此也很開心，覺得自己撮合了一樁好親事。之後，楊勇受了封賞，賜了京城的府邸，楊老夫人上京城享福，帶來了她的姪女，楊勇青梅竹馬的表妹，一切的一切才有了變化……

羅荃英和石家本是世交，看著石氏長大，石氏是什麼性子她最是清楚。石氏遇人不淑，最後帶著滿腔怨恨撒手人寰，對羅荃英而言也是一個無法抹滅的傷痛，石氏過世之後，她再也沒有為任何人牽過線。

「謝老夫人提醒，敏瑜會斟酌著的。」敏瑜點點頭。

敏瑜一臉的虛心誠懇，讓羅荃英暗自點頭，對她多了一份期待。

該說的都已經說了，今日見面的目的就剩最後一個了，羅荃英乾脆地道：「明兒開始，我每日會抽出兩到三個時辰，將我會的都教給妳，妳巳時準時過來，不用通稟，我會通知門房，直接讓妳進來。」

「是。」敏瑜點點頭，一天兩到三個時辰，大概能跟著她學上百日，有了這百日的學習，她到肅州之後定然不會出現兩眼一抹黑的情況，這對她來說已經夠了。她可沒有想過羅荃英能手把手地將腦子裡的一切都傳授給她，那是不可能的。

羅荃英也不廢話，端起茶來，辜老夫人也識趣地寒暄了兩句，就帶著敏瑜告辭離開。

出了勇國公府，辜老夫人看著敏瑜，嚴肅地道：「丫頭，我能幫妳的就只有這些了，剩下的就看妳自己怎麼把握了！荃英是個極聰慧、也極為精明的，勇國公能有今日的成就，多的不說，起碼有三成是她的功勞。」

「敏瑜知道！」敏瑜點點頭，道：「敏瑜一定會認真、虛心、上進，有什麼不懂的直接問，有什麼不理解直接說，絕對不會自作聰明的。」

「妳能這麼說我就放心了。」辜老夫人輕輕地拍拍敏瑜，一切盡在不言之中……

第六十九章

回到家，聽到消息的敏瑜沒有休息便直奔丁夫人的正房，剛進院子，就聽到桂姨娘洋溢著喜悅的聲音從房裡傳出來——

「……大姑娘現在可愁了，不知道該怎樣才能瘦下去，婢妾回來的時候還一再地交代婢妾，讓婢妾向您討個主意，看看有沒有什麼好辦法呢！」

「這孩子……」丁夫人的聲音也帶了喜悅，抱怨道：「她原本瘦，長胖一點正好，發什麼愁呢？再說，現在有了孩子，操心的事不知道要多多少，不用什麼法子也會慢慢瘦下來的。還有妳也是，怎麼這麼快就忙著回來？好生陪著敏心，等她身體都恢復了再回來也就是了。月子裡需要注意的事情可多著呢，雖然說她身邊也有長年服侍的婆子照顧，但總比不得妳親自照顧來得細心妥當。」

「婢妾知道夫人心疼大姑娘，不過，夫人給大姑娘的幾個嬤嬤都很細心，又很有經驗，有她們照顧大姑娘，還能有什麼差錯不成？」桂姨娘一貫地會說話，笑著道：「再說，婢妾去了這麼久，也掛念夫人，也想早點回來侍候夫人，所以大姑娘才說讓婢妾回來，婢妾就樂顛顛的回來了……二姑娘，您來了！」

「姨娘坐吧，別客氣。」對桂姨娘客氣地招呼一聲後，敏瑜笑盈盈地給丁夫人行禮，又向她身邊的王蔓青問了一聲好，而後便問又坐下的桂姨娘，道：「姨娘怎麼這麼快就回來了？怎麼不多待些日子照顧大姊姊呢？大姊姊可好？孩子可好？姊夫可安好？」

「二姑娘這一串問下來，婢妾頭都暈了，不知道該怎麼回答了。」桂姨娘打趣了一句，而後恭敬地道：「大姑娘很好，大姑爺很好，孩子也很好。婢妾回來之前，大姑娘還一再交代婢妾，說他們一切都很好，讓姑娘不要牽掛；還說等她身體養好了，孩子也長大一些之後，一定帶著孩子回來給侯爺、夫人磕頭，帶著孩子給她的二姨好好看看。」

對敏瑜，桂姨娘不只是尊重，更打心眼裡感激。如果不是因為敏瑜和敏心姊妹關係好，如果沒有敏瑜一再地在丁夫人面前為敏心說好話、幫著敏心的話，丁夫人就算不會像大多數嫡母一樣無視、苛待女兒，但也不過是該給的給、不虧待而已，絕對不會像現在這樣凡事真心為她著想考慮，像現在這樣傾心傾力的教養她，更為她選了這麼一門好親事。

看著女兒過得美滿幸福，桂姨娘就越發地感激丁夫人和敏瑜，也越發地覺得這些年自己按捺住對兒女的心疼、刻意疏遠他們，讓他們對嫡母更親近的做法是對的。

「都好就好！」敏瑜笑著道。「大姊姊都還在月子裡，姨娘就回來了，大姊姊一定很捨不得吧？姨娘，妳怎麼不多待些日子，就算等大姊姊出了月子再回來也好啊！」

「看著大姑娘生了小少爺，婢妾也就沒有什麼好不放心的了，自然要早點回來侍候夫人……」桂姨娘微微地頓了頓，又道：「大姑娘也惦記家裡，才生下小少爺，都還沒有下床，就讓人收拾準備好的特產什麼的，催著婢妾回來了。」

「大姊姊這麼著急催妳回來做什麼啊？」敏瑜皺了皺眉頭，帶了幾分不解地問道。雖然敏心和桂姨娘表面上不怎麼親近，但她知道不管是桂姨娘還是敏心其實都將對方當作了最親的人，有桂姨娘陪著她肯定是最舒心的，怎麼會迫不及待地讓桂姨娘回來了呢？

桂姨娘看著敏瑜笑笑，眼中閃過一絲遲疑和懊惱，似乎是為自己說錯了話，也似乎是不知道要怎麼說話才更妥當。

敏瑜靈光一閃，道：「難道是因為我？」

見敏瑜猜出來，桂姨娘也不再藏著、掖著，點點頭，直接道：「得了二姑娘被賜婚的消息之後，大姑娘就急壞了，要不是她的身子實在是不方便，說不準當下就趕回來問個究竟呢！不過，她也知道，既然是皇上賜婚，那麼就不能有什麼變故，而那楊家……

「雖然那楊家是二姑娘未來的夫家，可婢妾還是要說，楊家真是沒有規矩的人家，沒個正經的女主子不說，那趙姨娘還是個慣會蹬鼻子上臉的。兩家這要結了親，以趙姨娘的德行定然會以親家自居，上門給夫人、姑娘添堵。夫人不理會她，不大妥當，也失了禮節；但要是給她臉面，不但委屈了夫人，那不知好歹的趙姨娘說不準還變本加厲起來，到時候還可能要委屈姑娘。」

「所以，妳特意趕回來應付楊家那趙姨娘？」敏瑜心裡帶了幾分感動，誠然，桂姨娘能這樣為自己和母親著想，是因為她們對敏心著實不錯，也是因為敏文的將來還有一大半是捏在丁夫人手心裡，但女兒的未來同樣掌握在丁夫人手裡的青姨娘，到現在卻連半個關心的字眼都沒有說過，更別說主動請纓應付趙姨娘了。唉，人和人終究還是大不同的！

「她是姨娘，婢妾也是姨娘，這姨娘招呼姨娘正好！」桂姨娘也不否認，笑著道：「二姑娘也看著一點，婢妾怎麼對二姑娘的，也得讓她怎麼對您，不能讓她僭越失禮，更別折了自己的身分。」

「難得妳有這份心！」桂姨娘的心意丁夫人還不得不領了，就如桂姨娘所說的，怎麼和趙姨娘來往，對她來說還真是不大好處理。自己和她來往，委屈了自己事小，讓不知道分寸高低的趙姨娘自以為是，把自己當成了女兒的正經婆婆頤指氣使，那才是大事。但是讓身邊得力的管事婆子應付她卻也不妥當，那會讓楊家人，尤其是楊勇，對女兒心生怨言，對女兒以後也不好——

趙姨娘只是個妾室，可以不理會她心裡想什麼，但楊勇卻是正經的公爹，可不能不考慮他的想法。

至於讓青姨娘出面，丁夫人卻是想都沒有想過，別說青姨娘有些小清高，定然不會心甘情願地出面應付粗俗的趙姨娘；就算願意，她也不一定有那個本事將差事辦好。桂姨娘現在回來最好，要是這會兒趕不回來，等敏心出了月子，自己也會讓她趕回來的。

「能為夫人、姑娘分憂是婢妾的分內事！」桂姨娘理所當然地道，一點都沒有居功的意思。

「不過，妳回來得還真是時候，過不了幾天，楊家或許就會上門送聘禮，而後定婚期。

定了婚期之後，需要忙的事情就多了，到時候免不得讓妳帶著人奔忙。」丁夫人微微嘆息一聲，給了桂姨娘想都想不到的消息。

「啊？」桂姨娘大吃一驚，看看丁夫人，又看看敏瑜，確定不是玩笑話之後，道：「怎麼這麼著急？二姑娘都還沒有及笄，就算是皇上賜婚，也能將二姑娘多留兩年吧？」

「楊瑜霖被任命為肅州都指揮使，皇上開恩，讓他在京城過完中秋再去上任。他這一去，沒個三、五年是回不來的；而他身為肅州都指揮使，沒有人打理內宅、處理和同僚之間的人際來往也是不行的，所以便請求早日完婚。侯爺已經點了頭，現在就等楊家上門納徵、請期，而後讓他們完婚了。」

丁夫人已事先想好了一個統一對外的解釋，而後道：「敏瑜的嫁妝我早就給她準備了，我和蔓青會慢慢清理。妳最要緊的任務就是帶著人去楊家量房子，準備給他們打家具。木料早就準備好了在庫房裡，工匠也都派人去請了……」

「三、四個月的時間怎麼夠啊！」桂姨娘沒有就為什麼這麼快完婚追根究柢，而是皺著眉頭，道：「就連大姑娘當初打家具也花了近一年的時間，二姑娘再怎麼簡約，也得要一年時間才夠吧！」

「只要把新房要用的家具打出來就好，別的慢慢地弄，不著急！」丁夫人搖搖頭，卻終究意難平，道：「整個楊家也就只是個三進的小院子，楊瑜霖住的更只是半邊東廂房，能擺得下幾樣家具？我和侯爺商量好了，給敏瑜的嫁妝中添一處宅子，到時候給那間宅子添置家具也就是了。」

丁夫人的話聽得桂姨娘眼淚都要下來了，她心酸地道：「這結的是什麼親啊，真是屈死二姑娘了……」

「好了，這些事情娘有空慢慢地再和姨娘交代。」敏瑜真不想讓她們當著自己的面談這些事情，立刻岔開話題，道：「姨娘，我那小侄兒長得好看不？像大姊姊還是像姊夫？胖不胖？快說來我聽聽！」

桂姨娘是個靈透的，立刻笑著講起了敏心剛生的孩子的趣事，聽得敏瑜眼睛閃亮，恨不得抽時間飛奔過去看看那個肉乎乎、軟乎乎、會吐泡泡，還會打小呼嚕的可愛寶寶，丁夫人也被桂姨娘的形容說得心裡癢癢的，卻又有些失落，再怎麼可愛也都只是外孫子，也都是人家劉家的啊！

只有王蔓青滿心不是滋味，自己嫁進門半年敏心才嫁出去不說，敏心還在公婆跟前侍候了兩、三個月才和夫君相聚，可現在，她都已經當娘了，自己卻還沒有動靜。王蔓青心裡又酸又澀，丁夫人眼中的失落她也看出來了，她暗自咬了咬牙，自己是該做決斷的時候了，要是再猶豫下去，只會讓自己越來越被動的……

「我不同意！」丁夫人決然地道，看著滿眼苦澀卻強顏歡笑的兒媳，道：「我若是早知道苗兒是為這個準備的，定然早就讓妳打發了她。」

「娘……」丁夫人的態度撫慰了王蔓青的酸楚，她跪下，道：「為了香火子嗣，還請娘成全！」

看著死死地低著頭，彷彿等待死刑宣判的兒媳，丁夫人長嘆一聲，道：「蔓青啊，妳可知道，當年為了彥兒的親事，我可以說將門當戶對人家的姑娘都翻了一個遍，也都找機會見了面，其中不乏比妳出挑的，但是見過妳和親家母之後，我卻沒有了再相看另外的姑娘的心思。」

王蔓青愕然地抬起頭。

丁夫人輕輕地搖搖頭，道：「我對妳可以說樣樣都很滿意，唯一擔憂的便是子嗣。為此，我還特意讓瑜兒找機會見了妳一面，和妳搭了話，想的不是讓瑜兒說妳好，而是讓瑜兒說妳不好，斷了我的念頭。」

「是妹妹說媳婦好，所以娘才請了人上門遞話的吧！」王蔓青苦笑一聲，想當然地認為是敏瑜說了自己的好話，才促成了自己和敏彥的姻緣。

「瑜兒那時候和蔓如那丫頭勢同水火，不是很待見妳。」丁夫人卻給了王蔓青一個讓她意外的答案，看著更加驚愕的王蔓青，丁夫人微微一笑，道：「但她看出我很喜歡妳，除妳之外看誰都不滿意、不合適，她給了我一個建議，建議我不要太杞人憂天，凡事往好處想。她還說，真要是不能生養，也未必只能納通房妾室，還可以過繼。」

「娘！」王蔓青驚呼一聲。

她自然知道什麼是過繼，也知道在某些守古禮的世家中，如果沒有嫡子的話，第一選擇必然是從嫡親的兄弟那裡過繼嫡子過來繼承香火家業；要是無法過繼，也只會選一出色的嫡出子弟一肩挑兩房，絕對不會讓庶子繼承家業的。庶子就是庶子，永遠不可能替代嫡子。但是，這樣的世家極少，整個大齊不會超過五家，丁家也好，王家也罷，距離那樣的世家都太遙遠。

「前些日子給敏惟相看親事時我就在考慮這個問題，那個時候我就在想，如果等到敏惟成了親，生了兒子，妳卻還沒動靜，就和你們提這個事情。倒也不一定是過繼，只是想著，等那個時候可以跟他們好生說說，讓妳們妯娌一起養孩子，或許能因此給妳帶來好運，要是沒有，那麼妳和孩子感情深，過繼到妳膝下，也好相處……」丁夫人幽幽地嘆了一口氣，道：「這過繼過來的孩子血緣上雖淺了些，但有的時候真的比那庶子更讓人心裡舒坦。」

「娘……」王蔓青的眼淚止不住地落了下來，她相信丁夫人並不是說這些話來哄自己，定然是認真地思考過這些。

她跪著往前挪了挪，挪到丁夫人的腿前，抱著她的腿，哭了起來，好一會兒，才在丁夫人的輕拍下止住，而後看著丁夫人，道：「娘，您能為媳婦著想到這一步，媳婦真的滿足了，但媳婦卻不能聽您的。對媳婦來說，過繼是個極好的選擇，但是對夫君呢？媳婦不能只為自己著想啊！」

「傻孩子，妳以為我這樣想只是為了妳嗎？」丁夫人沒有想到話都說到了這個分上，王蔓青還沒有斷了給敏彥納新人的念頭，對這個媳婦倒也更看重了幾分。她搖搖頭，親手將王蔓青扶了起來，讓她坐在自己身邊，道：「我這樣也是為了彥兒啊！」

呃？

王蔓青詫異地瞪大了眼睛，為了敏彥？這話從何說起呢？難不成他有什麼隱疾？不可能吧！

丁夫人可沒有想到自己這麼一句話讓王蔓青想偏了去，她輕輕地嘆了一口氣，道：「蔓青，妳嫁過來之前可聽親家母或者妳祖母講過彥兒已過世的祖父的事情？」

這個……王蔓青還真不知道應該怎麼回答這個問題，說不知道，那明顯是假話，兩家結親不可能不打聽清楚底細；但要說知道……唉，那位已過世的老侯爺一生除了荒唐之外，再無讓人談論的了，她能說嗎？

看王蔓青為難的神色，丁夫人就知道王蔓青定然知道，她笑笑，道：「我也是問了廢話，親家母又怎麼可能不把她所知道的那些事情詳盡地告訴妳，好讓妳心裡有底呢？」

王蔓青有點兒心虛——未過門之前，將夫家的情況能打聽的盡可能地打聽清楚是很正常的一件事情，沒有誰希望兩眼一抹黑地進門。就這點來說，王蔓青沒有什麼好心虛的，可是偏偏……如果不是因為婚期都已經定下，就等著拜堂成親的話，聽了那位老侯爺的事蹟以及耒陽侯府那些年的名聲，王蔓青都要悔婚了。

丁夫人淡淡一笑，道：「彥兒已故的祖父，我那公公是個喜好女色的。他這一輩子，除了老夫人這位正室之外，妾室、通房丫頭不計其數，無名無分的就不說，有名分卻沒有生養兒女的也除外，單是有名分、生養過孩子的就不少於二十個。」

王蔓青咋舌，她雖然聽說過，但別人說和丁夫人說卻是兩回事。

耒陽侯府那位花名遠播的老侯爺，是個聲名狼藉的。年輕的時候不用說，整日裡往花街柳巷裡鑽，和一幫紈袴子弟混在一起；年長一些，和他一般年紀的都收心養性了，他卻還是半點長進都沒有。丁培寧這個當兒子的都已經上戰場了，他這個當老子的卻還只會在爭風吃醋的場合中出風頭；甚至丁培寧成了親、當了爹，他這個當了祖父的人還不知道收斂，最後就連死都很讓人猜疑，懷疑他是因為縱慾過度早亡，或者乾脆就死在了女人身上。他剛死的時候，老夫人可沒有少發落他的那些女人。這麼一個活了一輩子、也荒唐了一輩子，除了尋花問柳、醉生夢死之外，沒有做第二件事情的人，也真的是少見得緊。

「侯爺有一個庶弟、七個庶妹，二叔十六年前謀了個八品的實缺，去了江南，之後就再也沒有回來過；而幾位小姑嫁得很遠不說，嫁人之後除了過年送份年禮，再沒有回京探望過。」丁夫人淡淡地道。那些小姑子都是她嫁進門之後才出嫁的，不管是出嫁之前還是嫁妝上，都得了她的照顧和提點，對她倒還是有幾分情面；除了過年過節會有禮物過來之外，偶爾也會有幾封家書，但和後院的老夫人卻徹底斷了往來。或許她們也知道，就算她們壓下對嫡母的那份恨，也不一定能從老夫人那裡得什麼好，就乾脆不去找沒趣了。

王蔓青默默地點點頭。

丁夫人卻又嘆了一聲，道：「有這麼多的庶弟庶妹，在勛貴人家不敢說獨一份的，但卻也極少見了。可是妳可知道，就這麼多的庶弟、庶妹，還都是生母精明厲害，護著躲過了算計才活下來的。

「侯爺四歲啟蒙之後就被祖父他老人家帶在身邊，一年倒有大半年不在京城、不在家，他也不知道那些年家裡添了多少庶出的弟弟妹妹，也不知道夭折了多少，但我卻從婆子那裡知道，養不到五歲就夭折了的大概有十六個之多，其中大多數都是男孩。至於那還沒來得及出生就小產的，也有十餘個……」

丁夫人輕輕地嘆氣，又道：「都說內宅後院的水深，也都說這內宅無聲無息不知道會死多少人。但是像耒陽侯府那些年那樣的，估計這京城還真不一定能找出第二家來。」

王蔓青的臉上無一絲血色，她真的被丁夫人說的這個數字給嚇到了，這麼多夭折的孩子、那麼多小產的，真的是太……王蔓青都不知道應該怎麼形容了，對原本就沒有多少好感的老夫人，更多了些厭惡——就算這些人命的背後沒有她下的黑手，她這個當家主母也定然縱容了那樣的事情發生。

「被嚇到了吧？我知道這些事情的時候也被嚇壞了，嚇得好些日子都沒有睡上安穩覺。」丁夫人輕輕地拍拍王蔓青，道：「但是，比起彥兒洗三禮那日，公公說的話，這就不算什麼了。那句話讓我、讓侯爺，甚至連祖父，都嚇得好些天睡不安穩。」

「他說什麼了？」王蔓青瞪大了眼睛，不知道什麼話的殺傷力如此之大，把這三人都嚇到了。

「他說彥兒像他！」時隔二十年，丁夫人說起這句話的時候還是滿心的恨惱，老侯爺當年這麼一句再也普通不過的話，真的是嚇死人了。有他那麼一個子孫，已經是耒陽侯府的災難了，要是再出一個像他的，那還得了？

就這麼一句話？

王蔓青愕然之後卻又很快釋然，理解了丁夫人的恐懼，她輕聲安慰道：「娘，有您和父親嚴格教導，夫君怎麼可能像他呢？」

「如果不是因為他的那一句話，我和侯爺說不定還不能下狠心那般對待彥兒兄弟呢！」丁夫人輕輕地搖搖頭，道：「我和侯爺其實很擔心彥兒兄弟中哪個像了祖父，對他們兄弟一貫很嚴格。平常人家的孩子都是四、五歲才斷奶，而他們兄弟卻都在兩歲上就掐了奶，奶娘也被送走，不讓她們留在哥兒身邊影響他們。七歲搬到外院之後，身邊更除了灑掃的粗使、丫鬟、婆子、管事的媳婦子之外，連個丫鬟都沒敢安排，生怕讓輕佻的丫鬟教壞了；身邊侍候的小廝長隨，不但是侯爺親自精心挑選的，更是不時地敲打他們……」

對於敏彥身邊連個大丫鬟都沒有的事情，王蔓青曾經也很詫異，就算耒陽侯府規矩嚴，不會給哥兒身邊添什麼紅袖添香的丫鬟，但連個侍候起居的丫鬟都沒有就有些奇怪了。現在才知道，這是丁夫人夫妻矯枉過正的結果。

「現在，彥兒他們也長大了，脾性也養成了，我和侯爺也沒有以前那麼擔憂了。但是，卻也不能不防著一些。」丁夫人看著王蔓青，道：「當初，在那麼多的姑娘中一眼就看中妳，除了妳確實是個好的之外，更要緊的是妳娘李氏。看得出來，妳娘是個有手段、也有本事的，我想如果不是因為妳娘子嗣上艱難的話，我想，妳爹說不定都不會有妾室。我不知道妳能跟著妳娘學到幾分，但是我相信，妳只要能學會妳娘的本事，一定能將彥兒攬住，好好地過一輩子。」

王蔓青臉色微紅，卻又帶了幾分好奇，多少當婆婆的擔心媳婦太厲害了將兒子給管死了，怎麼丁夫人卻反其道而行呢？

不過這樣的話，王蔓青可問不出口來。

王蔓青沒問，但丁夫人卻還是看出來了，她微微一笑，道：「妳也不用覺得奇怪，我從來就沒有想過讓自己的兒子享什麼齊人之福；相反，我一直以來都很擔心他們像了他們的祖父，那麼選媳婦的時候，自然想選一個有本事將他們攬住的了。」

王蔓青恍然，忽然也明白了為什麼到了這個時候，丁夫人都不願意鬆口給敏彥添人，她這是擔心，擔心一旦開了這個口子，有些事情就控制不住了。

「明白了？」丁夫人看著王蔓青，道：「雖然我相信自己的兒子是個好的，可是人總是會變的，還是多個心眼的好。至於子嗣……那麼多的大夫看過，連太醫院的太醫也看過，都說妳的身體很好，連女人家慣常有的虛寒之症都沒有，現在沒有懷上孩子，不過是緣分未到而已，真不用想太多。就算真一直沒有，等到敏惟、敏行成了親有了孩子之後，抱一個過繼過來，也比姨娘生的要好。庶出的孩子，能不要還是不要的好。」

「媳婦明白了！」王蔓青心頭一直以來的擔憂終於落到了實處，敏彥那裡她還真是不擔心，就如丁夫人說的，母親李氏將她的馭夫之術全部教給了她，她不能說青出於藍，但將敏彥這種原本就很有節制、也極尊重愛護妻子的男人攬住還是沒有問題的。唯一擔心的不過是丁夫人想抱孫子，往自己房裡塞人，讓自己失了主動、失了名聲不說，還多了個自己不好控制的。現在，丁夫人說得這麼清楚了，她也明白了丁夫人的苦衷，自然不會再說那些讓所有人都不痛快的事情。

「至於那個苗兒……」丁夫人輕輕地皺了皺眉，道：「妳看是盡快打發了她配人，還是將她送回王家交給親家母處理都好，反正不能留在身邊了。」

「媳婦手頭忙，哪有時間精力打發她配人，我將她送回王家，讓我娘處理吧！」王蔓青點點頭。

她知道丁夫人這是什麼意思——在她和丁夫人提起將苗兒收房的事情之前，自然要和苗兒打個招呼，就算不打招呼，暗示也是要給的；而現在，事情不能成，那麼這人自然也就不能留在身邊了，再留的話對大家都不好。

「那是最好！」丁夫人點點頭，而後又提醒道：「你們院子裡的丫鬟，該敲打的要敲打，千萬別讓她們有了什麼不該有的心思。還有，妳手頭上的事情雖多，但再忙也不能冷落了彥兒，要是實在忙不過來……敏玥那丫頭這段時間開竅了些，妳可以將家裡不是很重要的事情分給她管一、兩樣。這孩子雖然心思活絡，但也是個腦子清明的，不像敏柔，眼高手低認不清自己的身分。等她長大了，我還想給她找一門像敏心一樣的親事，讓她早點學著管家不是壞事。」

「嗯！」

第七十章

「在說什麼呢？笑得那麼大聲，我在院子裡就聽到了！」敏瑜一進房就笑著問了一句，她剛剛從勇國公府回來，才進門，就有丫鬟上前說丁夫人正在房裡等她，便直接過來了。

「在說桂姨娘今早帶著人去量房子的事情呢！」丁夫人笑著，然後指著桂姨娘道：「就知道她是個厲害的，把事情辦妥當了，還把那個自以為是的趙姨娘氣了一頓，說不準現在都還沒有緩過神來呢！」

「桂姨娘怎麼氣她了？」敏瑜帶了幾分好奇的問道，她雖然沒有見過趙姨娘，但卻也知道趙姨娘的脾性，知道這女人臉皮厚得很，真不知道桂姨娘怎麼能氣到她。

「夫人是在埋汰婢妾呢！」桂姨娘笑盈盈地道。「婢妾可是個守規矩的，去了楊家也是照規矩辦事，哪會隨便氣人呢？」

敏瑜噗哧一聲笑了出來，好個照規矩辦事，楊家可是最沒規矩的人家，桂姨娘照規矩辦事可不就是去找茬、給人添堵的嗎？趙姨娘不被氣到就是怪事了！

「自打楊夫人過世之後，趙姨娘就以當家夫人自居，楊家的下人稱她為『夫人』不說，出了門也以『趙夫人』自稱；而和楊家素日有往來的人家，不管心裡怎麼想，面上卻還是留了情面，稱她一聲『夫人』，結果就真以為自己是夫人了。桂姨娘不過是點清了她的身分，就把她給氣得仰倒了！」丁夫人鄙夷地撇撇嘴。

和楊家有往來，尤其是女眷有往來的人家，可沒有幾家是家風嚴謹的，自然不會和趙姨娘認真，順勢稱她一聲夫人也沒有什麼大不了的。但這卻也讓趙姨娘越來越自以為是，今天甚至在桂姨娘面前擺起了當家夫人的架子。可惜的是桂姨娘代表的可是耒陽侯府，她的態度很大程度上代表了丁夫人和敏瑜的態度，她怎麼可能尊她為「趙夫人」呢？一口一個趙姨娘，一口一個我們當姨娘的應該怎樣怎樣，把趙姨娘氣得夠嗆。

「姨娘做得好！」敏瑜誇了一聲，而後也懶得繞彎子，直接道：「瑾澤對趙姨娘深惡痛絕，我們也沒有必要給她留什麼面子。聽說，趙姨娘心心念念的想把自己的姪女嫁給瑾澤，姨娘今天見到那位姓趙的姑娘了嗎？」

「見到了！」桂姨娘點點頭，她也聽丁夫人提過這件事情，今日自然多看了趙慶燕幾眼，道：「那位趙姑娘看起來倒像是個精明的，可惜的是環境使然，沒有見過什麼世面，也沒有什麼手段城府，這樣的人，姑娘都不用費心，您身邊的秋霞就能把她給打發了。倒是楊家的那位二少奶奶值得留意一二。」

「妳說的是楊衛遠的妻子段氏？」敏瑜輕輕一挑眉，她和楊瑜霖的婚事確定之後，她也讓人將楊家各人的性格脾性詳細地查了給她，楊家人口簡單，將每個人的性格喜好記住是件再簡單不過的事情。

楊衛遠的妻子段氏出身商家，在大商家林立的京城，段家勉強算是中等人家而已，經營著兩個生意不錯的酒樓，五、六個生意也不錯的小客棧，名下還有幾處莊子和不少田產，據說還有一個釀酒的小酒坊，段家酒樓和小客棧的酒都是自家釀造的，口碑不錯。楊勇就很喜歡他們家的酒，不時地會去段家的酒樓坐坐，久而久之也就認識了段父。

段父是個精明的商人，而段母更是個精明的主婦，和楊勇認識之後沒少和楊家攀關係，和楊家走得頗近，楊勇對段家倒也照應了不少。段家的酒樓、客棧這麼多年來經營良好卻沒有什麼不上眼的人找麻煩，楊勇功不可沒。

段家只是普通的商家，油水不豐，楊勇一個昭毅將軍想要照應，自然不會有人不開眼的找麻煩；不畏懼楊勇的，也嫌棄這塊肉沒多少油水，懶得去算計。就因為兩家的關係，趙姨娘為兒子找媳婦卻到處碰壁之後，才會退而求其次的選中了段氏。

段氏在家中排行第三，上有一兄一姊，她是最小的一個，據說被父母護著長大，有些天真懦弱。嫁到楊家之後，對趙姨娘唯唯諾諾、唯命是從不說，在丈夫楊衛遠面前也不敢大聲說話，連楊遠遠用她的嫁妝銀子抬了個妾室進門都不敢說什麼，典型的小媳婦一個。

但是，敏瑜卻沒有說什麼，而是帶了詢問地看著桂姨娘，她相信桂姨娘特意提段氏，必然有不同的看法和見解。

「今天婢妾很是不給趙姨娘臉面，先是稱呼上沒有給趙姨娘面子，然後在量房子的時候也冷嘲熱諷了幾句，趙姨娘的那位姪女都跳出來為她說話了，這位二少奶奶卻還是一聲不吭地在一旁什麼表示都沒有。」桂姨娘笑著道。「看上去似乎是有些膽小、不知道該不該插話，但實際上……婢妾覺得她正在審視什麼，我看這位二少奶奶也不是省油的燈，只是她的出身不高，嫁的又是趙姨娘所生的二少爺，所以才會這般老實本分。」

「也就是說，只要她有了資本的話，就會和趙姨娘對著幹嘍？」敏瑜輕輕地一挑眉，明白桂姨娘特意提段氏是為什麼了。

「要是正經婆婆的話，再生給她一個膽子，段氏恐怕也不敢做什麼。可是這趙姨娘，說是正經婆婆，卻只是個姨娘、庶母；說不是正經婆婆，偏偏又是二少爺的生母……聽說，段氏進門後，趙姨娘不止一次地打人家嫁妝的主意。只是不知道是段氏厲害、還是她就沒有什麼嫁妝，趙姨娘好像沒有占到多少便宜。」桂姨娘是個極為機靈厲害的，就這麼一個上午，不但將丁夫人交給她的任務完成了，還打聽到了不少楊家的事情。

「我明白了。」敏瑜輕輕地點點頭，腦子裡轉過好些念頭，卻沒有說出口，而是換了個話題道：「量房子的時候出了什麼事情嗎？」

桂姨娘微微猶豫了一下，似乎不知道應該怎麼說，一旁的丁夫人見狀，便笑道：「也不是什麼大不了的事情，趙姨娘要讓人將趙家所有的房間都丈量了好做家具，桂姨娘去之前得了吩咐，自然不同意，便和趙姨娘嗆了起來。趙姨娘譏笑堂堂侯府，連這個都要計較；桂姨娘就反諷，說只要他們把所有的房間都騰出來給你們婚後住，她就把所有的房間都丈量了做家具。」

自己還沒有過門就算計起了自己？敏瑜冷笑一聲，道：「結果呢？」

「婢妾最後還是只丈量了大少爺住的東廂房。」桂姨娘微微地頓了頓，卻又道：「整個楊家不過是個三進的小院子，東廂房就更小了，就那麼小小的一點，姑娘真要住那地方的話，可真是太委屈了。」

看了楊家之後，桂姨娘何止是覺得敏瑜太委屈了，她甚至懷疑楊家能不能放得下敏瑜的嫁妝——公侯人家中，耒陽侯府家底不算很豐厚，但是卻不意味著敏瑜的嫁妝就少。事實上因為一直以來都以為敏瑜會嫁皇子，丁夫人很用心地給敏瑜攢嫁妝，皇后娘娘也因為這個緣故，過年過節總有不少賞賜；這麼積攢下來，還真的是很可觀。好好整理一下，起碼有個三十抬了，加上丁夫人自己為敏瑜準備的，不敢說是十里紅妝，但八、九十抬還是輕輕鬆鬆能拿得出來的。

「地方小有小的好，起碼打家具簡單了很多。至於說委屈……」敏瑜微微一笑，道：「過完中秋瑾澤便會帶我去肅州，我也不會在楊家住多久，更談不上委屈不委屈了！娘，新房的家具都用樟木打，不需要用最好的，只要過得去就行。我估計我也就住那麼幾天，以後就用不上了，不用浪費好木料。」

「那怎麼行？」丁夫人立刻皺起眉頭，她為敏瑜準備了不少好料子，大件的家具都準備用最好的樟木，那些可都是敏瑜剛剛出生之後就搜羅來的，怎麼能不用呢？

「有什麼不行的？」敏瑜反問一聲，而後又笑道：「就算您真用最好的木料，人家也未必就認得出來，還不如不要浪費呢！」

「妳這丫頭！」丁夫人想了想，最後還是依了敏瑜，而後道：「那陪房呢？娘原本給妳準備了五家，加上妳身邊的丫鬟、婆子，一共有三十六個，秋霜今兒一早有來求我，說不管怎麼著都要跟著妳，還說妳去肅州身邊沒個用得慣的媳婦子始終不方便。她是個忠心又潑辣能幹的，她男人也不弱，我便同意了。這樣一算，就三十八個了，楊家哪裡容得下啊！」

「該怎麼準備就怎麼準備，沒有必要考慮楊家能不能安置得下，真要是什麼都考慮楊家的話，那就不用成親了。」敏瑜輕輕地搖搖頭，道：「至於秋霜，她要是不怕肅州清苦的話，我倒真的希望她能陪我過去，起碼她比秋霞、秋喜都更能幹，而且她是嫁了人的，很多時候出面辦事也更方便一些。」

「那我就看著辦了。」丁夫人點點頭，而後拿過一張請柬，道：「讓妳過來還有一件事情，這是封家大少夫人讓人送來的帖子，封家大少夫人特意請妳和妳大嫂過府一聚，妳要不要去自己作決定。」

「封家大少夫人？誰啊？」敏瑜微微一怔，一下子想不起來是誰，但這才問出口，不用丁夫人提醒，便想起來了，道：「安宜郡主想見我，是因為封家大少爺封維倫被封為肅州通判的事情吧！」

「我就知道妳這個小人精不用我提醒。」丁夫人笑了，封維倫被封為肅州通判的消息丁夫人也才聽說，不過丁夫人相信敏瑜定然比自己更早一步知道這件事情。

一旁一直沒有說話的王蔓青，這個時候笑著道：「恬恬原本是想到家裡來拜訪的，可是她身懷六甲，行動諸多不便，我便作了主，讓她送了帖子邀妳過去，妳可別當她是在擺架子啊！」

「知道嫂嫂和安宜郡主是好朋友，我怎麼還會誤會呢？」敏瑜笑了，雖然和安宜郡主李安恬就見過那麼幾次面，但她對那個落落大方的女子感覺極好；再說封維倫被授為肅州通判，他和楊瑜霖以後打交道的地方定然很多，那麼她和李安恬接觸的機會也會增加，大家先熟悉一下也是很好的。不過，她看著王蔓青道：「只是上午我都要去勇國公府，不能抽出時間來，去封府只能安排在下午呢！」

「這個我和恬恬說就好。」敏瑜願意去就好，上午、下午並沒有多少區別。

「妳可算是來了！」跟著封家的丫鬟才進李安恬住的院子，李安恬便在丫鬟的攙扶下笑盈盈地迎上來，輕聲抱怨道：「我一大早就眼巴巴地等著妳過來，可妳倒好，磨磨蹭蹭的到這會兒才來。」

「我說了我上午忙得厲害，等把家裡的事情處理完了才能過來的。」王蔓青笑著扶住李安恬，而後看著她臃腫的身子，道：「妳也是，身子不方便在屋裡等我就好了，這麼急巴巴地迎上來做什麼？」

「沒關係，太醫說了，讓我精神好的時候儘量多走動，別總待在屋子裡不出來，這樣的話生產的時候比較不會遭罪。」李安恬笑著回了一聲，看著好幾個月都沒有見過面的王蔓青，道：「妳上次不是說打理家務事已經很順手了嗎，怎麼又忙成這個樣子了？」

「敏瑜的婚期就在眼前，卻什麼都沒有準備妥當，我又要忙著打理家務、又要和母親一道準備敏瑜的婚事，能不忙嗎？」王蔓青小心翼翼地扶著李安恬，嘴裡抱怨道：「妳都不知道我忙成什麼樣子了，如果不是聽了母親的話，將不是那麼要緊的一些事情交給敏玥讓她試著打理，我還會更忙的。」

「忙點好！」李安恬看著嘴裡抱怨、臉色紅潤、精神也極好的王蔓青，眼中閃過一絲隱隱的豔羨，道：「我們一起的幾個姊妹，只有妳剛進門就跟著婆母打理家事，現在更成了當家少夫人，可比我們整日裡閒著沒事的威風多了。」

「什麼威風不威風的，不過是個勞碌命罷了。」王蔓青笑著回了一句，在閨閣之中相處極好的幾個朋友，還真沒有哪個像她一樣，剛進門就跟著在一旁打理家務，大多都是進了門先學著怎麼侍候公婆、夫君，在婆婆身邊也多是立規矩，而不是學管家。

「妳啊，就惜福吧！」李安恬笑著白她一眼，道：「妳都不知道我們有多羨慕妳呢！」

「妳們羨慕我，我卻更羨慕妳們！」王蔓青看著李安恬已經很大的肚子，輕輕地嘆了一聲，道：「一起玩的姊妹，不是已經當了娘，就是馬上便要當娘了，就我……唉，只要能像妳們一樣，早點當娘，我什麼都可以不要的。」

「還沒消息嗎？」李安恬也知道王蔓青的心病，滿臉關切地看著王蔓青，她成親都兩年了，要是再沒有好消息，再好的公婆、夫君也都該有意見了。

「信期剛過。」王蔓青苦笑一聲，或許是因為心中的期望太深，每次來潮都會讓她心情鬱悶煩躁；但這一次沒有，她知道，是丁夫人的那番話讓她心中的徬徨不安減少了很多，心裡也踏實了。

李安恬輕輕地拍拍她的手，無聲地安慰著她。

王蔓青不過是心情低落了那麼一下，很快就又振作起來，笑著道：「沒關係，我沒有那麼脆弱。」

「蔓青，要不要找大夫好好地看看？我知道太醫院有幾位婦科聖手……」李安恬認真地看著王蔓青，輕聲道：「請他們給你們夫妻好好地看看，或許……」

李安恬沒有將話說透，可王蔓青和她在一起超過十年，怎麼不知道她沒有說出來的意思，她笑著搖搖頭，道：「恬恬，我知道妳的意思，真的不用了。為子嗣的事情，我也著急上火過一段時間，求神拜佛、求醫問藥的事情也做了不少；子俊(注)體貼，去寺裡燒香請願也罷、請大夫扶脈也罷，都是陪著我一起的，就連吃藥也沒有落下，還打趣地說這是和我同甘共苦……」

想到去年自己慌神的那段時間敏彥的貼心，王蔓青心裡就蜜一般的甜，她肯定地看著李安恬，道：「後來是母親看不下去了，訓斥了我們一頓，不准我們瞎折騰，我這才消停了下來。恬恬，看過好幾個大夫，都說我們身體都很好，沒有懷上不過是和孩子的緣分未到而

注：子俊，丁敏彥的字。

已，所以啊，我還是不折騰了。」

「他對妳真好！」李安恬滿是感觸地嘆息一聲，王蔓青剛剛定親的時候，一幫要好的姊妹還為她不平，說她樣樣出眾卻偏偏因為母親子嗣艱難影響了姻緣，配了名聲不顯的丁敏彥。但現在，又有誰不羨慕她進門就能打理家務，成親都快兩年沒有動靜也沒個姨娘添堵的？

想到這裡，她卻又擔心王蔓青是就此認了命，她關切地道：「妳真的不再看看？萬一妳再耽擱幾年都還沒有的話……蔓青，庶出的孩子養得再好也都是從別人肚子裡出來的，妳可得考慮清楚了！」

「我不是認命，只是聽著母親的話，順其自然罷了。」王蔓青笑了，而後神秘地湊到李安恬耳邊，輕聲道：「我前些日子把我娘給我特意準備的丫頭打發回去了。」

李安恬微微一怔之後立刻明白過來，她滿臉震驚和不可思議地看著王蔓青，道：「妳是指……」

「嗯！」王蔓青點點頭，和她一樣，李安恬出嫁的時候身邊也帶了像苗兒一樣，專門留給丈夫以後收房的丫鬟。因為這個，她們多多少少還埋怨過自己的娘，說她們這還沒有過門，娘就想著給女婿房裡添人、給女兒添堵。只是她們也知道母親的苦心，雖然心裡不舒服，但還是聽從了安排。

「妳怎麼……是妳的意思，還是他的意思？」李安恬看著王蔓青，眼中只有驚訝，但心裡卻升起了濃濃的羨慕和淡淡的悲哀——她身邊的那個，在她懷孕之後便已經開了臉，現在是封維倫的通房丫頭，等到她有了身孕，就會抬成姨娘。

「是母親的意思。」王蔓青搖搖頭，道：「母親不希望我們房裡多人，影響我們倆的感情不說，還不知道會多出多少麻煩事情來。當然，最主要的是母親不希望子俊耽溺於美色，失了上進心，耽誤了前程甚至一輩子。」

「侯夫人真是……」李安恬滿心感慨卻不知道該怎麼評價，最後所有的感嘆化為一句：「蔓青，妳真有福氣，遇上這麼一個婆婆。」

「可不是福氣嗎？所以，我也想通了，好好地珍惜這份難得的福氣，不折騰了。」王蔓青笑著，丁夫人將話說透了之後，她心頭最大的陰影不能說就此消失，但卻也淡了很多，整個人都輕快開朗起來了。她扶著李安恬進屋坐定，笑道：「敏瑜上午沒有時間，下午才能過來，我知道妳的性子急，就先過來陪妳，我們說說話，慢慢地等她過來不遲。」

「我知道，她這段時間天天往勇國公府跑的事情我也聽說了，吳老夫人好像很喜歡她，沒少帶著她到處走，能抽出時間過來一趟，我就已經是心滿意足了。」李安恬笑著，她看著王蔓青道：「說起來還得謝謝妳才是，如果不是因為妳，我就算上門拜訪也未必就能見到她，更別說像現在這樣舒舒服服地等著她過來了。」

「我們之間說什麼謝啊！」王蔓青嗔了一聲，然後道：「妳也是，這都快要臨產了，應該一心一意地養胎，別的事情能不操心就別操心，小心傷神。」

「夫妻一體，道緒（注）的事情我能不多考慮嗎？」李安恬輕嘆一聲，道：「肅州通判雖然只是個從五品的職位，但其重要性不用我說，妳應該也很清楚。加上去年一場大戰，瓦剌元氣大傷，沒個七、八年，是無力再犯我大齊的，肅州暫無外患，必然興旺，這肅州通判就更顯得重要了。」

「重要是重要了，但是這個職位也夠惹眼，不知道有多少人盯著這個位置呢！」王蔓青心裡自然很清楚，更清楚別說是肅州通判，除了少數偏遠困苦、民風彪悍的州郡，哪一個地方的通判一職不是炙手可熱的？

事實上在楊瑜霖被任命為肅州都指揮使的時候，便有人猜測，皇上會重新任命一位年輕的肅州通判，好和楊瑜霖相互配合。為此，但凡覺得自己有那個能力的，都在找各種關係打通關節，謀這一職位。敏彥也曾動過心，但知道就憑他和楊瑜霖的關係，皇上也絕對不可能選中他，便也沒有做什麼。封維倫出任肅州通判，對他固然是一個巨大的機遇，但同時也是一個大考驗，哪怕是出了一點點錯，都有可能被那些盯著他的人參上一本。

「盯著就盯著唄！」李安恬揮揮手，讓丫鬟們退下，而後冷笑一聲，道：「能幹得好固然是好事；幹不好，出了紕漏讓人抓了把柄參一本，也不見得是什麼壞事。」

「妳和他鬧彆扭了？」王蔓青皺起眉頭，在京城諸多的貴公子中，不管是從家世人品、還是從才華相貌上排字號，封維倫都能排在前列，要不然的話靖王妃當初也不會挑中他了。他們定親的時候不知道羨煞了多少人，李安恬自己也是滿心的歡喜。上次見面，李安恬也是滿臉幸福，怎麼現在卻好像滿腹牢騷一樣？

「沒有。」李安恬搖搖頭，但終究還是憋不住地道：「他整天忙這個、忙那個，我都已經有大半個月沒有見到他了，哪來的機會鬧彆扭？」

「怎麼會這樣？」李安恬的話讓王蔓青驚詫不已，她皺眉道：「妳身懷六甲，他再忙也得抽出時間來多陪陪妳啊？再說，他現在被任命為肅州通判，不知道什麼時候就要走馬上任，妳身子不便，也不能跟著到任上，他怎麼還……」

「還能為什麼？還不是因為他娘！」李安恬咬著牙，道：「我這才懷了身孕，婆母就說我有了身子不能和他同房，事前都不打個招呼，連暗示都沒有，就給他安排了通房丫頭……我是那麼善妒又不講道理的人嗎？」

「伯母不是一向都很喜歡妳嗎，怎麼會……」王蔓青真的想不明白了，封母黃氏和靖王妃交情頗深，平日裡來往也極多，李安恬更是她看著長大的，按理來說應該會很疼惜這個兒媳婦，怎麼現在卻這樣子了。

「她喜歡我是一回事，拿捏我卻是另外一回事。現在不拿捏我，等著我將她兒子攬了去，等我生下嫡長子，地位穩固了，可就不好拿捏了！蔓青，我可是皇上親封的安宜郡主，是貴人，如果不拿捏一下，定然會忘了自己是封家的兒媳婦。」李安恬冷笑一聲，道：「我總算是明白了，為什麼人家說婆媳天生是冤家，還真的是這麼一回事。」

注：道緒，封維倫的字。

王蔓青默然，她不該意外的，她未嫁給敏彥之前，母親李氏也和她說了不少婆婆拿捏媳婦的手段，往兒子房裡塞人是最常用、也最有效的手段之一，不過是因為丁夫人從來就沒有拿捏過她，還總是偏疼她，這才一時轉不過彎來。

「至於道緒……」李安恬又冷笑一聲，道：「一開始的時候還覺得過意不去，覺得婆母過了些，還為了這個和婆母爭執過；可是，多爭執幾次之後，又覺得他娘更不容易，加上還有人吹枕頭風……能像現在和我相敬如賓已經不錯了。」

「怪不得母親會說，當姨娘、通房的就沒有真正老實本分、不起心思的！」王蔓青嘆氣，而後安慰道：「恬恬，妳也別為這傷心，妳現在可是雙身子的人，可不能傷心。」

「我心裡有底！」李安恬冷笑一聲，道：「我知道輕重，我現在最要緊的是養好自己，平安順利地分娩，別的……等我生了孩子之後，慢慢地謀算也不遲。我會讓她們知道，我可不是麵捏的。」

「該強硬的時候是要強硬，但也別讓自己變得自己都不認識了。」王蔓青輕嘆一聲，而後道：「我婆母經常說的就是，做事需要有底線，要是越了底線，縱使是達到了目的，也會讓自己變得面目全非，那樣得不償失。」

「我看妳現在更聽侯夫人的話，伯母真是白養妳了！」李安恬取笑了一聲，心裡卻在嘆息，要是她有幸遇上那麼一個婆母的話，她定然也會像王蔓青一樣。

「我要和婆母一起生活一輩子，自然要更聽她的話了。」王蔓青真心地道，而後卻又笑著道：「妳懷著孕或許不知道，敏瑜的婚期沒有定下之前，我婆母其實也忙得團團轉，都是家裡有適齡姑娘的人家上來攀關係，想著把姑娘嫁過來……」

「這也正常。侯夫人對妳這麼好，把妳這兒媳婦當女兒一般心疼，大家都是看在眼裡的。家裡有女兒的，豈能不動心？」李安恬笑了起來，但心裡卻微微一動，道：「妳可知道，侯夫人想為妳那二叔找個什麼樣的？」

「母親素來實在，只想找個能夠和二叔志趣相投，能夠和他和和美美過一輩子的。」王蔓青笑著，卻又感慨道：「我和這二叔相處時間不長，但卻清楚，他和子俊都是一個樣，娶了妻子就會一心一意一輩子對她好，誰嫁了他都是一輩子的福氣。不過，話又說回來了，他要真敢拈花惹草，頭一個跳出來收拾他的定然是母親，她可不想兒子們三妻四妾然後鬧得家宅不寧、烏煙瘴氣的。」

李安恬笑了起來，腦子裡升起一個念頭……

第七十一章

「不好意思，讓您久等了！」敏瑜見到李安恬便帶了歉意地道，雖然她事前就說了只有下午才有時間，但該說的客氣話卻也不能少說。

「別這樣說，妳這般客氣會讓我不好意思的。」李安恬笑道。「原本就是我給妳添麻煩，妳能從百忙之中抽出時間來，我已經很感謝了。」

「好了、好了，都別說客氣話了。」王蔓青笑著來了一句，然後看著敏瑜道：「妹妹餓了吧？恬恬特意吩咐廚房準備了一些茶點，我們一邊吃一邊說吧！」

「好啊！」敏瑜點點頭，她清楚王蔓青和李安恬之間就像她和王蔓如一般，就衝這個也不能再說什麼客氣話，要不然的話該讓人以為她是故意疏遠了，她笑著道：「我正好也覺得餓了。」

「吩咐廚房把茶點端上來。」敏瑜不見外的話讓李安恬的笑容深了幾分，側頭吩咐一聲，便又轉過頭來對敏瑜道：「聽蔓青說妳不大愛吃特別甜膩的，便吩咐小廚房做了些清淡的，也不知道合不合妳的口味，要是有什麼想吃的，別客氣，說一聲，讓他們專門給妳做。」

「嫂嫂知道我的喜好，她既然說了我不愛吃什麼，定然也說了我愛吃什麼，安宜郡主不用再麻煩了。」敏瑜笑著道，一貫的謙和，絲毫沒有因為李安恬主動和她交好就故作矜持。

「叫什麼郡主啊！」李安恬輕輕地嗔了一聲，她看了看王蔓青，道：「我和蔓青打小就混在一起，雖然不是親姊妹，但卻像親姊妹一樣，妳這麼叫未免也太見外、太生分了！」

「就是！敏瑜，妳啊，就和蔓如一樣，叫恬恬一聲姊姊就好。」王蔓青笑著接過話，這樣的話不管是敏瑜還是李安恬說都不大合適，只能是由她來說才能這般自然，她笑著道：「瑾澤是肅州都指揮使，封維倫是肅州通判，妳們以後見面打交道的時候可多著呢，總不能一直這般疏遠客氣吧！」

「既然嫂嫂這麼說了，我就不客氣，覥著臉叫聲姊姊了。」

敏瑜知道，今日和李安恬見面其實也談不了什麼，無非是有王蔓青在其中，讓兩人加深認識，以後好來往而已！敏瑜原本對李安恬的印象和觀感就極好，自然也願意和李安恬交好；至於李安恬要和她交好是抱有目的的，她卻沒有在意——李安恬這樣做固然是為了封維倫，但對楊瑜霖一樣是有好處的，她又何必小心眼呢？她毫不遲疑，立刻改口叫了一聲：「恬姊姊。」

「哎！」李安恬歡歡喜喜地應了一聲，而後叫了一聲：「敏瑜妹妹。」

敏瑜脆脆地應了，三女便一起笑了起來，屋子裡的氣氛立刻樂融融的。這個時候，茶點也擺好了，李安恬還沒有來得及招呼王蔓青和敏瑜品嚐，一個丫鬟進來，上前小聲地在她耳邊說了什麼，李安恬眼中閃過一絲厭惡，看了那丫鬟一眼，卻什麼都沒有說。

那丫鬟顯然是在李安恬身邊待了不少時日的，很清楚李安恬的脾性，一個眼神就知道了她是什麼意思，如同進來時一樣，輕悄無聲地出去了，李安恬則若無其事一般地招呼道：「妹妹快嚐嚐，看姊姊這裡的廚娘手藝怎樣？」

這一幕王蔓青和敏瑜都看在眼中，李安恬那一剎那的異樣也都察覺到了，但兩人卻都像是什麼都不知道一樣，笑著拿起筷子去挾看起來就食慾大開的點心。

她們的筷子才碰到點心，便又有人進來了，看著進來的人，李安恬眼中閃過一絲怒意，伸出去的手收了回來，將筷子輕輕一放，冷冷淡淡地看著來人，卻沒有發話。

和王蔓青一樣，敏瑜並沒有收回手，而是挾了一塊點心放到面前的碗裡，才輕輕地放下筷子，一起看著進來的女子。

這是一個十五、六歲的婦人，長得極美，一身中規中矩毫無特色的打扮都能讓人眼前一亮，要是好生打扮一番的話，還不知道是怎樣的迷人。

「婢妾見過少夫人！」李安恬的冷淡並沒有讓婦人退縮，仍舊上前落落大方地行禮，看起來倒像是個極有規矩的，只是王蔓青和敏瑜都清楚，那不過是表面而已，這婦人要真的是個守規矩的，就不會出現在她們面前了。

「起來吧！」李安恬的語氣冷淡，沒有掩飾自己的不悅，但也沒有再理會她的意思，等她起身之後，便笑著對敏瑜道：「妹妹不是餓了嗎？快點嚐嚐！」

「嗯。」敏瑜笑著點點頭，挾起碗裡的小籠包，輕輕地將表皮咬破，將燙口的湯汁倒入小勺中，吹了兩口氣，才將湯汁喝完，而後再咬了一口小籠包，嚥下之後輕聲讚道：「真香！」

「不錯吧？」王蔓青笑盈盈地道：「恬恬這小廚房的廚娘是靖王府最擅長做各種麵點的，恬恬有了身孕之後，特別挑食，王妃心疼她，特意派來照顧她的。」

「這樣啊，怪不得這簡簡單單的小籠包都能做得這麼好吃。」敏瑜笑了起來，道：「嫂嫂應該沒少吃這廚娘做的點心吧，和我說說，妳覺得哪個最好吃？」

「這個——」王蔓青笑著給敏瑜挾了一個韭菜盒子，笑著道：「這可是她做得最好的，就算這個季節的韭菜稍微老了些，但她做的韭菜盒子一樣極好吃，妳試試看。」

「嗯。」敏瑜點點頭，咬了一口，嚼了幾下，眼睛便亮了起來，嚥下之後笑道：「果然好吃！嫂嫂沒少吃吧？」

「壞丫頭，笑話我貪嘴嗎？」王蔓青笑罵一聲。

「這可是妳自己說的，和我沒關係！」敏瑜笑嘻嘻地回了一聲。

李安恬在一旁笑了起來，王蔓青也忍不住笑了，樂融融的氣氛讓一旁被人當成了空氣的婦人滿是尷尬和不敢表露的憤恨，她忍了又忍，終究還是忍不住地上前一步，道：「少夫人……」

李安恬淡淡地看了過來，臉上的表情看不出喜怒來，但眼神卻很凌厲，不但讓婦人有種所有心思被人看透的感覺，還讓她心裡發寒，渾身的寒毛都豎了起來，下面的話哪裡還說得出來？不僅如此，人也不禁地往後退了一步，退到了之前的位置。

王蔓青輕輕地瞟了婦人一眼。

李安恬嫁到封家之後她只來過兩、三次，那幾次都是好些姊妹相聚一堂，並沒有什麼礙眼的人過來惹人嫌，也沒有見過眼前這婦人。不過看著婦人的打扮，想來應該是封維倫的通房之類，說不定就是封母塞過來的。

見婦人打住，李安恬便將視線收回，恢復了滿臉的笑容和王蔓青、敏瑜說笑起來，婦人心裡恨極，但卻因為李安恬剛剛那一眼，不敢再多話也不敢就此離開找靠山告狀，站在那裡，渾身都不自在起來。

不過，她也沒有站多久，三女一邊談笑一邊吃點心，等到上來的點心嚐了一個遍之後，時候也不早了，王蔓青和敏瑜笑著向李安恬告辭。

李安恬不比平常，也有些倦了，加上還有個礙眼的人在這裡，便也沒有多加挽留，說了些讓王蔓青和敏瑜多過來走動的話，便讓身邊的大丫鬟替她送客；當然，她也沒有就這麼坐著，就算身子重不能親自送兩人離開，但送到房門外還是可以的。

「少夫人！」婦人這會兒真著急了，也不顧忌李安恬剛剛那讓她心顫的眼神，又上前一步，險些就擋了出門的路。

李安恬看了她一眼，這一次，不管是眼神還是表情，都帶了婦人陌生和膽寒的凌厲，她下意識地又退了一步，讓開路，眼睜睜地看著李安恬將王蔓青和敏瑜送走。

李安恬很快回轉過來，冷冷地看了還待在那裡的婦人，卻沒有理會她，而是對身邊的丫鬟道：「還不把房裡收拾乾淨！」

丫鬟應諾。

婦人咬咬牙，再次上前。

這一次不等她開口，李安恬便淡淡地道：「我招待客人，妳過來做什麼？還一次又一次地想要多話，不怕讓人笑話，說封家半點規矩都沒有嗎？」

如王蔓青猜的那樣，這婦人便是封母給封維倫的通房丫頭，姓車，名秀娟，原本也是官宦人家的姑娘。年幼的時候，車父因虧空和貪贓兩項罪，車家被抄，男丁發配，女眷發賣。

車母原本也是京城有名的美人，車秀娟打小又是個美人胚子，而車母和封母有幾分不錯的交情，封母不忍見她們母女淪落，便出面將她們母女買了下來。車母遭此大變，又眼睜睜地看著丈夫、兒子被發配，不知道今生還能不能見到，到了封家之後，很快就病倒了。沒有兩個月，又聽說丈夫、兒子在發配途中染了病死了，車母當下便崩潰了，沒幾天也跟著去了。

車母一死，封母就難辦了！

她原本也是善心，原想著將她們母女贖買回來之後，將她們送去和家人團聚；再不成的話給她們安置個住處，再送兩畝薄田，母女兩個也能有個安身立命的地方，可沒有想到最後卻成了這樣子。但是，將車秀娟一個無親可投的孤女送走，封母也不忍心，便只能將她養在了身邊。

車秀娟在封家的地位很尷尬，縱使封母對她格外憐惜，也不能當她是寄居的嬌客，只能說在吃穿用度上格外的關照一二，說嬌客不是嬌客，說奴婢也不像奴婢。

封母原本也想過，等到車秀娟大了，給她置辦一份簡單的嫁妝，找個清白人家嫁出去，也算是全了她和車母的情誼。可車秀娟越大越出挑，看著一天比一天更美麗動人的車秀娟，封母只覺得頭疼。

讓她嫁去尋常人家，她願不願意都不說了，以她的相貌遲早會給夫家招災，但是嫁到能夠庇護她的人家——犯官之女，還是個家人幾乎都死絕了的犯官之女，再漂亮也不會有人頭腦發昏娶她回去當正室，然而若是給人當妾，那豈不是讓人笑話封家嗎？

就在封母為車秀娟的終身大事頭疼的時候，車秀娟透過她身邊的嬤嬤向她透露了自己的心思——寧願給封家大少爺當個大丫鬟，也不願意離開封家。

明瞭了車秀娟的心思之後，封母先是不滿，覺得車秀娟是在覬覦她出色的兒子，但轉念一想，卻又覺得這樣也不錯，既解決了讓自己頭疼的問題，也能在兒子身邊安插一個自己的人，一舉兩得。

所以，在李安恬有了身孕之後，封母便以李安恬有孕，不能和丈夫同房，給她開了臉。由於李安恬郡主的身分，只給了她一個通房丫頭的名分，但封府的人心裡都清楚，她升姨娘不過是遲早的事情，就看是用什麼理由升上去罷了。

剛剛當了通房丫頭的時候，車秀娟倒十分的老實本分、低調，但她也是個聰明的，確定封母對李安恬這個兒媳婦雖然十分滿意，但也和大多數婆婆一樣，兒媳婦進門都要敲打、拿捏一番，便也起了些心思——

她清楚以李安恬的身分和封家的家風，寵妾滅妻的事情是絕對不可能出現，但當個寵妾，和主母爭爭寵、鬥鬥氣卻也是封母樂見的。

更兼李安恬有孕，夫妻不能同房，封維倫大多時候都宿在她房裡，李安恬看起來又是個好脾氣的，便漸漸有些輕狂起來。

封維倫的任命下來之後，封母就對她透了口風，說封維倫這一去短則三年，長則四、五年，身邊自然是缺不了照顧起居的人，可李安恬有孕不說，還是嬌養著長大的郡主，自然不能跟去肅州那種苦寒之地吃苦受罪，到時候只能讓她跟著去了。封母還說，去之前定然會抬她為姨娘，算是對她跟著封維倫去肅州那種苦寒之地的嘉獎。

封母的話讓車秀娟原本就活絡的心思更活絡了，聽說李安恬為了封維倫請敏瑜過府之後便讓人緊緊地盯著，敏瑜剛踏進封府她便得了消息，趕了過來——

她可是要跟著大少爺去肅州的人，以後難免會和肅州官員的女眷打交道，那麼她很有必要在敏瑜面前先混個眼熟。可是，沒想到她巴巴地過來了，李安恬卻連囫圇話都沒讓她說上一句。

聽了李安恬帶了責備的質問，車秀娟帶了幾分怨氣地道：「婢妾沒有別的意思，只是擔心少夫人身子重，招待客人會吃力勞累，這才特意過來，看看能不能幫上忙。」

「是嗎？」李安恬怎麼可能相信她的這番說辭？她冷淡地看著車秀娟，道：「沒有別的意思最好，要是有的話……妳別忘了自己的身分！」

「婢妾不敢忘記自己身分。」車秀娟心裡恨極，咬著牙道：「只是，少夫人特意請了丁姑娘和王少夫人過來，卻只說了些無關緊要的閒話……」

「愚蠢！我做什麼、該做什麼也是妳能置喙的？」李安恬喝斥一聲，她知道車秀娟想什麼，不過是以為自己既然請了敏瑜上門就應該乘機拉近關係，而不是像今天這樣，只當是幾個人閒來無事地坐在一起說說笑笑。

「婢妾只是……」車秀娟從來沒有被李安恬這般喝斥過，第一反應便是想為自己辯駁。

李安恬卻不想聽她說些廢話，輕輕地揮揮手，直接道：「我累了，要休息了，沒有要聽妳辯解什麼，妳退下吧！」

車秀娟沒出口的話就這麼被堵了回去，她臉都脹紅了，但終究還是不敢和李安恬對著幹，滿腹怨氣地退了出去，出了李安恬住的院子，在院子門口猶豫了一下，便往封母住的東院去了。

她的行蹤舉動自然瞞不過李安恬，她前腳剛走，便有人湊到李安恬身邊道：「少夫人，秀娟姑娘往大夫人的院子去了，看她的樣子定然是去大夫人面前搬弄是非了。」

「由著她去。」李安恬已經躺下準備小睡一會兒，她連眼睛都懶得睜開，道：「母親在大事上可不會糊塗，她這不過是去討罵罷了，不用理會。」

「可萬一……」

「沒有萬一！」李安恬睜開眼，冷笑一聲道：「母親或許對她有幾分憐惜，但也只是幾分罷了！母親既然有意讓她跟去肅州，那麼就一定會好好敲打她一番，讓她有了畏懼，免得去了看不到的地方輕狂，影響到了大少爺，她這不過是送上去被敲打一番而已。如果不信的話妳等著看，等她從母親那裡出來，會老實很長一段時間的。」

回府之後，敏瑜寫了簡短的信，讓人送給楊瑜霖，讓他知道她和剛出爐的肅州通判夫人之間的淵源，以及李安恬所釋出的善意。

沒過幾天，楊瑜霖和封維倫便「偶然」相遇，一見如故的兩人相見恨晚，不但好好地交流了一番，封維倫還作東，請楊瑜霖吃了一頓便飯。又過去幾天，封維倫離京赴任，楊瑜霖為他送行。

六月中旬，勇國公夫人羅荃英表示該教的都已經教完了，敏瑜不用再每天上勇國公府。李安恬順利平安生下一女，洗三禮的時候，敏瑜沒去，但孩子的滿月宴卻和王蔓青一道去了，還帶去了一對小玉鎖作為禮物。再然後，敏瑜便專心地留在家中待嫁，門都不大出，更別說上封家了。

「姑娘，表姑娘來了，說是有要事想要和您說！」院子外秋喜的聲音讓正和丁漣波說話的敏瑜皺了皺眉。

定下婚期之後，她便和丁漣波主動提起曾經說過的，讓丁漣波和她一道離開耒陽侯府的事情。

她原以為丁漣波會欣然點頭，但是沒想到丁漣波卻不願意跟著她一道離開，而是希望自己能夠無聲無息地離開侯府。

她說她被困在這院子裡十多年，每天抬眼看到的都是一成不變的景致和巴掌大的天，她這輩子也沒有別的指望了，只希望能夠在有生之年到處走走，看一看不一樣的景色，等到走不動了，隨意地找一個山清水秀、民風淳樸的小山村安享晚年。

敏瑜對丁漣波有特別不一樣的情感，雖然不能完全理解她的想法，卻還是就這件事情和丁夫人、丁培寧商議了一番。

丁夫人沒有什麼意見，而丁培寧對丁漣波這個嫡親妹妹雖然沒有太多的感情，但也憐惜她這麼多年的不容易，便點頭同意了。

等敏瑜出嫁之後，丁培寧會給她配兩個身手不錯的下人，既能保護她、不讓她遭受什麼危險，也能不時地將她的消息傳回來報平安。當然，這兩人還負有監視的職責，丁培寧可不想因為一時的婦人之仁，讓這個曾經最是刁蠻、最愛惹是生非的妹妹，再給耒陽侯府惹來麻煩，進而影響到子女的未來。

丁漣波自然知道丁培寧這樣安排的深意，她原本也只是被關怕了，想著趁自己還能走動，到處走走看看，並沒有什麼不安分的心思，曾經的壯志滿懷也早已放下，自然同意丁培寧的安排。

敏瑜想到一旦成親就再難見到她，甚至有可能以後再也見不到，這還沒有分離，便已經是滿心的不捨了，一有時間便到她這裡和她說說話什麼的，那種親暱讓丁夫人這個當娘的都有些吃味。

而六月六日是欽天監為九皇子挑選的開府的日子。當日，九皇子被封為福郡王，遷居福郡王府。

六月八日，年初選秀被選中的國子監大學士沈大人的姪女，其弟的嫡女沈瑤曦進門，成了九皇子的侍妾；同時進門的還有和她一樣，出身不錯、但父親卻沒有出仕的周麗穎；至於秦嫣然，則在次日無聲無息地被用一乘小轎抬進了福郡王府，沒有給任何名分。

秦嫣然今日來無非不過是兩個可能，不是想用耒陽侯府表姑娘的身分提高她的身價，就是想以她現在的身分，在敏瑜面前耀武揚武一番。敏瑜猜想後者的可能更大，要不然的話也不會非要見自己了，只是敏瑜現在真沒有心思理會她。她揚聲道：「我沒有心思見她，讓夫人送客！」

「姑娘，您還是過去看看吧！夫人之前也說了，說您不在，結果表姑娘出了門卻把馬車停在了大門外，說什麼她會一直等到您回來，見到您的面為止……」秋喜的語氣中帶了無奈，道：「已經有人在門外看熱鬧了，夫人不想把事情鬧大了，才讓奴婢過來請示您的。」

敏瑜臉色一寒，對丁漣波道：「看來不過去一趟真是不行了。姑母，我處理完了事情再過來找您。」

「去吧！」丁漣波點點頭。

第七十二章

敏瑜在花廳坐下，喝了半杯茶之後，臉色不豫的秦嫣然才過來。

看著自在從容的敏瑜，秦嫣然也不維持虛偽的禮貌，冷嘲道：「表妹不是不在府裡嗎？怎麼看起來也不像是剛剛從外面回來的啊？」

「表姊這麼聰明的人怎麼不知道這是委婉的拒絕呢？」敏瑜淡淡地反問一句，而後又道：「我想表姊應該知道，只不過表姊為了見我，佯作不知罷了。不知道表姊今日連臉面都不顧，非要見我是為了什麼呢？」

秦嫣然深吸一口氣，擠出笑容，道：「今日過來其實也沒有什麼大事，不過是很久沒有見到表妹，心裡掛念，所以特意過來看看妳……」

「表姊的日子過得不如意吧？」敏瑜不想聽秦嫣然說什麼姊妹情深的瞎話，她了然地看著秦嫣然，淡淡地點出了秦嫣然現在的處境。

秦嫣然臉色微微一僵，猶豫再三之後，苦笑一聲，道：「什麼都瞞不過表妹，我過得還真是不好……表妹應該也聽說了，王爺開府之後，便抬了兩房侍妾進門，她們兩個本身倒真不怎麼出色，王爺也不喜歡她們，但她們身後有家族，又是皇后娘娘特意為王爺挑選的，名頭上總歸是壓了我一頭。這段時間，她們沒少仗著這些，明裡、暗裡的給我難看……」秦嫣然說著說著就傷心起來，更忍不住地抹起了眼淚。

敏瑜輕輕地一挑眉，卻沒有搭話，就那麼看著秦嫣然表演。

敏瑜的態度並不讓秦嫣然覺得意外，她只傷心了一小會兒，便做出努力壓下眼淚的樣子，擠出一個笑，道：「表妹一定覺得這一切都是我自作自受得來的，如果我當初乖乖地聽從老祖宗的安排，聽她的話嫁給三哥哥，根本不會淪落至此……我不想為自己辯解什麼，今日覥著臉過來見表妹，只求表妹能夠看在我們這麼多年的情分、看在三哥哥的面子上，為我在王爺和皇后娘娘面前說幾句好話……表妹，我求妳了！」

秦嫣然說這話的時候，心裡憋了一口窩囊氣，她以前從未想過自己會這般低三下四地懇求敏瑜，但她卻不得不暫時低下她高傲的頭顱。

秦嫣然的低聲下氣並沒有讓敏瑜感覺到快意，她看著垂下頭，眼淚滴落下來的秦嫣然，只覺得十分違和，她皺緊眉頭，腦子飛快地轉動著。忽然靈光一閃，再想到過來之前吩咐秋喜的，知道自己險些落入了秦嫣然的算計。

她冷冷一笑，道：「表姊憑什麼以為妳開口懇求，我就會答應妳呢？情分……我們之間除了彼此的厭惡、相互的算計之外，還有情分嗎？我真的很懷疑！」

「表妹，妳……」秦嫣然猛地抬起頭，不敢相信和憤怒的表情在臉上交織，好一會兒才道：「表妹，妳是皇后娘娘和王爺都看重的人，在他們面前為我說幾句好話，對妳來說不過是件再簡單不過的事情，妳就不能幫我一次嗎？就這麼一次！」

「不能！我不想違背自己意願，為一個自己萬分厭惡的人說什麼好話，就算她看上去已經向我低頭也不行。」敏瑜搖搖頭，卻又道：「不過，我也不會在他們面前說妳什麼不好，這一點表姊盡可放心。我甚至不會在他們面前提到妳，不管好的壞的，我都不會在他們面前提及……表姊，妳說要是一直都沒人在他們面前提到妳的話，他們會不會忘了還有妳這麼一個人呢？」

敏瑜的話讓秦嫣然的心怦怦怦地跳了起來，她暗自緊張地看著敏瑜，卻看到敏瑜臉上綻開一個詭異的笑容。

敏瑜問道：「表姊，妳有多長時間沒有見過福郡王了？一個月？兩個月？還是更久？」

敏瑜最後這句話，直戳中了秦嫣然的心窩子。

不等她做出應對，敏瑜又笑道：「表姊今天這般不管不顧的非要見我，甚至還鬧了一齣堵大門的把戲，是不是想著妳這麼一鬧，我便會如妳所願的讓福郡王府來領人，然後妳也就有機會見很久未見到的人了？」

秦嫣然沒有想到敏瑜能猜中自己今天這一連串舉動背後真正的目的——她被抬進福郡王府已經一個多月了，但卻連福郡王的面都沒有見過；而她進府之前，就已經有兩個多月沒有見到還是九皇子的福郡王了。

她真的急了，尤其許珂寧和福郡王李燕啟的婚期已經定下了，就在十月——她只見過許珂寧幾面，沒有和她說過哪怕是一句話，更不知道她們其實是「老鄉」，但關於許珂寧的事情卻沒少打聽。

最讓她擔心的是許珂寧既然能夠將敏瑜擠走，成為福郡王妃，那麼必然更得聖心。如果她不能在許珂寧進門之前，搶佔最有利的位置，成為福郡王心尖上的那個人的話，那麼等許珂寧進門，失了先機，身分又極度不對等的她就更難出頭了。可是，她連福郡王的面都見不到，又怎麼搶佔先機呢？

思來想去，不願意就這樣坐等的秦嫣然想到了回耒陽侯府一趟，能夠再見到敏瑜，博得她的同情，讓她伸一次援手自然最好；如果不然，讓她落井下石一次也不錯——不管是哪一種，都能給她一次和福郡王面對面的機會，這是她現在最需要的。於是，秦嫣然以敏瑜就要成親，她應該來耒陽侯府一趟給她送添妝禮為由，向教養嬤嬤提出請求，請求被允許了，於是就有了今天的一連串事情。

秦嫣然原本覺得今天一切都很順利，順利地見了老夫人、順利地被拒絕、順利地堵了門，而後順利地逼著敏瑜見她……可她卻沒有想到才到這一步，她所有的意圖就被敏瑜識破了！

「表妹，妳……」秦嫣然一邊說著語焉不詳的話來拖延時間，一邊飛快地思索著自己應該怎麼挽回劣勢，但真的好難。

「不得不承認的是，表姊堵門這一招挺管用的，來見妳之前我確實讓人通知福郡王府來領人了！」敏瑜笑著承認自己上了當，秦嫣然卻覺得不妙，聽她繼續道：「不過，我通知的是福郡王府的管家，請他派個懂規矩、有分量的教養嬤嬤過來領人。」

秦嫣然的心沈到了最低處，她聽著敏瑜繼續道：「我不知道福郡王府的管家是誰，也不知道我的話是否管用。不過，如果福郡王府的教養嬤嬤暫時沒有空暇的話，那麼就留表姊在耒陽侯府住兩日，等到她們有空再說。」

「表妹是想把我軟禁起來嗎？」秦嫣然冷笑，她現在已經不指望自己能成功算計敏瑜了，只求能盡快脫身離開，只要能在教養嬤嬤來之前離開，今天的事情就還有運作的餘地。「秦姑娘是福郡王的姬妾，耒陽侯府有再大的膽子也不敢軟禁妳啊！」說這話的卻是丁夫人，她和某個人已經在外面聽壁腳好一會兒了，也已經達成了某種共識，她給了敏瑜一個眼神，道：「福郡王府的教養嬤嬤已經在門外候著了，秦姑娘想什麼時候走都可以。」

秦嫣然最後一絲希望徹底破裂，她看著敏瑜，垂死掙扎一般地道：「表妹，妳真的甘心就這麼嫁給楊瑜霖，什麼都不做嗎？」

「親事是皇上指的，我的心意不重要。」敏瑜輕輕地搖搖頭，她知道花廳外定然有人在聽她說話。

「我知道妳不能違抗聖旨，但……」秦嫣然帶了幾分不平地道：「以表妹妳的聰慧，妳應該知道，如果不是因為許珂寧，皇上絕對不會將妳指給楊瑜霖，難道妳就不想給許珂寧添點麻煩嗎？」

「我和許姊姊惺惺相惜。」敏瑜輕輕搖頭，道：「如果嫁給福郡王的是別人，我或許還會不忿、會怨恨，甚至會給她製造麻煩。但是，當這個人是許姊姊的時候，我只會給她祝福。」

秦嫣然死死地看了敏瑜好大一會兒，最後，冷冷地道：「這麼說，表妹是絕對不會幫我的了？」

「對。」敏瑜點頭，道：「表姊對我從未有過善意，我又怎能幫妳呢？我可不希望將來的某一天，為了自己的一時心軟而懊悔不迭。」

「既然如此，那麼我只能和別人聯手了！」秦嫣然看著敏瑜，眼中帶了威脅，似乎她已經有了一個聯起手來就能給敏瑜帶來大麻煩的潛在盟友一般。

敏瑜定定地看了秦嫣然一會兒，心裡嘆息一聲，卻笑著道：「表姊想要和什麼人聯手是妳的事，我無權干涉。」

「這是妳說的，妳以後可別後悔！」秦嫣然發狠道，全然不知她的狠勁讓花廳外的某個人深深地皺起了眉頭，更給她的一生都帶來了巨大的影響。

「夫人，二姑娘，福郡王府的嬤嬤在催了。」

「表姊，妳該走了。」敏瑜做了一個請的手勢，這一次，秦嫣然沒有再掙扎，她站起身來，深深看了敏瑜一眼，轉身離開，不帶一絲留戀。

敏瑜也起身，目送秦嫣然的背影消失之後，輕聲道：「殿下，請出來吧！」

站在暗處的福郡王走了出來，看著敏瑜沈靜的神色，滿心愧疚卻不知道該說什麼，最後，嘆氣道：「我錯了，讓妳傷心失望了。」

「殿下……」敏瑜習慣地叫出口，卻又頓住，輕輕地打了一下自己的嘴巴，道：「應該叫王爺了！唉，叫溜了嘴，一時之間改不過來，您不會和我計較這個吧？」

「敏瑜妹妹叫什麼都好。」福郡王又怎麼會在這種雞毛蒜皮的小事上和她計較呢？他看著敏瑜，認真地道：「只是，不管怎樣，我都不希望敏瑜妹妹拒我於千里之外，尊稱還是免了吧，我聽了心裡難受。」

「我也覺得彆扭，可你好歹也是建了府的郡王爺，怎麼著也該意思意思地尊稱一次吧！」敏瑜的笑容中帶了福郡王熟悉的促狹和戲謔，和小時候一樣。

福郡王忍不住跟著笑了，但很快便收住笑，如從前一般，老實地道：「敏瑜妹妹，嫣然……我是說秦嫣然，她在我面前從來不是這個樣子，我一直都以為她只是和妳性情不合，沒想到……」

「現在知道我們不僅僅是性情不合了吧！」敏瑜輕輕地搖搖頭，道：「認識我這麼多年，你可曾看到我因為性情不合、或者起過一點點口角，就和人生分到了那個地步？」

福郡王沈默了一會兒，是啊，要是只是性情不合的話，敏瑜怎麼會那般地敵視秦嫣然呢？是自己想得太簡單了些！他苦笑一聲，看著敏瑜，道：「敏瑜妹妹，那妳為什麼會和她這樣的互不相容呢？我知道現在問這樣的話已經遲了，更知道問了也沒有什麼用處，但我卻還是想問個清楚。」

「說來也簡單，她想取代我。」敏瑜微微一笑，看著臉上帶了訝異的福郡王，道：「最早是在祖母跟前取代我的位置，她成功了；而後又想取代我在耒陽侯府的地位，差一點就成功了；她甚至還想過取代我，進宮當七公主的侍讀，沒有成功便費盡渾身解數，想要將我比下去。所爭的越多，我們的積怨就越深，然後就成了現在這樣。」

說到往事，敏瑜臉上帶了嘲諷，道：「有時候我也會想，我們是不是結了幾世的仇怨，所以她才會處處針對我，我有的她都想要有；我喜歡的，她無論是否喜歡都要搶過去。」

敏瑜的話讓福郡王不期然地想到了自己，秦嫣然不會是因為凡事都想和敏瑜爭個高低才找上自己的吧？

「你可知道表姊是因為什麼緣故搬出去的？」敏瑜多瞭解福郡王啊，一看他忽紅忽青的臉色就知道他心裡在想些什麼，她心裡冷笑一聲，又拋出一個重擊。

「什麼緣故？」福郡王臉色鐵青，秦嫣然倒是和他說過，說什麼寄人籬下的滋味不好受，雖沒直說耒陽侯府對她不好，卻透著這個意思……看來她說敏瑜好，只是嘴上說說而已！

「三妹妹意圖謀害我，想將我推到池塘裡……」

「什麼？」福郡王失聲叫了出來，而後著急關切地看著敏瑜，道：「妳怎樣？有沒有受傷？有沒有……」

「我要是那種不小心的，早就不知道被人害過多少回了。」敏瑜搖搖頭，道：「三妹妹不但沒有得逞，還被我先發制人，將她推下水了。爹爹大發雷霆，三妹妹又驚又怕之下大病昏迷，清醒過來之後，大徹大悟，讓爹爹送她去庵堂清修，離去之前，她指證表姊，說都是表姊教唆，她才會那般的喪心病狂。」

「真是活該！」福郡王狠狠地來了一句，而後看著敏瑜，道：「妳說我是不是也該將秦嫣然送去庵堂裡修行？」

福郡王的話讓敏瑜噗哧一聲就笑了出來，無奈地搖頭道：「表姊恨不得將我除之而後快，但我可從來就沒有那個想法……不是我心善，而是她不值得我費那麼多的心思。我今日和你說這些，無非是今日險些上了她的當，給她製造了和你見面的機會，心頭氣悶而已。」

「那妳想我怎麼處置她？」福郡王看著敏瑜，那樣子似乎只要敏瑜開口必然遵從一般。

「別問我這個，我不想管！」敏瑜搖搖頭，而後卻又心有不甘地道：「不過，我剛剛也說了大話，你能不能給我面子，冷落她一段時間？」

「好，依妳便是！」敏瑜這樣說了，福郡王自然依從。

他這話一出，敏瑜便笑開了臉，帶了幾分歡喜地道：「園子的池子裡今年難得種了些荷花，這些天正是盛開的時候，聽丫鬟們說開得可漂亮了，你要是沒有什麼要緊事情的話，就陪我去看看。我這些日子忙得連氣都喘不過來，還沒有去看過呢！」

「好！」看敏瑜這般有興致，福郡王怎麼會掃她的興頭呢？他點點頭，卻又帶了幾分失落地道：「我聽說敏瑜妹妹前些日子一直往勇國公府跑，還跟在勇國公夫人身邊結識了不少人……為了楊瑜霖，妳還真是用了心。」

這話裡那濃烈的酸味熏天，敏瑜卻坦然一笑，道：「我的性子你應該最清楚不過了，一旦要做什麼事情，都會全力以赴、努力做好。楊瑜霖被封為肅州都指揮使，我嫁給他，跟著他到了肅州之後，不知道有多少人情往來、多少的事情需要打點，偏偏我從未出過京城，對京城以外，尤其是肅州的情況一無所知，自然要找個明瞭一切的人請教學習啊！

「勇國公夫人曾跟著老國公在肅州生活了很多年，就算近些年因為年紀大了，回到京城安養，但對肅州的一切依然瞭若指掌。我能跟在她身邊、聽她的教導，對我來說很有用，如果不是因為老國公對楊瑜霖很看重，我就算是求上了門，老夫人也不一定願意教我呢！」

「是啊，妳做什麼事情都是極用心的！」奇異的，敏瑜的坦然讓福郡王滿腔的嫉妒和酸意消散了不少，卻還是吃味地道：「可是，妳真覺得楊瑜霖值得妳這般用心嗎？」

「他值不值得我不能肯定，但是我用心過好每一天、做好每一件事情，最要緊的不是為了他，而是為了自己。」敏瑜搖搖頭，卻又笑著偏頭看著福郡王，道：「以前不也是這樣嗎？雖然厭惡宮闈裡那些繁雜的人際關係，厭惡那些口蜜腹劍的往來，但還不是用心的跟著嬤嬤好生學習嗎？你忘了，就連最苛刻、最嚴厲、最刻板的楊嬤嬤，說起我的時候都會笑著讚一句的。」

敏瑜的話讓福郡王的妒意和酸意又消散了許多，是啊，她素來都是這麼努力認真的，不過現在是為了旁人而已！想到這裡，他又忍不住的嘆氣，道：「敏瑜妹妹，楊瑜霖倒是個不錯的，可是楊家……我真的很擔心，妳這副凡事與人為善的性子，嫁過去之後不知道要吃多少虧、受多少委屈！」

「王爺真覺得我是麵捏的人，隨便什麼人都能給我受委屈嗎？」敏瑜笑了起來，道：「你想想，這些年我在宮裡，除了被你捉弄，受了些小驚嚇之外，何曾受過委屈？」

「那怎麼一樣？」敏瑜提起自己的劣跡，讓福郡王臉上有些不好意思，心裡卻帶了幾分甜意，道：「我哪裡敢真的把妳給惹惱了，不過是氣妳每長大一些便與我疏遠幾分，才借著捉弄妳和妳親近罷了！妳自己說說看，哪次惹了妳沒有低聲下氣地給妳賠禮道歉，哪次沒有絞盡腦汁地去找些妳喜歡的小玩意兒博妳一粲、求妳原諒？」

「你找碴還有理了！」敏瑜白他一眼，道：「你信不信我改明兒就把你送的那些東西一股腦兒地全丟到你身上？哼，我正愁東西太多，不能全部帶去肅州呢！」

她原本打算將自己送她的東西帶去肅州？福郡王先是微微一怔，而後心裡滿滿的都是歡喜和感觸，但最後卻道：「敏瑜妹妹，那些東西妳還是把它們留在侯府吧！雖然聽說楊瑜霖是個有心胸的，但我想沒有哪個當丈夫的會願意看到妻子收了別的男子送的東西。就算妳有依仗，不用擔心他欺負妳，但他要是心裡不忿，說些難聽的話，或者乾脆冷著妳也是不好的……對了，說到依仗，敏瑜妹妹，妳說如果妳成親的時候，母后賞賜妳一抬嫁妝，擺出給妳撐腰的架子，楊家的人對妳是不是會多些尊重和忌憚？」

「那是自然！」福郡王的話讓敏瑜心裡很是熨貼，他或許還在怨惱皇上的指婚，或許還在對自己不願意和他私奔而難以釋懷，但卻是個真心對自己好的，一旦想通了某些事情，心裡再難過也開始為自己考慮著想了。她看著福郡王，笑著道：「不過，這件事情你不用管，我要出閣，娘娘又怎麼可能不賞我一抬嫁妝呢？她就不怕我到坤寧宮又哭又鬧的耍賴嗎？」

「母后肯定是會給妳賞賜的，只是我擔心她只賞個擺件什麼的，和給別人的賞賜沒多大區別而已。」皇后有多喜歡敏瑜，福郡王心裡自然清楚，她出嫁皇后不可能不給她添嫁妝，唯一擔心的不過是皇后不願意讓她顯得與眾不同，就故意薄了些罷了！

他看著敏瑜道：「我明兒就回宮和母后好好地說說，我親自去母后的庫房裡給妳挑東西，挑那種又大氣、又富貴、有好彩頭，妳也喜歡的，挑個十件、八件的，務必讓妳這一抬賞賜的嫁妝比旁人的更風光才好！還有大嫂，她和妳關係也不錯，大哥又把妳當成了妹妹一般，讓大嫂也給妳準備一抬嫁妝……」

「你啊……」福郡王那滿滿的關愛讓敏瑜的心暖呼呼的，她搖搖頭，笑著道：「你一定不知道，楊家可小得緊，就一間三進的宅子，昭毅將軍給我們準備的新房也只是半個東廂房，就連我爹娘給我準備的嫁妝都放不下，要是再添的話，更不知道放哪裡了！你還是別去算計郡王妃和大殿下了！」

「楊家敢這般怠慢妳？」敏瑜的話卻讓福郡王如同被踩了尾巴一樣，跳了起來，他恨不得能將所有的好東西捧到敏瑜的面前任她取用，而楊家卻這樣對她！

「昭毅將軍苦寒出身，又沒有妻族可以相幫，楊家子女不少，這倒也不算怠慢。」敏瑜看著炸毛的福郡王，為楊家解釋了一聲，而後又笑道：「你或許也聽說了，楊瑜霖最遲過完中秋便要到肅州上任，我自然要跟著他一同前往，也不知道要過幾年才能回來，我們在楊家住不過十天半個月，新房小一點也無所謂的。」

敏瑜越是無所謂，福郡王心裡就越是在意，他緊皺著眉頭，道：「就算是十天半個月也不能委屈妳……唔，這樣吧，我回去和母后好好地說說，要不然讓母后乾脆賜妳一間宅子當新居，既不用委屈妳住那種狹窄的廂房，也能放得下妳的嫁妝。」

福郡王的異想天開讓敏瑜嚇了一跳，她連連搖頭，道：「這可不行！」

「有什麼不行的？」

「不行就是不行！」敏瑜不想和他細說其中的道理，她乾脆瞪著福郡王道：「反正你要是敢到娘娘面前瞎胡鬧，我以後就不會再理你。」

「妳……」敏瑜這麼一瞪眼，福郡王就軟化下來，他吶吶地道：「不行就不行，幹麼這麼生氣？」

「不生氣你能當真嗎？」敏瑜再瞪他一眼，道：「你都已經是建了府的王爺了，可不能再這麼任性胡鬧……」

敏瑜的喋喋不休讓福郡王心裡踏實了起來，他看著眼前這個自己喜歡了十多年，今生恐怕也放不下的女子，心裡滿滿的，真的捨不得她就這樣嫁給了旁人。可是大皇兄說得對，想為她好，到了不得不放手的時候，就該放手，要不然到最後真正傷了的還是她……

第七十三章

「怎麼連招呼不打一個就回來了？」聽到女兒、女婿回來，王夫人李氏真的是被嚇了一大跳，放下手上的事情就迎了出來——小姑子的婚期就在眼前，她應該忙得脫不開身才是，怎麼就回來了呢？

「娘！」看到李氏的那一剎那，王蔓青就像確定自己不是在作夢一樣，撲到李夫人懷裡又大哭起來，敏彥看著她這樣子，只能無奈地笑，但心裡也滿是心疼——看來一直未孕的事情還是給了她太大的壓力，要不然的話一向穩重的她，也不會接連哭了起來。

「怎麼了？這是怎麼了？」自女兒長大以後，李氏還真沒有見過女兒這般失態的大哭，倒真是被嚇了一大跳，一邊輕輕地拍著女兒的背，一邊詢問敏彥，和所有的母親一樣，她第一個反應也以為是女兒受了莫大的委屈才會這樣。

「這……」王蔓青來之前一再地交代，說要親口宣佈好消息，敏彥只能無奈地攤手，道：「怎麼回事還是等蔓青哭夠了再同您說吧！」

看著敏彥那滿臉無奈、壓不下去的喜意，李氏心裡突地一跳，不但心裡踏實了，更浮起了一絲期盼，莫不是……

「哎喲，這是怎麼了？蔓青怎麼哭成這個樣子了？莫不是在耒陽侯府受了什麼委屈不成？喲，大姑爺也來了？莫不是……」王蔓青這廂正哭得驚天動地的，卻來了個說風涼話的，原來是王蔓如的生母萬氏過來了。她聽說王蔓青夫妻這個當口回娘家，第一反應就是王蔓青在婆家出了什麼大錯，被遣送回來了。

「娘，您別胡說！」聽到母親湊熱鬧，急匆匆趕過來的王蔓如，不客氣地打斷萬氏的話，而後還拉了她一把，道：「祖母正有事找您，讓您過去呢！」

「母親能有什麼要緊事情找我啊！」萬氏哪裡不知道女兒的心思，無非是不想讓自己看王蔓青出醜罷了，她甩開女兒的手，道：「蔓青都哭成了淚人兒，還有什麼要緊的事情比安慰蔓青更重要呢？蔓青，有什麼委屈和嬸娘說，嬸娘定然為妳作主！」

王蔓青沒想到自己這才進門就引來了看熱鬧的，萬氏是什麼德性她也知道，不見得是什麼壞人，也沒有多少壞心思，只是喜歡看別人的熱鬧，還喜歡說幾句不討人喜歡的尖酸刻薄話，真要讓她害人，她也是沒有膽子。蔓芯和蔓如姊妹倆也一樣愛說尖酸刻薄話，只是蔓芯是天性使然，而蔓如則只有在外人面前才會那樣，對家人卻十分維護。

「她能受什麼委屈？」李氏一邊掏帕子為女兒擦眼淚，一邊淡淡地道：「親家母是個大度容人的，子俊也是個會疼愛妻子的，蔓青能受什麼委屈？」

「這個可不好說！」萬氏不以為然地回了一句，道：「要是沒有受委屈，蔓青怎麼會哭成這個樣子？再說，敏瑜這馬上就要出嫁了，她不在家裡幫忙，卻跑回來哭得唏哩嘩啦的，不是受了委屈，難不成還是回來報喜的？」

「嬸娘說對了，我還真是回來報喜的！」王蔓青擦乾眼淚，滿是淚痕的臉上是濃濃的喜悅和歡喜，她看著李氏道：「娘，我有了！」

有了？有什麼了？萬氏不以為然地翻了個白眼，或許是因為李氏進門多年未孕的前例在那裡，萬氏對王蔓青嫁過去兩年卻沒有動靜的事情一點都不覺得奇怪，所以這麼明顯的話都沒有聽出其中的意思。

一旁的王蔓如則放開她的手，歡喜地上前，道：「大姊姊，真的嗎？那可真是太好了！恭喜妳啊！」

「謝謝！」王蔓青笑著接受了王蔓如的恭喜，看著臉上也是一副想笑又想哭表情的李氏，拉著她的手臂輕輕地搖晃了一下，道：「娘，您應該高興才是！」

「是！是！是該高興！」李氏一邊說著卻忍不住落了淚，女兒一直未孕對她來說其實也是一種煎熬，總擔心是因為自己遺傳了什麼查不出來的病症給女兒，好在女兒嫁得好，婆家不但沒有因此就埋怨她，還一如既往地對她好，甚至也沒有起過別的心思。

「妳是說妳有了？」萬氏這個時候才反應過來，猶不信地道：「怎麼忽然就有了？還有，妳要是有了的話，不好生在家養著，回娘家來做什麼？」

「娘這是說什麼話啊！」王蔓如輕聲埋汰一句，而後笑著道：「大姊姊，可是因為侯府上下都在忙著敏瑜的親事，伯母擔心妳在家不能好生休養，所以讓妳回來好好地休養幾天，等敏瑜的親事忙完了再接妳回去？」

「嗯！」王蔓青點點頭，看著滿臉歡喜的李氏，道：「娘，母親擔心我在家不能安心休養，就讓子俊送我回來，小姑回門之前再接我回去。」

「是該這樣！」李氏點點頭，而後對一直沒有說話的敏彥道：「我知道為了敏瑜的婚事，侯府定然忙成了一鍋粥，蔓青就交給我，你快點回去幫忙。」

「是，小婿就先走了。」敏彥點點頭，又關心地和王蔓青說了幾句，才不捨地離開。

等敏彥離開，王蔓如也拉著萬氏去找老夫人報喜去了，李夫人這才歡喜地對女兒道：「什麼時候發現有了的？多久了？」

「就剛才才發現的。上午不小心喝了一口涼茶，覺得胃裡不舒服，就吐了起來。我原本以為是涼了胃，母親卻還是堅持找了大夫，這才發現是有了。」王蔓青輕輕地吐了吐舌頭，有些心虛地道：「已經兩個多月了，大夫說懷相好，孩子又特別乖巧，所以才沒有半點反應的。」

「兩個多月了？」李氏又驚又怕地看著王蔓青，嗔怪道：「妳這孩子怎麼這般大意？都兩個多月了還沒有察覺……」

「娘，我知道錯了！」王蔓青乖乖認錯，打斷了李氏一連串的教訓，道：「母親因為這個已經訓過我了，您就別再教訓了。」

「妳這不省心的孩子，親家母罵對了！」李氏抱怨道。「哪個懷上了不是小心再小心的，偏妳，盼星星盼月亮好不容易懷上了卻不知道……妳這些日子一直為敏瑜的親事忙碌，沒有傷到自己和孩子吧？」

「沒有，大夫說好著的呢，比那些懷上了就躺著養胎的都還要好！」王蔓青的臉上閃著瑩瑩的光，笑著道：「至於說忙碌……娘，說不定就是因為忙，沒有時間胡思亂想，這才有了。」

「這倒也說不準！」李氏贊同地點點頭，卻又感慨道：「不過，我看更主要的還是因為親家母知禮大度又心疼妳，讓妳把苗兒那丫頭送走，妳心裡敞亮，這才有了好消息。」

「是啊！」王蔓青笑著點點頭，苗兒送走之後她覺得天都藍了，她笑著道：「小叔們年紀也都不小了，這幾年也該陸續地給他們張羅親事了，看母親這麼疼惜我，也不知道有多少疼女兒的人家會想將女兒嫁進門來，說不準到時候連頭都要擠破了！」

「可不是！妳沒成親之前，還有人在我面前說風涼話，說我怎麼精挑細選就選了個不算紈袴、卻也沒有多出眾的勛貴子弟當女婿；現在呢，風涼話還是有人說，但那話裡話外的都羨慕我給女兒找了個好婆家。」李氏滿臉是笑，她都可以預見，等到女兒有了身孕的消息傳出去之後，會讓多少人羨慕得眼睛都發紅。

「等母親給小叔們張羅親事的時候，一定會有人上門找娘從中說項的，到時候，娘可不要太得意啊！」王蔓青笑著打趣道。

「說到這個……」李氏微微地頓了頓，道：「前些日子靖王妃特意和我提起這件事情，說是靖王府的六姑娘也該找婆家了。」

呃？王蔓青微微吃了一驚，靖王府的六姑娘？那不就是恬恬的嫡親妹妹李安妮嗎？她可是皇上親封的縣主，靖王妃寵她寵得跟什麼似的，不會是想把她嫁到耒陽侯府吧?!

「聽王妃說，是恬恬和她提這件事情的，說安妮性子要強，還是那種容不得沙子的人，現在父母寵著倒也無所謂，但以後嫁了人卻不好說了。別的不說，要是婆婆往屋裡塞人，或者丈夫納妾、納通房，她定然不能容忍，以她的性子不知道要鬧成什麼樣子。」李氏嘆了一口氣，而後不無埋怨地道：「都是妳，在恬恬面前也不遮掩一下，讓她知道了親家母的好。」

「妮妮心高氣傲，應該不會願意吧？」王蔓青瞪大了眼睛，李安妮倒真是個好姑娘，可就是因為她極好，養出了一副心高氣傲的脾氣，她能同意父母的安排嗎？

「靖王妃說，恬恬和她說了之後，她找機會讓妮妮見過敏惟，妮妮說敏惟雖然看著不怎麼樣，但他那般護短的脾氣，定然是個不會讓自己的親人妻兒受委屈的，就這一點就能把他所有的缺點都給遮蓋住了。」李氏又嘆一口氣，而後看著呆住的女兒，嘆氣，道：「我已經答應了靖王妃，等過些日子上耒陽侯府探一探親家母的口氣。」

「嘖嘖，這麼多的嫁妝！」看著滿滿當當擺滿了屋子及一院子的箱櫃，趙家大嫂眼睛裡都閃著金光，嘴裡陰陽怪氣地道：「我這輩子可從來沒有見過哪家媳婦能有這麼多的嫁妝，這麼多，別說是媳婦這一輩子吃不盡、穿不完，恐怕整個楊家也吃穿不愁了！妹子，妳和妹夫可真有福氣，娶了這麼一個財神爺當兒媳婦。」

敏瑜的嫁妝確實是不少，一共八十六抬，在皇親國戚、勛貴權貴滿地，嫁女動輒上百抬嫁妝的京城，這樣的嫁妝真不算多，比較惹人注目的是這八十六抬嫁妝中，皇后娘娘賞賜了一抬，宮裡各位貴人賞賜了一抬，大皇子、大皇子妃賞賜了一抬。

皇后娘娘素來大方，皇族親王的郡主、縣主出嫁，皇后娘娘常有賞賜，但就算是最得寵的皇家郡主，皇后娘娘賞賜的也不過是一盆玉石料子做的擺件、或者一柄如意，還真沒有誰像敏瑜這樣，一抬嫁妝擺了四層。最上面的是一整套內造的頭面首飾，釵環手鐲一樣不差；第二層擺的一對玉如意；第三層則是三盆盆景，一盆壽山石的五穀豐登、一盆象牙雕的水仙、一盆石蠟的冬梅；最下面的則是摞起來的料子，色澤明亮，顯然是特意挑選出來的。

另外兩抬也一樣，不管是數量還是質量都極為不同，讓人一看就知道，那些東西都是貴人們精心挑選準備的，並非隨意拿出來給人撐面子的。

「可不是！不過，大嫂也不用羨慕妹子有福氣，妳家燕子要是嫁到妹子家，不一樣是享不完的福嗎？」趙家大嫂的話一落，趙家二嫂便急急應和，她上前摸摸這個、摸摸那個，覺得哪個都極好，恨不得沒人看著，讓她抱一個藏起來，她嘖嘖有聲。

趙家二嫂的話讓趙家大嫂當下就板起了臉，她們兩個三天前到京城，特意趕過來給趙慶燕撐腰、討個說法。她也不管是不是還有滿院子的人，斜睨著趙姨娘，便道：「妹子都有這麼顯貴的兒媳婦了，還能看得上我家燕子嗎？我啊，還是不作那個夢了，等吃了喜酒就老老實實地帶著燕子回老家去，免得讓妹子為難。」

「大嫂，話可不是這麼說的！」趙家二嫂笑嘻嘻的，看著這麼多的好東西，她真的挺恨自己的肚子不爭氣，沒有生個和趙慶燕一般大的姑娘出來，要不然這樣的好事也輪不到趙慶燕獨佔了，她和趙家大嫂一樣斜睞著趙姨娘，道：「大外甥可不是從妹子肚子裡出來的，和妹子原本就不是一條心了，要是再沒個和妹子一條心的人在身邊，還不知道會成什麼樣子呢？妹子，聽嫂子的一句勸，可得把燕子留下來幫妳，否則大外甥定然被媳婦攬了去，到時候別說這些嫁妝只能看著眼饞，就連大外甥那裡也得不到什麼好了。」

趙姨娘沒有理會兩位嫂子，她知道，這兩人是紅眼病犯了。不過也是，別說是她們，就連自己也頭一次見到這麼多的好東西，能不看花眼睛嗎？她看看這個、看看那個，心裡算計著，這個可以放在自己房裡，那個可以拿給兒子，放他們兩口子房裡；這個可以給小兒子當聘禮，還有那個，可以留給女兒當嫁妝……她已經把這些東西當成了自己的，根本沒有意識到，就算她是楊勇的正室、楊瑜霖的親生母親，這些東西也不是她想要就能要的。

「趙姨娘，這是我家姑娘的嫁妝單子，還請妳拿過去給親家老爺過目！」桂姨娘沒有掩飾自己的不屑，臉上笑著眼中卻是濃濃的看不起，她將嫁妝單子遞過去。

趙姨娘帶了幾分得意地將嫁妝單子接了過去，卻沒有將它拿去給楊勇看的意思，而是笑著道：「不就是嫁妝單子嗎？我看就好，不用煩勞老爺了；老二成親的時候，嫁妝單子就是給我過目的。」

「還是給親家老爺看看的好。」桂姨娘笑著道。「姑爺和二少爺終究是不一樣的，妳說可是？」

桂姨娘的話讓趙姨娘臉色微微一沈，她冷笑一聲，看著桂姨娘，道：「終究不一樣？怎麼個不一樣，還請桂姨娘說清楚。」

桂姨娘嘲諷的一笑，道：「這個還用得著我來說嗎？」

趙姨娘的臉色更難看了，她沒有想到都到了這個時候，在這麼多人面前，桂姨娘還敢對自己這般的不尊重。而桂姨娘臉上雖然帶著笑，卻也是沒有半點軟化的意思，旁人見勢頭不對，連忙過來打圓場，有人還說今天是兩家的大喜日子，要真是鬧開了，可是會帶來晦氣的。

「我不信那個！」趙姨娘可聽不進去，楊瑜霖是她的眼中釘、肉中刺，敏瑜更是破壞了她算計的人，她根本沒有必要顧及鬧起來會不會影響他們。事實上，如果鬧上一場，能讓他們夫妻就此失和、從此家宅不寧，她倒真的想好好地鬧上一場。她看著桂姨娘，冷冷地道：「有些話最好說清楚，要不然的話，這門親我們楊家還真是不敢高攀了！」

眾人譁然，桂姨娘卻一點都不意外地笑笑，道：「這話還真好笑，結不結這門親事，是妳一個姨娘能說了算的嗎？」

這是讓趙姨娘認清楚自己是什麼身分了！眾人心中亮堂，趙姨娘以當家夫人自居不是一天、兩天了，而顯然，耒陽侯府，尤其是明天就要嫁進楊家的丁家二姑娘都不認同這件事情，故意鬧這麼一場，不僅是當眾表明自己的態度，也是提醒趙姨娘守好自己的本分。

趙姨娘臉色脹紅，桂姨娘這樣提醒她要守好本分，已經不是一次、兩次了。幾乎每一次和桂姨娘見面，她都要明裡、暗裡地提醒她，她們都是一樣的，都是當姨娘的，都是下人奴才，要守好本分。越是這樣，趙姨娘心裡就越是不舒服、不自在，越是想翻身，讓所有的人，尤其是耒陽侯府的人知道，自己才是楊家內宅說一不二的那個人。

就在趙姨娘和桂姨娘互不相讓的當口，一個婆子慌慌張張地衝了進來，打破了這種對峙的局面，道：「夫人，聖旨到了！」

「這讓我怎麼活啊！」趙姨娘坐在地上，一邊抹著眼淚，一邊嚎啕大哭，道：「我這是什麼命啊！怎麼就得娶這麼一個媳婦進門啊！這還沒有進門，就不把我放在眼裡；這還沒有進門，就防賊似地防著我……我不活了，我死了讓她啊！」

看著趙姨娘坐在地上撒潑，楊勇也頗為無奈，道：「有什麼話起來好好說，不要只會坐在地上嚎啕。」

「我不起來！」趙姨娘梗著脖子道：「你不給我個說法，不說清楚怎麼為我作主的話，我就不起來！」

從未見過的好東西，只看了幾眼，都還沒有想法子弄到自己手上，一紙聖旨，賜了間宅子，就被搬走了。趙姨娘彷彿被人剜了肉一般的心疼，自然要著勁地鬧。

「妳到底要不要起來？」楊勇怒了，趙姨娘往日這樣坐在地上撒潑也就算了，反正沒有外人看見；但現在，看鋪妝的賓客都還沒有走完，她這樣胡鬧，楊勇就覺得臉上面子有些掛不住了，他怒道：「妳要是不起來好好說的話，我們就什麼都不說了！」

楊勇的怒氣並沒有讓趙姨娘見好就收，她乾脆整個人躺到了地上，一邊打滾一邊嚎啕，道：「讓我去死！讓我去死！我死個乾淨才好啊！」

原本還在猶豫要不要告辭的幾位夫人，見了這陣仗，連告辭的話都沒說，就忙不迭地離開，楊勇的臉都黑了，一言不發轉身就進屋。

趙姨娘傻眼了，就在還留在原地的趙家兩個嫂子面面相覷，不知道該不該上前的時候，段氏小心翼翼地過去，勸道：「娘，地上涼，有什麼話您先起來再說。」

「我不活了！我不活了！」段氏這麼一勸，趙姨娘又嚎哭起來，一邊哭一邊往屋裡看，希望楊勇聽到自己的哭聲走出來。

「娘！」段氏心裡很看不起趙姨娘，動不動就坐到地上撒潑，還整天的以官家夫人自居，她就不知道就算是市井婦人也不一定會這樣不講體面嗎？但她再怎麼看不起趙姨娘，也不敢表現到臉上，只是輕聲勸道：「原本大喜的日子，卻鬧了這麼一齣，爹爹心裡也是不舒服的，您也得體諒一下爹爹的心情啊！再說，您這樣子，也於事無補，不如起來，好生和爹爹商量……」

這一次，趙姨娘總算是聽進去了，擦了一把眼淚，伸手讓段氏扶她起來，連身上的灰塵都沒拍一下，就往屋裡去，趙家兩個嫂子妳看看我，我看看妳，也跟著進去了。

進了屋，趙姨娘也不哭了，找張椅子坐下，氣惱地道：「表哥，你可得給我個說法，這還沒進門就不把我放在眼裡，防賊似地防著，要進了門還不知道會怎麼樣呢？還能有我的活路嗎？」

楊勇沈吟了半晌，卻也不知道該說什麼，只是皺著眉頭道：「妳也別只會往壞處想，或許就只是皇上體諒我們家宅小，這才賜了宅院……」

「我能不往壞處想嗎？」趙姨娘抹著眼淚，道：「老大是那個樣子，這沒過門的媳婦又是這樣子，她進了門還有我們母子幾個的活路嗎？」

「他們敢！」楊勇說了一句狠話，安慰道：「這不是還有我嗎？」

「有你又怎樣！」趙姨娘哭著道。「明兒拜堂的時候你能讓我和你一起坐上面，讓他們給我也行叩拜大禮嗎？」

「胡鬧！」楊勇喝斥一聲，斥道：「這就是妳們這些天商量出來的，讓老大家兩口子給妳行叩拜大禮？」

「我這些年為這個家做牛做馬，難不成還當不起他們一拜嗎？」趙姨娘半點不退讓地道，這是趙慶燕給她出的主意，說只要新娘拜了，那就等於是承認了她當家夫人的身分，以後什麼事情也就好說了。

「這不是當得起、當不起的問題！」楊勇看著不知道輕重的趙姨娘，嘆氣道：「妳的辛苦我知道，妳的心思我也知道，可是……這門親事可是皇上指的，明天還不知道會來多少貴客，要是讓他們看到妳也坐堂上接受新人的叩拜……不是我嚇唬妳，說不定還不等新人進門，妳就被人押了下去。」

「有那麼嚴重嗎？」趙姨娘不以為然地道，她才不認為有什麼不合適的，就算有些不妥當，明天可是大喜的日子，應該沒有人會在這樣的好日子掃興吧？

「有沒有我都不想嘗試，反正這個是絕對不行的！」

楊勇可不想冒那個險，他也打聽過了，未過門的大兒媳婦可是被皇后娘娘當閨女一般心疼的，皇后娘娘所出的大皇子、九皇子也當她是親妹子，要是他們來了……楊勇就算沒腦子，也知道要是那樣的話絕對討不到好。

「那你還是讓我死了吧！」

趙姨娘沒有想到楊勇的態度會這般的堅決，當下又嚎啕起來，嚎得一聲高過一聲，大有楊勇不答應就誓不罷休的樣子。

「娘，您別哭了！」這一次上前安慰趙姨娘的是楊雅琳，她輕聲道：「您還是聽爹，爹這也是為您好啊！」

「我能不哭嗎？這人還沒有進門就已經不把我放在眼裡了，要是不能在進門的時候給她點顏色，讓她服軟，這個家以後誰說了算啊？」趙姨娘傷心地道。「就像妳舅媽說的那樣，人家可有的是整死人的手段，整死了我，接下來可就要整你們兄妹了……」

「娘，您先別哭，我們再想想，或許還有別的辦法呢！」楊雅琳安慰著趙姨娘。

「還能有什麼辦法啊！」趙姨娘哭著，眼珠子也亂轉，還衝著趙慶燕使眼色，讓她上前說話。

收到她的暗示，趙慶燕上前一步，道：「姑母，姑父，我倒是有個主意！」

第七十四章

經過一道又一道繁複的禮節之後，敏瑜總算坐到了喜床上，她聽著遠遠近近的喧譁聲，都不知道自己現在是什麼心情，有淡淡的歡喜、有濃濃的不捨、若隱若現的期待、揮之不去的羞澀……

楊瑜霖怔怔地看著一身喜服坐在喜床上的敏瑜，他的情緒來得簡單很多，除了濃烈的喜悅之外，只有一種被幸福充斥的暈乎乎的感覺。

那個機敏靈慧的小姑娘真的已經成了他的妻，成了那個要和他相濡以沫、相廝相守一輩子的妻！

接過喜娘遞過來的秤桿，用它挑開蓋頭，看著因為化妝而顯得有些陌生的臉龐，楊瑜霖的心忽然踏實了。一旁的喜娘說了幾句吉祥的話便端來合巹酒，看著兩人喝完，喜娘便將杯子擲到地上，而後笑著道：「一仰一合，大吉！」

楊瑜霖是習武之人，自然看得出來那喜娘丟擲杯子的手法頗不簡單，顯然是練過的，想必杯子在她手裡定然能丟擲出這「大吉」之相，卻也不說破，只是輕輕地揮揮手，喜娘知道新人有私房話要說，便笑著離開，房裡侍候的丫鬟、婆子也一併退下。

「累了吧？」楊瑜霖的聲音很輕很柔，他從未用這樣的語氣說過話，卻一點都不生疏，他看著敏瑜眉宇間淡淡的、不細看幾乎看不出來的倦容，道：「我要出去敬酒，不知道要鬧到什麼時候才能完事，妳不用管我，吃點東西就早點安歇，我已經讓人在外間準備了軟榻，晚上在那裡將就一夜也就是了。」

點頭同意他們早點完婚的時候，丁培寧便和楊瑜霖說了，早點完婚可以，但卻要顧及敏瑜的身子，將圓房的日子推遲。

楊瑜霖也知道，同意他們早日完婚有很多考量，也知道敏瑜年幼，這麼早圓房對她來說不是件好事，要是不小心有了身孕，那對她而言就更不好了，自然點頭同意。至於推遲到什麼時候，丁培寧沒有說，楊瑜霖也沒有問，但心裡卻也想好了，起碼也要再過個兩年，那個時候，敏瑜的身子會更長開一些，他們的感情也會更穩定融洽一些，圓房自然也就是水到渠成的事情。

敏瑜輕輕地點點頭，她知道自己的新婚之夜必然和他人不一樣，也已經做好了準備，她關切地道：「你應該也餓了吧，要不陪我一起吃點東西，再出去敬酒？我聽二哥說了，這兩個月你那些成親的師弟大婚的那日都被灌得不省人事，也聽二哥說他們都已經放出狠話，不將你灌醉誓不甘休。你多少吃點東西，這樣就算喝醉了也不會太難受。」

聽著敏瑜關心的話，楊瑜霖心裡流過一股暖流，想了想，便也笑道：「那我們便一起吃點東西吧！」

說著，他伸出手。

敏瑜稍微遲疑了一下，便帶了幾分羞意地將自己的手放到他的掌心。

或許是因為習武的原因，楊瑜霖的手很粗糙，手指、掌心都有厚厚的繭了；相反，敏瑜的手極為柔軟細膩，肌膚也十分白皙，但這一黑一白、一粗糙一細膩的手合在一起卻又是一種難言的和諧。

「妳的手冰冰的！」楊瑜霖輕聲道，情不自禁地握緊敏瑜的手，他力道掌握得極好，剛好將敏瑜的手緊握，讓她有一種被人珍重的感覺，卻又適當的放鬆，不會讓她覺得被禁錮。

「我的身體一年四季都這樣，再熱的天氣也不會覺得太熱；冬天就遭罪了，還不到下雪的日子，就要抱暖爐。」敏瑜笑著回了一句，她一年四季體溫都偏低，是那種怕冷不怕熱的，但又和那種體質偏寒的人不大一樣，除了冬天需要多加件衣裳，早點抱上暖爐之外，一切都好。

「肅州苦寒之地，最冷的天氣滴水成冰，妳跟著我過去，定然要吃不少苦的。」楊瑜霖看著敏瑜，想到她去了肅州會受凍，便有些過意不去。只是再覺得抱歉，他也不後悔這麼早早地將她娶進門，更不會改變主意，讓她留在京城。

「能吃多少苦啊?!」敏瑜笑著。

肅州是什麼樣的地方，又是什麼樣的條件，她心裡已經很清楚了，她笑著道：「頂多怕冷的天氣窩在家裡少出門便是，又有什麼大不了的呢！」

敏瑜都這麼說了，楊瑜霖也不再糾結這個問題，牽著敏瑜的手，坐到桌前。

桌子上擺放了不少吃食，敏瑜知道，這些東西大多都是好看不好吃，或者乾脆就是既不好看也不好吃，只是有個好彩頭的。她事先已經問過有哪些是勉強能入口的，就揀了幾樣和楊瑜霖一起用過。

沒有吃多少，便聽到新房外傳來呼喝的聲音，卻是等著給楊瑜霖灌酒的人在外面起鬨了，楊瑜霖無奈地笑笑，一邊起身一邊關切地道：「我出去了，妳早點休息。」

「嗯。」敏瑜點點頭，看著他出去。他剛走，秋霜就帶著秋喜、秋霞進來，敏瑜便也在她們的侍候下梳洗，換了衣裳上床的時候，沒有忘記告訴在榻前打地鋪值夜的秋霞聽著點動靜，也沒有忘記交代秋霜給楊瑜霖準備一點熱粥。她不知道外面那群人會鬧到什麼時候，也不知道到最後楊瑜霖還能不能清醒著回來，但準備一點熱粥總是沒錯的。

秋霜笑著應諾。

敏瑜雖然沒有將所有的陪房一股腦兒地都帶過來，只帶了最貼身的兩個大丫鬟、三個小丫鬟和她這個管事嬤嬤，但楊家實在太小，也就騰出一間房子給她們住，那房子裡不過能放下兩張床和一個櫃子，哪裡住得下這麼幾個人，就算擠也擠不下。秋霜準備過去用小爐子熬一鍋粥，然後幾個人輪換著守著，也就是了。

敏瑜原以為自己定然會翻來覆去地睡不著，但意外的是，躺到床上，聽著外面傳來的忽遠忽近的笑鬧喧譁聲，她卻立刻有了睡意，閉上眼沒多久，便沈沈睡去。也不知道睡了多大的一會兒，外面的喧囂聲已消失了，卻感覺到外間有動靜，似乎是喝了不少酒卻沒有完全喝醉的楊瑜霖回房。

秋霞沒有吵她，自己輕手輕腳地起來，去外間給楊瑜霖奉上一杯溫著的茶水，似乎和他說了幾句話，然後便又輕手輕腳地回到了腳踏上……

那是一種很奇妙的感覺，敏瑜好像醒了，卻又好像還在睡夢之中，她能夠清晰地感覺到秋霞的一舉一動，也能夠清晰地聽到兩人的對話，甚至鼻尖還能隱隱約約地嗅到淡淡的酒氣，但又像是隔著一層紗，看不清楚也聽不清楚，就連那酒氣也帶了一股飄渺……

等到外間再無絲毫動靜，腳踏上的秋霞也發出均勻的呼吸聲，一切顯得靜謐的時候，敏瑜又能夠感受到一個完全陌生、卻又不會讓她覺得無法接受的氣息慢慢地接近，而後縈繞著自己，她無聲地嘆息一聲，很快也沈沈睡去，一夜好眠無夢……

寅時一刻，敏瑜準時醒來。

這是多年來養成的習慣，不管是不是需要早起，每天到這個時候她便會醒來。她睜開眼，透過未燃盡的紅燭的光，看到了陌生的紅帳，有那麼一剎那，自己有種不知身在何處的感覺，不過，就恍惚了一下，她便省悟過來，自己昨天已經成親了。

敏瑜安靜地躺在床上沒有動彈，不大一會兒，便聽到秋霞起身的聲響，同時響起的還有楊瑜霖起身的聲音，看來他是個極度自律的人，就算昨晚喝了不少酒，睡得也很晚，卻也不會因此多睡一會兒。

「姑娘，您醒了！」帳子被人輕輕地掀起一角，秋霜往裡一看，不意外地看到敏瑜睜著一雙清明的眼睛，她一邊麻利地將帳子掛起來，一邊笑著道：「奴婢已經給您準備好了熱水，您是不是現在就起身梳洗？」

「起來吧！」敏瑜坐起身，還沒有下床，便聽到楊瑜霖出門的聲音。

不大一會兒，秋喜端了熱水進來，笑著道：「姑娘，姑爺說家裡人起得都晚，讓您慢慢梳洗，不用著急。他先去練一趟拳，回來之後再陪您過去給親家老爺磕頭請安。」

「嗯。」敏瑜隨意地應了一聲，一偏頭，看著還未燃盡的花燭，好一會兒，才轉過頭來，帶著微笑起身換衣、梳洗打扮，等到她已經準備妥當了，才聽到院子裡傳來其他人起身的聲響。看來楊家其他人總算也起床了，等到院子裡傳來下人來往的聲響，外間的桌子上已經擺好了早飯。幾樣點心是昨天從耒陽侯府帶過來的，熱呼呼的清粥是秋霜幾人昨晚用小爐子文火慢燉出來的，雖然簡單，但卻讓昨晚喝了一肚子的酒，張嘴還能聞到一股酒氣的楊瑜霖覺得胃口大開。

「先喝碗粥，暖暖胃。」敏瑜親手為楊瑜霖盛了一碗粥，放到他面前，平常的一個舉動，卻讓楊瑜霖整個人都暖和起來了，心裡浮現出一種他也有家了的感覺。

用過早餐，小丫鬟梅枝收拾桌子，秋霜去看正房的動靜，秋喜、秋霞則為敏瑜整理妝容，楊瑜霖端著一杯熱茶，臉上帶笑地看著她，他覺得自己昨晚一定喝太多了以至於到現在都還有一種微醺的感覺。

「姑娘，親家老爺已經用過早飯，您和姑爺該去給親家老爺敬茶了。」秋霜的回話讓楊瑜霖腦子一清，微醺的感覺驟然消失，原本的好心情也驟然消失……

喝過敏瑜敬的媳婦茶，將早前準備好的紅包遞給敏瑜之後，楊勇輕描淡寫地來了一句。

「給妳姨娘也敬杯茶吧！」

給她敬茶？

敏瑜眼底帶了深深的嘲諷，臉上的笑容卻沒有絲毫變化，抬眼看向楊勇，道：「媳婦愚鈍，不知道這杯茶該怎麼敬？」

敏瑜清亮的眼神讓楊勇忽然有些心虛，他躲開敏瑜的視線，不自然地道：「自然是當她是婆婆一般的給她敬茶。」

「媳婦明白了。」敏瑜虛心受教地點頭，她將視線轉向趙姨娘，往她面前走了兩步，伸手端起茶，既沒有下跪也沒有行禮，就那麼站著將手往前一伸，道：「姨娘請喝茶。」

姨娘！姨娘！還是姨娘！

敏瑜的稱呼讓趙姨娘的眼睛都紅了，她要的可不是這樣的一杯茶，她死死地看著敏瑜，沒有伸手接茶杯的意思。

敏瑜則是從從容容地站在那裡，臉上帶著無可挑剔的表情，沒有因為趙姨娘直勾勾的眼神而改變。

僵持了一刻鐘之後，趙姨娘嚎啕一聲，拍著自己的大腿哭了起來，一邊哭一邊嚎，道：「我這是什麼命啊！我怎麼活啊！為了這個家做牛做馬這麼多年，好不容易把兒女拉扯大，這媳婦剛進門就不把我當回事……讓我死了吧！」

「別哭了！」楊勇大喝一聲，趙姨娘便止住了，等著他為自己出頭。楊勇也沒有讓她失望，他看著敏瑜，道：「我不管妳心裡是怎麼想的，但是我既然說了，讓妳當她是婆婆一般的給她敬茶，那麼妳就得像給我敬茶一樣，跪下給她敬茶。」

「跪下給她敬茶？」敏瑜收住臉上的笑，認真地看著楊勇，道：「父親可還清醒，可知道自己到底在說什麼？」

「我再清醒不過了！」楊勇看著敏瑜，道：「我知道像妳這樣出身的人滿肚子的彎彎道道，但是我勸妳別玩什麼花樣，老老實實地跪下給她敬茶；要不然，我一定告你們兩個一個忤逆不孝之罪！」

「要是父親堅持，執意要媳婦跪下敬茶的話，媳婦不敢違逆。」敏瑜看著楊勇，態度嚴肅，道：「但還請父親考慮清楚，以她的身分，當得起媳婦一跪嗎？」

楊勇心裡有一種極為不妙的預感，到嘴邊的話也有些遲疑。趙姨娘急了，叫了一聲「表哥」，而後滿臉期待地看著他，還特意指了指身後的兒女，示意他，就算不為她考慮，也要為兒女著想。

「我堅持！」楊勇話一出口就後悔了，但是他卻只能錯到底。

「那麼，媳婦遵命。」敏瑜臉上變戲法一般的又掛上了溫和的微笑，她盈盈跪下，茶杯舉過頭頂，道：「姨娘，請喝茶。」

姨娘？還叫姨娘！都到了這個時候還嘴硬！趙姨娘心裡恨極，雙眼冒火地瞪著敏瑜，不去接她手上的茶杯，有意讓她多跪一會兒。楊勇的臉黑了，看看陰沈著臉卻沒發作的楊瑜霖，再看看就算跪在地上，腰也挺得筆直的敏瑜，冷冷地道：「妳要是不接的話，就別喝這杯茶了！」

楊勇這話一出，趙姨娘忙不迭地接過茶，喝了一口，這麼折騰了一會兒，茶水早就已經涼透了，透著一股涼茶的澀味，趙姨娘卻覺得十分香甜可口，美滋滋地喝了大半杯茶，將茶杯放下，下巴輕輕挑起，取出早就備好的一對銀鐲子遞給敏瑜，傲然地道：「起來吧！」

「砰！」楊瑜霖一拳捶在桌子上，饒是他已經努力地壓制著自己的力道，還是發出一聲巨響，桌子上的茶具也都跳了起來，跟在他們身後進屋的秋霞、秋喜，原本在屋子裡收拾的秋霜、梅枝等人對視一眼，不用敏瑜吩咐，齊齊退到屋外。

看著他鐵青的臉，敏瑜卻風輕雲淡地笑了，輕聲道：「你也別生氣了，這些不都是我早就預料到，也等著看的嗎？為這生氣不值當。」

「是我無能！」楊瑜霖看著敏瑜，滿心都是愧疚，要是他更強，強到可以讓楊勇都畏懼的話，就不會有今天這樣的事情發生了。

「是無奈，不是無能。」敏瑜搖搖頭，輕聲道：「不過，這樣的事情以後不會再有了。」

「對不起！」楊瑜霖低聲道，就算知道敏瑜另有算計，知道楊勇、趙姨娘很快就要嘗到自釀的苦酒，還是無法讓楊瑜霖心裡好受一些，他真的不想看到敏瑜因為自己受半點委屈。

「我們是夫妻。」敏瑜輕聲道，然後皺起眉，看著楊瑜霖滲出絲絲血跡的拳頭，伸手過去，按在他的手背上，輕聲道：「鬆開，讓我看看你的手。」

「沒什麼好看的！」楊瑜霖猛地縮回手，將它放到身後，笑笑，道：「差不多也折騰了一個早上，妳也該累了、餓了，是先吃點點心還是先休息一下？要養足了精神，才能看他們自食惡果啊！」

「讓我看你的手。」敏瑜認真地看著楊瑜霖，沒有被他敷衍過去。

楊瑜霖看了她好大一會兒，確定躲不過去後，才慢慢地將手放回桌上，輕輕鬆開，卻見他的手心鮮血淋漓，有三個明顯的傷口，是他為了忍住不發怒，生生地將自己的手心給摳出了三個血洞。

「另外一隻手。」敏瑜清冷的表情讓楊瑜霖乖乖地將另外一隻手也放到了桌上，相同的，也一樣摳出了血，敏瑜也不知道自己心裡是什麼滋味，她輕輕地嘆息一聲，道：「你這又是何苦呢？」

「我皮糙肉粗，這點小傷就跟蚊子叮了一口似的。」楊瑜霖莫名地覺得心虛起來，自嘲了一句，不敢看敏瑜的表情。

「你啊……」敏瑜嘆息一聲，揚聲叫秋霞進來，讓她端來清水，找來創傷藥，不顧楊瑜霖的反對，親自為他清洗、上藥、包紮，而後認真地看著他，道：「以後不要再這樣了，你要學會控制自己的脾氣，就算做不到笑臉面對，也要做到冷靜自持。」

楊瑜霖點點頭，道：「好，我會努力的！」

「時間應該還早，我們找點事情打發時間吧！」敏瑜看了看外面的日頭，笑著對楊瑜霖道：「聽二哥說，你平日也喜歡下棋，我們對弈一局如何？或許還不用一盤棋的時間，京兆府就該來人了。」

「好。」楊瑜霖點頭，卻又開玩笑地道：「我知道妳是連軍師都甘拜下風的棋藝高手，妳可要手下留情啊！」

敏瑜斜睨著他，嬌俏地問道：「要我讓你幾子嗎？」

「這個嘛……」楊瑜霖故作沈吟地道。「還真得考慮一下。」

東廂房裡楊瑜霖和敏瑜安靜地下著棋，而正房裡則是一派喜氣，趙姨娘神采飛揚的坐在上首，覺得今天是她平生最得意的一天，就算當年和楊老夫人合力逼死了石氏，都沒有給她帶來這種揚眉吐氣的感覺。

「還是娘最厲害！」楊雅琳笑咪咪地站在趙姨娘身後，殷勤地為她捶著肩，道：「任她是什麼侯門姑娘，也得乖乖地給娘下跪敬茶。」

「姑母自然是最厲害的！」趙慶燕滿心歡喜地應和著，她讓丫鬟拿了一個小杌子坐在趙姨娘跟前，給她捶著腿，道：「這一跪，看她以後還敢不敢在姑母面前端著侯府姑娘的架子……還請父親考慮清楚，以她的身分，當得起媳婦一跪嗎？」她尖著嗓子學敏瑜說話，而後笑道：「當得起怎樣，當不起怎樣，最後還不是乖乖地給姑母跪下了。」

趙慶燕的話讓房中眾人哄笑起來。

笑了一陣子，趙家大嫂帶了幾分算計地道：「妹子，大外甥媳婦都跪下給妳敬茶了，這是不是表示她再怎麼不甘願，也只能扭著鼻子承認妳是她的婆婆，而以後也得把妳當婆婆一樣敬著、侍奉著！」

「那是自然！」趙姨娘下巴抬得高高的，一副高高在上的姿態，道：「如果不然，我哪裡會費盡心思非要喝這杯媳婦茶啊！」

「那燕子……」趙家大嫂熱切地看著趙姨娘，眼睛也亮晶晶的，她和趙家二嫂到京城最主要的目的就是督促著趙姨娘，讓她安排好趙慶燕。

「燕子是我姪女，我自然會好好地為她謀劃安排，這個妳就放心好了。」趙姨娘笑著道：「之前我也和燕子說了，等老大成了親之後，立馬把燕子抬進門當姨娘。」

「大外甥已經成了親，什麼時候給燕子名分呢？」趙家大嫂急不可耐地道，她那樣子讓段氏暗自撇了撇嘴的同時，也暗自慶幸要納趙慶燕的不是楊衛遠。

「娘，您著什麼急啊！」趙慶燕心裡也很著急，但卻不似趙家大嫂，連表面功夫都不會做，她嗔怪道：「姑母做事一向有章法，該怎麼做心裡明白著呢，您不要急嚷嚷地催她。」

「妳這丫頭，我這不也是擔心妳嗎？」趙家大嫂瞪了女兒一眼，真是生女向外，這還沒有給楊家當媳婦呢，就知道向著未來的婆婆了。

不過，她也知道女兒這樣說是對的，她看著趙姨娘，解釋道：「妹子，不是我要催妳，只是妳也知道，我和妳二嫂子都來了這麼長時間了，把妳大哥、二哥和一大家子人都丟在老家，我們心裡也不放心吧！尤其是公公婆婆，他們都是上了年紀的人，沒有我們這當媳婦的侍候不知道有多不習慣呢！」

「大嫂不用著急，」趙姨娘笑著道。「老大昨兒才娶妻進門，我總不至於今天就讓他納妾吧？再怎麼著也得等老大家的回了門啊！」

趙姨娘的話讓趙家大嫂安心了，道：「那妹子的意思是等後天大外甥和外甥媳婦回了門，就讓燕子進門嘍？」

趙姨娘點點頭，打著如意算盤道：「我都已經想好了，老大媳婦年紀小，又是被嬌生慣養大的，定然不會侍候人；我呢，就辛苦一些，將她留在身邊好好地調教，讓燕子跟著老大到任上去。」

「妹子想得真好！」趙家大嫂誇讚了一聲，然後又對趙慶燕道：「燕子啊，能為妳考慮的妳姑母可都給妳考慮好了，剩下的就看妳自己爭不爭氣了！妳可得想盡法子把外甥給攬住，也得早點生個大胖小子出來；到時候，外甥的一切可就都是你們母子的了。」

「娘——」趙慶燕又喜又羞地叫了一聲，然後仰頭看著趙姨娘，道：「姑母，您放心，我一定不會讓您失望的！」

「那就好。」趙姨娘點點頭，算計著，道：「有妳照顧老大，我也能安心地打理家事了。皇上不是賞了老大一座宅子嗎？等你們去了肅州，我就帶著老三和琳兒搬過去，這裡騰出來給老二一家子住……這麼多年我們一家子都擠在這麼一個院子裡，總算能夠住得寬敞一些了。」

「娘，搬到新宅子之後，我要最好的房間，還要好幾個丫鬟侍候。」楊雅琳立刻提出要求，道：「還有，大嫂一定有很多漂亮名貴的頭面首飾，您一定得讓她分我些。」

「就是！」趙家大嫂連連點頭，道：「外甥媳婦今兒戴的頭面首飾就極好，一看就知道是花了大錢買的，要是能把那一套頭面要過來的話就好了。妹子，外甥女是妳的寶貝女兒，可燕子不僅是妳的姪女還是兒媳婦，得了好東西，妳也得想著分燕子一份才是。」

「放心吧，我不會忘了燕子的。」趙姨娘滿口答應。

「那我呢？」趙家二嫂眼紅了，她看著趙姨娘道：「妹子，妳可不能因為我沒有閨女給妳當兒媳婦就厚此薄彼啊！」

「放心吧，二嫂。」趙姨娘笑呵呵的，道：「我們都是一家人，得了好處能少得了妳的分嗎？」

趙姨娘的話讓所有人都笑了起來，除了段氏以外，都將敏瑜的嫁妝當成了囊中之物。笑了一會兒，趙家大嫂卻又遲疑道：「妹子，萬一……不是我信不過妳的本事，只是我擔心萬一外甥媳婦不依……她可是侯府的姑娘啊！」

「她是侯府姑娘又怎樣，她還是我們楊家的兒媳婦呢？」趙姨娘冷哼一聲，敏瑜那一跪，讓她有一種自己真成了楊家當家夫人的錯覺，道：「她能乖乖地聽話，那自然最好，要是敢出什麼么蛾子……哼，姑媽當年怎麼整治石氏的，我現在就怎麼整治她，不怕整不死她！」

趙姨娘的話讓趙慶燕心裡更歡喜了——要是姑母能把那個礙眼的整死的話，那自己可真的是要什麼有什麼了！

正歡喜著，一個婆子腳步匆匆地衝了進來，滿臉慌張地道：「不好了，夫人，門外來了官差，說是有人到京兆府告了老爺，傳喚老爺和您去過堂呢！」

滿屋子的笑聲戛然而止，趙姨娘不敢相信地道：「妳說什麼？」

婆子重複了一遍，等她說完，內間的楊勇掀開簾子出來，道：「有沒有問是什麼人告的狀？告的又是什麼？」

「官差說是石家遞的狀子，告老爺以妾為妻。」婆子的話讓楊勇的心一沈，腦子裡莫名地浮現了敏瑜嚴肅的表情。

「石家狀告老爺以妾為妻？」趙姨娘叫了起來，或許是因為驚訝也或許是心裡害怕，她的聲音高亢，也猶如被人掐著脖子一般，她惡狠狠地道：「他們不是早就和我們楊家斷了關係往來了嗎？憑什麼插手楊家的家務事？憑什麼告老爺？」

看著一臉驚恐卻還是一副不講理樣子的趙姨娘，楊勇緩緩地搖了搖頭，道：「有老大在，石家又怎麼可能真的和我們家斷了往來，不過是和我們斷了往來而已。好了，妳也別著急害怕，京兆府只是說讓我去過堂，還沒有下定論，我過去看看也就是了。」

「可是……」趙姨娘哪能不害怕啊！她不識字，沒有讀過書，更不懂什麼律法，唯獨對「以妾為妻」這條刑罰清楚無比——

石氏死後她就打起了扶正的主意，也就是那個時候，她才知道自己這輩子是不可能被扶正了。

《大齊疏律》中明文規定，「妾乃賤流」、「妾通買賣」、「以妾為妻者，徒一年半」。更讓她憤恨的是，服刑完之後，妾依舊還只是妾，並不會因為已經服了刑就成了正室。如果不是因為這麼嚴苛的律法，早八百年前，她就豁出去和楊勇一起服上一年半的刑也要讓他將她扶正，當上正兒八經的楊夫人，而不是被人指指點點的趙氏夫人。

不過，現在不是關心那個的時候，她心慌慌地看著楊勇，道：「表哥，能不能和石家好生說說，讓他們撤了狀子？」

「讓石家撤狀子？」楊勇苦笑。

「以妾為妻」這樣的罪多是民不告官不究，只要石家人撤了狀子，京兆府也不會不依不饒的。只是，石家都已經遞了狀子，能撤銷嗎？

他搖搖頭，道：「石家有多恨妳、我，妳應該比誰都清楚，之前是顧念著老大，不想把事情做絕了，讓老大難做人，現在……算了，我先過去京兆府看看情況再說！」

第七十五章

回門這天，楊瑜霖和敏瑜一早便帶著回門禮到了耒陽侯府。

照規矩進了門，給丁培寧、丁夫人磕頭、認親……等到午宴結束，送走請來的賓客之後，被灌了不少酒的楊瑜霖被安排到了敏瑜出嫁前的閨房裡休息，而敏瑜則被丁夫人拎到了自己房裡。

「瑜兒，妳是怎麼了？怎麼才一成親就鬧了這麼一齣？」丁夫人帶了滿滿的氣惱和無奈。

石家人狀告楊勇寵妾滅妻，過堂的時候楊家的二兒媳婦段氏跳出來，坐實了楊勇的罪名，楊勇和趙姨娘當堂被收監……丁夫人相信，這些事情的背後定然有人在策劃，而那個人十有八九是自己的寶貝女兒。

「娘，我剛進門他們就急不可耐地想把我給收拾下來，我若是不給他們雷霆一擊的話，還不知道要鬧出些什麼事情來呢！」敏瑜並沒有否認。

「妳啊……我真不知道該怎麼說妳才好！瑜兒，我知道妳做事一向頗有成算，可是妳這回真的太急躁了！」丁夫人嘆氣，伸出手指虛點了她一下，道：「娘知道，他們都是不省事，也不知道自覺和收斂的，收拾他們是遲早的事情，只是妳……唉，對付他們，有的是法子，妳怎麼會在這剛進門的節骨眼上，用這樣激烈的手段呢？還有妳給趙姨娘下跪的事情……妳讓我該怎麼說妳呢？」

「娘，我沒有選擇的餘地。」敏瑜輕聲解釋，道：「我和瑾澤留在京城的時間也不多了，只能快刀斬亂麻，用最快捷的手段將楊家的人和事情處理好，至於會不會因此被人笑話……娘，我這一去，沒個三、五年是回不來的，三、五年之後，誰還記得這麼一件小事情呢？」

「我知道你們沒幾天就要啟程了！」丁夫人沒好氣地道，她最不理解的就是這個，她嘆氣道：「要是妳留在京城，和楊勇、趙姨娘生活在一個屋簷下，妳先下手為強，來這麼一招，我倒是能想得通。可是，妳這都要離開了，都要和他們相隔千里了，還有必要這樣做嗎？妳別說是什麼楊勇逼人太甚，逼著妳給趙姨娘下跪，妳忍無可忍這才反擊。我看恐怕楊勇逼妳下跪這件事情都是妳算計的。」

「我就知道什麼都瞞不過娘！」敏瑜先拍了一記馬屁，換來丁夫人的一個白眼，她輕輕地吐了吐舌頭，討好地朝著她笑。

丁夫人也拿她沒辦法，白了她一眼之後，道：「妳是從什麼時候開始算計的？定下婚期之後嗎？」

「沒有。」敏瑜搖搖頭，道：「一開始的時候我真沒有想過要對付他們，我和娘想的其實是一樣的，想著反正成親沒幾天就要離開京城，相處不了多久，隨便應付一下就完了，沒有必要做什麼。直到我從吳老夫人那裡瞭解到了肅州的情況之後，才決定未雨綢繆，開始佈置的。」

「怎麼和肅州扯上關係了？」丁夫人皺起眉頭，她不明白楊家內宅的事情怎麼扯到千里之外的肅州。

「娘，您可知道當瑾澤被任命為肅州都指揮使的時候，不但意味著他得到了一個可以大展拳腳、可以建立功勛的機會和職務，也意味著他將成為某些人不拔不快的眼中釘、肉中刺。瑾澤在肅州軍中頗具威望，但並不意味著他這個都指揮使是眾望所歸。事實上，肅州軍中比他更有資格當此重任的另有其人。那人姓薛，是瑾澤師伯，無論是年紀、輩分、資歷、戰功、班底都比瑾澤強了不止一星半點，他也早將肅州都指揮使一職視為囊中之物，被瑾澤搶了去，豈能甘休？」

敏瑜輕嘆一聲，又道：「瑾澤不懼與那人爭鬥，我也不畏與他的家眷過招，但是我卻不得不防著他們利用楊家人算計瑾澤。要是在最關鍵的時候，那人許以重利，說不定就能讓楊勇不顧父子之情，在背後給瑾澤致命一擊，到時候我們的努力便將付諸東流。」

丁夫人沈默了。

敏瑜的擔心還真不是無的放矢，楊勇為了趙姨娘能不顧前程，就能為了趙姨娘在背後給楊瑜霖致命的一擊。和趙姨娘所生的子女相比，楊瑜霖和他的前程在楊勇眼裡恐怕什麼都不是。至於所謂的致命一擊，必然是楊勇以父親的身分，告楊瑜霖忤逆不孝之罪。忤逆不孝之罪在哪朝哪代都是十惡不赦的大罪，就算能夠證明楊勇純屬誣告，但楊瑜霖的仕途也必然就此終止。

沈默了一會兒，丁夫人看著敏瑜，道：「那麼，妳覺得楊勇、趙姨娘被下了獄，就沒有了隱患了嗎？妳不擔心楊勇因此更恨你們，都不用那人許以重利，就在背後來上一擊嗎？」

一聽這話，敏瑜就知道，丁夫人就算不認同自己所做的事情，卻也不再埋怨自己急躁的動手了，她微微一笑，道：「隱患自然還是有的，但至少在一年半之內不用擔心他們。至於一年半之後……娘，一年半的時間，夠做很多事情了。」

丁夫人輕輕地搖搖頭，道：「這一年半妳都不在京城，能掌握全局嗎？」

「我不在京城才好掌握啊！」敏瑜笑了，道：「楊衛遠交給段氏，她是個有心的，為了自己、為了子女，她必然會努力地將楊衛遠調教過來。我還給了她掌握楊家的機會，她會盡力去做的。楊雅琳今年十三，楊勇、趙姨娘歸家之後，正好可以給她辦及笄禮，然後她就該找人家了。一年半的時間，或許不能讓她將規矩兩字融入骨血之中，但是卻能讓她明白規矩的重要，也能讓她明白她想嫁得好，要靠瑾澤；嫁過去想過得好，更要靠瑾澤，明白了這一點，她豈能讓趙姨娘胡來？至於楊衛武，人都跟著我們去肅州了，還能翻出天去？」

丁夫人搖搖頭，她明白敏瑜為什麼說不在京城更好了。

她不在京城，那麼楊衛遠和楊雅琳有什麼改變就都是段氏的功勞，當然，在楊勇和趙姨娘眼中，那可不一定會是功勞。楊勇還不一定，但趙姨娘必然恨極了將兒子攬過去，讓女兒和自己離心的段氏，也必然會事事針對段氏，那麼她對敏瑜的仇恨自然就減弱了，說不定都無暇再去找楊瑜霖和敏瑜的麻煩。

「娘搖頭是什麼意思？難不成娘覺得段氏很倒楣，遇上了我，當了替罪羊不成？」敏瑜嘟嘟嘴，知道丁夫人心裡在想什麼。

「不是嗎？」丁夫人笑笑，眼中帶著濃濃的憂慮，看著敏瑜道：「妳開始佈置的時候，便已經將段氏算計去了吧？段氏過堂作證，也是妳算計的結果吧！」

「是。當初桂姨娘說段氏不是個簡單的，我便留了心，在一開始便將她視為重中之重，讓她一步一步走到女兒的局中。」敏瑜點頭承認，對丁夫人她沒有必要隱瞞，她輕聲道：「娘，您放心吧，就算女兒利用了她，也不會虧待她的，女兒會……」

「瑜兒——」

丁夫人打斷了敏瑜沒有說完的話，她臉上帶了讓敏瑜陌生的失望，輕輕搖頭，道：「娘關心的不是段氏如何，而是妳啊！妳可知道，和年前相比起來，妳變了太多，妳知道妳現在是什麼樣子嗎？妳現在說的每一句話，做的每一件事情，甚至妳的每一個動作、表情都是妳精心算計的。」

敏瑜默然。

丁夫人心疼地看著她，道：「娘知道，指婚之後發生那麼多的事情，妳不可能沒有半點變化，但是娘真的不想看到妳這樣子。娘知道，走一步看三步甚至看更遠是件好事，不容易被人算計，妳之前要是有這樣的心機，福安公主又怎麼可能傷到妳。可是，瑜兒，娘寧願看到妳被人算計、吃點苦、受點罪，也不願意見妳變成這個樣子。事事算計，人人可算計，妳現在這樣子和嫻妃有什麼區別？妳才多大啊，現在就成了這樣子，妳這輩子除了算計之外，還有樂趣可言嗎？瑜兒，當算計成了習慣之後，什麼都會變得不再重要，友情、親情都會淡薄……娘不想見到妳變成那個樣子！」

「可是娘，如果不這樣的話，女兒真不知道能不能撐下去。」敏瑜笑了，那笑容中帶著濃濃的苦澀，讓她的笑比哭還難看，她輕聲道：「如果不是因為女兒警醒，或許在九殿下任性妄為地在皇后娘娘面前胡說一氣之後，女兒便已經無聲無息地消失了。」

「不會！」丁夫人搖搖頭，肯定地道：「瑜兒，這點我敢保證，娘娘或許不會將一條命看得有多重，但也絕對不會將一個自己真心疼愛的孩子，隨隨便便地就拋棄，如果她是那樣的人，她又怎麼可能順順當當地成為一國之母呢？

「瑜兒，算計固然重要，但是與之相比更重要的卻是待人以誠和本心本性，一個人要是失去了本性本心，事事都算計的話，身邊的人一開始或許會說她七竅玲瓏、四角俱全，但是時間長了，卻會對她起了戒心，疏遠起來，那樣的人只會讓人害怕。瑜兒，別讓自己變成那樣的人。」

「娘，我……」敏瑜叫了一聲便頓住了，丁夫人眼中的傷痛，讓她將早就已經想好的說辭嚥了下去，她怎能在這個時候再讓丁夫人傷心呢？

「瑜兒，娘知道讓妳一下子改回來不容易，但娘相信妳能做到。」丁夫人朝著敏瑜伸出手，看著她緩緩起身，偎進自己懷裡，輕輕地拍著她的背，道：「瑜兒，此去肅州，妳和瑾澤要面對的不僅僅是明槍暗箭，若是事事算計防備，那會讓妳失去更多。娘雖然沒有去過肅州，但卻聽妳爹說過，那邊的人較為真誠，妳除了事事小心謹慎之外，少些算計。」

「嗯。」敏瑜靠在丁夫人胸前，仰起頭，看著丁夫人，道：「娘，您放心，女兒會努力的。」

丁夫人輕輕地拍拍敏瑜的臉，笑了，道：「不是努力，是一定要那樣，答應娘！」

「好！」敏瑜重重地點頭。

丁夫人稍微放心了些，但眼中的憂慮卻沒有消散……

「娘，我把您的兒媳婦給帶來了！」楊瑜霖跪在楊夫人墳前，看著正跪在墓碑前，親手將祭品一一擺放好的敏瑜，道：「娘，我和您說過，她出身好，長得漂亮，又很聰明，她現在就在您面前，您可以好好地看看，看看兒子說的對不對……」

擺好祭品之後，敏瑜和楊瑜霖並排跪到一起，她倒了一杯茶水，高舉過頭，恭敬地道：「母親，兒媳給您敬茶了！」說完，舉了好一會兒，然後才緩緩地將茶水潑灑在墳前。

看著敏瑜舉動的楊瑜霖，眼中浮現一絲感動。

「娘，敏瑜敬的媳婦茶是不是特別的甘甜？娘，敏瑜敬的茶可不是誰都能喝的，有人就為了這杯不能喝的茶，遭了牢獄之災。」等到茶水滲進土裡，楊瑜霖才緩緩地道：「您也知道，自打您去了，趙姨娘便將自己當成了楊家的當家夫人，這些年一直以楊家夫人自居。我們成親之後，她還想依仗著父親逼敏瑜給她下跪敬茶呢！她倒也算是得償所願了，因為父親一再相逼，敏瑜給她敬茶了，不過沒讓她得意多久，舅舅便到京兆府告了父親，說他『以妾為妻』，就因為敏瑜的那杯茶，這個罪名落實了，她和父親被下獄收監……以妾為妻者，徒刑一年半。就算我們不打算在這其間做點什麼，這一年半也夠他們受的了。娘，這樣的事情您一定樂見吧！」

聽著楊瑜霖絮絮叨叨地說著話，敏瑜卻不期然地想起第一次見到楊瑜霖的時候，他在那個讓她們的車陷進去的大坑旁做標記的事情，想到指婚之後楊瑜霖對自己的舉動，或許顯露出來的冷峻和沈默寡言，不過是他的保護色罷了！

楊瑜霖就那麼自言自語地說了好大一會兒，說了他們再過幾日就要啟程離開京城的事情，說了敏瑜對楊家諸人之後的安排，直到墳前的一炷香燃盡，他才鄭重地磕了頭。起身，但卻沒有走，而是坐到墳邊，道：「敏瑜，我們離京之後不知道多久才能回來，坐這邊多陪陪娘。」

「好。」敏瑜點頭，坐到他身邊，側頭打量著孤零零的楊夫人石氏的墓，不解地問道：「母親怎麼會孤零零地葬在這裡？」

「娘臨終前，拉著舅母的手交代了兩件事情，一件是讓舅舅務必將我送到大平山莊習武，一件則是她死後不入楊家祖墳，不與父親葬在一起。娘這是恨透了父親，也恨透了祖母，她寧願死後當個孤魂野鬼，也不願意進楊家的祖墳。娘畢竟是出嫁之女，葬入石家的祖墳也不妥當，舅舅便在石家祖墳旁邊買了這塊墳地，將娘葬在了這裡。妳看那片，那邊便是石家的祖墳，石家那邊有守墓人經常打理，娘的墓也是他幫著打理的。」

看著石夫人的墳墓，楊瑜霖的聲音有些飄忽，道：「娘下葬的那日我曾發誓，一定會用功努力，讓世人都知道她養了一個好兒子，也發誓，一定要讓那些害她的人後悔莫及！」

「你已經做到了！」敏瑜伸出手，搭在楊瑜霖手上，道：「現在誰不知道你是大齊最年輕、最勇猛、前程也最看好的少年英雄，母親地下有知，定然會為你驕傲的。至於說後悔，我相信父親和趙姨娘現在已經在後悔了。」

「他們恐怕還沒有後悔，不過，那一天也不遠了！」楊瑜霖冷哼一聲，他手一翻，將敏瑜的手握在掌中，對楊勇和趙姨娘，他比敏瑜更清楚、也更瞭解，他看著敏瑜道：「說起來還是要謝謝妳，如果沒有妳的話，也不會這麼快就讓他們吃上苦頭，雖然比起娘所經歷的痛苦來說，這什麼都不是。」

「我們是夫妻，夫妻本是一體，你何必說這種客氣話呢？」敏瑜微微一笑，道：「能和我說說當年到底出了什麼事情，你為什麼會這麼恨父親？」

楊瑜霖苦笑一聲，道：「我想妳應該聽說過一些，別的不說，我娘死後，在我娘的靈堂上，舅舅們大鬧靈堂，要祖母、父親為我娘的死負責，更直接將我娘的棺槨抬走，沒等將我娘下葬，便將我娘的嫁妝全部抬走的事情。」

「是聽說過這個。」敏瑜點點頭，道：「聽說舅舅們在靈堂之上說母親是被逼死的，聽說也就是那個時候，舅舅們將你帶走，說不能讓你留在楊家被人害了……母親真的是被逼死的嗎？」

「不是被逼死的，是被直接害死的！」楊瑜霖搖搖頭，看著愕然的敏瑜道：「娘去世的時候懷了四個月的身孕，祖母親手熬了一碗紅花，和趙姨娘一起灌娘服下，娘雖然掙脫之後立刻催吐，但卻還是晚了……娘是小產的第二天去世的，臨終前她將我的手交到了舅舅手上，求舅舅一定要將我帶走，她不求我大富大貴，只求我能平安長大。」

「這簡直是……」敏瑜沒有想到石氏的真正死因居然是這樣，這簡直是駭人聽聞，她閉上眼，好一會兒才睜開，道：「舅舅當年為什麼不將事情揭露出來，讓她們為母親償命呢？」

「祖母做事很小心，寧願自己動手，也不願意授人把柄；除了趙姨娘之外，其他人都被她調開了，趙姨娘自然不會說出真相。沒有人作證，又怎能將她們繩之以法呢？」

楊瑜霖搖搖頭，又道：「不過，最主要的還是因為我。父親對我雖然沒有多少父子情誼，但我終究是他的長子，還極有可能是唯一的嫡子，他怎麼可能隨便就讓舅舅們將我帶走呢？舅舅們是以此相脅，說如果不讓他們將我帶走，那麼就將事情鬧開。雖然祖母很小心，但未必就找不到證據，要是證據確鑿，祖母、趙姨娘都難逃一死。父親無奈之下，才同意舅舅們將我帶走。」

「原來是這樣。」敏瑜輕輕地搖搖頭，道：「父親為何糊塗至此？還有祖母，如果她不喜歡母親的話，大可作主讓父親將母親休出門去，又何必非要害死母親呢？」

「我也不知道！」楊瑜霖輕輕地搖搖頭，對已故的楊老夫人趙氏，他有極深的印象，畢竟他兩歲多之後就一直和楊老夫人生活在一起，但是卻不知道楊老夫人為什麼那麼恨自己母子，無時無刻不想辦法折磨人。

他搖搖頭，道：「我只隱約記得娘說過，她和父親剛剛成親的時候，祖母對她好像還是很喜歡的，但是成親不久，卻忽然翻了臉。一再地挑剔不說，還對父親哭訴，說娘自恃出身好，沒有將她這個婆婆放在眼中，在父親見不到的時候，便對她不好。娘懷著我的時候，她說娘容不得她，執意回老家雍州去了。因為這個，父親對娘頗有怨言，說娘看不起祖母，也看不起他。父親和娘那個時候，為了這個不知道吵了多少次。」

「我兩歲那年，祖母忽然回京不說，還帶了她的姪女趙姨娘，不久之後在她作主下，父親納趙姨娘進門，趙姨娘進門之後，娘的日子就更難過了。之後不過半年，父親得了任命，要到肅州赴任，父親原本是要帶家眷的，是祖母以自己身體不適為由，要娘留下侍奉她，讓趙姨娘隨父親去了肅州。

「父親一去就是三年，回來的時候除了身懷六甲的趙姨娘之外，還多了二弟衛遠。他回來之後，祖母便一再地抱怨，說娘如何如何的對她不好，父親因此不止一次地責罵娘，娘的辯解父親根本聽不進去，總說祖母和他孤兒寡母相依為命多年，他可以不相信天下人，卻不能懷疑祖母的話。」

楊瑜霖說到這裡輕嘆一聲，道：「娘曾經起過主動求去的心思，但是卻因為我而放棄了那個念頭，不管是和離還是被休出門，斷然沒有帶著我離開的可能。為了我，娘不得不委曲求全，一邊小心地討好祖母，一邊努力地和父親修復關係。這樣過了一年，父親和娘的關係有所緩和，娘也懷上了身孕……」

然後悲劇就發生了！敏瑜輕輕地搖搖頭，道：「我看這其中必然有很多的隱情，仔細調查的話，或許能有所發現。只是祖母已經過世，趙姨娘也未必知道其中的秘密，要查出來著實不容易。」

楊瑜霖搖搖頭，看著母親的墳頭，道：「或許是有隱情，但就算有再多的隱情，父親也是不值得被原諒的。」

「離京之前，你要不要去獄中探視呢？」敏瑜輕聲問道，她不想問這個問題，但卻又無法迴避這個問題，她相信一定有無數人在盯著楊家和牢裡，如果不去探視的話終究還是不好的。

「我不想去！」楊瑜霖搖搖頭，肯定地道：「和他見了面，無非是被他指著鼻子責罵一頓，然後理所應當地將二弟、三弟和雅琳託付給我們，甚至還會乘機讓我答應納趙慶燕進門……不如不見。」

「但是卻不能不去見啊，要不然還不知道會生出多少事情來呢？」敏瑜輕輕嘆口氣，道：「不過，你不去也好，你和他相看兩相厭，要是一言不合爭執起來反倒不美，還是我去吧！」

第七十六章

「妳來這裡做什麼？看我狼狽的樣子嗎？」就算當著獄卒的面，楊勇也沒有顯得客氣幾分。

被收監這些天，他一直在思索被狀告這件事情，思來想去都覺得石家背後定然有人主使，沒有意外的話，那個人應該就是楊瑜霖——就算到了這個時候，他都沒有想到這件事情是敏瑜一手操作的。

「我和瑾澤三日後啟程前往肅州，瑾澤需要準備的事情很多，實在是抽不出身過來探望父親，便讓媳婦過來看看，和父親說說家裡的情況，也向父親辭行。」

「哼！」楊勇冷哼一聲，諷刺道：「抽不出身來？我看是心虛，不敢來見我吧！」

「父親這話，媳婦可聽不懂了。」敏瑜輕輕一挑眉，道：「聽起來好像是瑾澤做錯了什麼，不敢來見父親似的。」

「聽不懂？難道他沒有和妳說，是他將他老子我害成這個樣子的！」楊勇冷嘲道。「一直以來，他不是總標榜自己敢作敢當嗎？怎麼，這次敢做不敢當了？」

「父親這話未免也太偏頗了。」敏瑜臉色微微一正，道：「父親之所以有今日的牢獄之災，是因為父親縱容姨娘，讓她忘了自己的身分，肆意妄為鬧出來的……真要說有過錯，那也是父親和姨娘的過錯，瑾澤何錯之有？」

「如果不是他的話，石信威怎麼會在這個當口到京兆府告勞什子狀！別和我說石信威這樣做和你們半點關係都沒有……」楊勇冷笑連連，他寵趙姨娘不是一天、兩天，趙姨娘以楊家當家夫人自居也不是一天、兩天，滿京城的人恐怕都略有耳聞了，石信威之前怎麼恍若未知，現在卻拿這個告了自己？

「父親這話更奇了，我們這做晚輩的又怎能左右舅舅呢？」敏瑜輕輕挑眉，而後卻又道：「不過，舅舅選這個時候到京兆府告狀，我倒真不覺得意外。」

「這話怎麼說？」楊勇看著敏瑜，道：「妳這是承認這件事情和你們有關係了？」

「父親這麼一說，我都不知道該怎麼說了。」敏瑜為難地看著楊勇，道：「要說有關係，父親心裡定然認為媳婦和瑾澤不孝，知道舅舅要這樣做，卻沒有提醒父親，陷親不義，不孝順；要是說沒有……不管怎麼說，舅舅現在才將滿腔的恨惱爆發出來，我們卻又真的是脫不開干係。」

「有什麼話就直說，別拐彎抹角的讓人心煩！」楊勇沒耐心地道，他天生就是直來直去的性子，這麼多年以來，立下的戰功不少，卻不升反降，除了他寵妾滅妻，寵著趙姨娘胡來，讓人不齒之外，也有這容易得罪人的性格的原因。

「那媳婦就直說了。」敏瑜臉上又浮起微笑，道：「昨天瑾澤帶我去祭拜母親，也去了舅舅家一趟，給舅舅們和各位長輩請安，也說起了到京兆府告狀這件事情。舅舅說，其實很早以前他便已經有了這個念頭，之所以隱忍不發這麼多年，是擔心告了父親影響到瑾澤的婚事。現在，媳婦已經進門，這樣的顧慮不在了，狀告父親的念頭才又升起……當然，舅舅也知道，真走到了這一步，石家和楊家的關係必然更加惡化，他不在乎這個，但是卻不得不為瑾澤考慮，擔心這樣會讓夾在中間的瑾澤左右為難，所以他也猶豫了很久。最後，真正讓舅舅拋開一切顧慮，要和您對簿公堂的，卻還是為了瑾澤……」

說到這裡，敏瑜微微地頓了頓，收起笑容，道：「是父親和姨娘不顧瑾澤的意願，非要讓趙家表妹進門一事，讓舅舅拋開一切的顧慮——舅舅不願看到瑾澤像您一樣，納了趙家女為妾，而後走上您的老路。」

敏瑜的話讓楊勇的臉上閃爍著不明的情緒，好一會兒，才冷哼一聲道：「他管得還真寬啊！他以為我這樣了就什麼都管不了了嗎？」

「母親去得早，舅舅不得不多為瑾澤考慮一二啊！」敏瑜說這話的時候臉上帶了淡淡的嘲諷，楊勇素來不大會看人臉色，但偏偏看懂了敏瑜的表情，這讓他心裡極不是滋味，但很快便滿是惱怒了。

「妳今日來了也好，我正好有事情要交代妳！」楊勇忽略了心裡的不是滋味，看著敏瑜道：「妳應該知道，一直以來我屬意的兒媳婦是燕子。如果沒有賜婚這件事情，老大娶的定然是燕子，燕子對老大一往情深，我答應過燕子，等老大成了親，就讓她進門。妳今天回去之後，就張羅讓燕子進門的事情。」看著敏瑜臉上的表情變了，楊勇有一種出了一口氣的痛快，道：「妳也別跟著老大去肅州受苦受累了，還是留在京城好好地享福，肅州讓燕子去就是。」

看著到現在還沒有死心的楊勇，敏瑜心裡嘆息一聲，腦子裡想起了趙家大嫂私下透露給她的那個消息，那件事情的真假她還不能確定，但是……敏瑜搖搖頭，靜默了一會兒，才道：「這件事情媳婦無法辦到！」

「妳不聽我的吩咐？」楊勇冷笑起來，敏瑜的回答他並不意外，雖然和這個兒媳婦相處時間極短，但他卻也明白了一件事情，那就是這個媳婦雖然年幼，也總一副溫和恭順的樣子，但卻不是個好性兒、好揉捏的——那日上午他逼著她給趙姨娘下跪敬茶，不到晚上，趙姨娘便跪在她面前痛哭流涕的認錯，當時她還說什麼風水輪流轉。

「趙家的兩位孀子和趙家表妹，今兒一早就已經啟程回雍州去了。」敏瑜淡淡地道，如果沒有將趙家人給妥善處理了，她未必就會在這個時候過來見楊勇。

不知道是不是因楊勇及嚎哭不休的趙姨娘被帶走的事情給嚇著了，趙慶燕進門的事情趙家三人並沒有堅持，只是一個勁兒地說她們到京城一趟不容易，不但耽擱時間，還花費了不少云云。

敏瑜一聽就知道她們是什麼意思，給她們每人準備了一份厚禮，為趙慶燕未來出嫁預備了一份豐厚的添妝。這些東西不但圓滿地將三人打發走，趙家大嫂還向敏瑜吐露了一個讓敏瑜頗為震驚的秘密。

「她們回雍州了？」楊勇大吃一驚，趙家人的潑辣他最是清楚，他還等著看敏瑜和楊瑜霖被趙家三人鬧得灰頭土臉的樣子呢，怎麼就回去了？但是，他只驚訝了那麼一下，就冷下臉來，道：「是你們將她們攆走的嗎？」

「父親怎麼會這麼說呢？難不成在父親眼中，我和瑾澤是那種連最起碼的禮貌都不懂的人嗎？」敏瑜臉上帶了被人誤解和冤枉的委屈之色，道：「是趙家嬸子說離家時間有些久，惦記著家裡，非要趕著回去的。不過，父親放心，媳婦也不是那種不懂事的，臨行之前，給兩位嬸子和表妹都準備了厚禮，她們離開的時候滿心歡喜。」

楊勇冷冷地看著敏瑜，趙家人的性情他心裡最清楚，一聽敏瑜這麼說，就知道，趙家三人定然得了不少好處，唯一不清楚的不過是她們是得了許給她們的好處才鬆口說要離開，還是說了要離開敏瑜才給了她們好處罷了。

敏瑜也不躲閃，落落大方地站在那裡讓楊勇瞪，反正被瞪這麼一會兒不痛不癢，等他發現瞪半天除了讓自己的眼睛生疼之外別無用處，自然也就不會再瞪了。

「妳倒是好算計，隨便給一點好處，就將燕子給打發了！」果然，楊勇沒瞪多大的一會兒就放棄了，冷冷地嘲諷起來。

「這可不是媳婦能算計得了的，如果趙家表妹和瑾澤之間互有情意，或者趙家表妹真的對瑾澤有愛慕之心，那麼媳婦就算是許與金山銀山，趙家表妹也不會離開。」敏瑜微微一笑，坦然地看著楊勇，道：「趙家表妹這麼輕易放棄，不過是證明趙家表妹原本就沒有非瑾澤不嫁的心思，也證明她是個聰明人、知道該如何取捨罷了。」

「她是個聰明的？」楊勇冷冷地看著敏瑜，道：「照妳這麼說來，一心想讓燕子進門的我們都是傻子了！」

可不就是傻子嗎？敏瑜腹誹著，她真不明白楊勇和趙姨娘怎麼會想到這樣的昏招，非要將趙慶燕變成楊瑜霖的女人，難道他們認為這樣就能消除楊瑜霖對楊家人、對趙家人的恨意嗎？趙慶燕要是個各方面都極好、也極有手段的，倒還難說，但就她那樣，沒哪樣特別出彩的女子，逼著楊瑜霖娶她或者納她為妾，不過是在將楊瑜霖推得更遠的同時，也害了趙慶燕自己一生——

楊瑜霖就算迫於孝道，不得不娶了或納了趙慶燕，也不會真的接納她，連丈夫的認同都得不到的女人，注定只能悲慘收場。

不過，這樣的話敏瑜沒有說出口，只是淡淡地笑道：「媳婦可不敢這麼說。」

「不敢這麼說？也就是說妳心裡是這麼想的，對吧？」楊勇冷哼一聲，道：「這表哥、表妹原本就是天生的一對，我讓老大娶燕子也不過是想親上加親罷了。」

表哥、表妹天生一對？他是想說他和趙姨娘才是天生一對的，石氏什麼都不是嗎？既然如此，他當初為何要娶石氏為妻？娶了出身好的妻子，得了妻族的幫助，卻不能好好對待妻子，這是忘恩負義；娶了正妻卻又納青梅竹馬的表妹進門，讓表妹居於人下，這是無情自私，說白了就是個無情無義之人！

也就是楊夫人石氏，都到了那個地步還恪守做妻子、做媳婦的本分，被他和楊老夫人挾制住，結果，自己悲悲慘慘地被人害死。要是換了個有手段又能狠得下心來的，在他帶著趙姨娘去肅州的時候，就能無聲無息地讓楊老夫人「壽終正寢」，等他們回京之後，也能不費吹灰之力地收拾了趙姨娘，然後輕輕鬆鬆地養廢了庶子。

敏瑜心裡冷笑一聲，面上卻不顯，只是看著楊勇淡淡地道：「父親的好意用錯了地方，瑾澤可沒有想過要和趙家親上加親，對他來說，沒有趙家這門親戚或許更好。」

「他敢不認這門親戚?!」楊勇聽不得這話，道：「他知道什麼？如果沒有趙家、沒有舅舅照顧的話，他老子我豈能有今天？他又豈能有今天！」

「趙家對您怎樣照顧，沒有人和他說，他當然不清楚，他只知道，如果沒有趙家，就不會有個被寵上了天的姨娘，他不會失去期待已久的弟弟或者妹妹，更不會小小年紀就沒有了母親。」敏瑜半點不讓地道，她不介意讓楊勇猜到楊瑜霖已經將楊夫人去世的真相說給了她聽。

楊勇臉上閃過讓敏瑜看不懂的情緒，好一會兒，帶了些煩躁地看著敏瑜，道：「妳不是要和我說家裡的情況嗎？怎麼說了半天，都沒有說到正題上？」

敏瑜玩味地挑了一下眉頭，卻沒有挑楊勇的語病，而是好脾氣地道：「正要向父親稟告，瑾澤此去肅州，長則五、六年，短則三、四年，媳婦不能不跟隨他到任上去，家中一切事務暫時交由弟妹打理。弟妹是個精明能幹的，定然能將家裡打理得妥妥當當，也會帶人定期來探望父親，為父親打點在獄中的生活用度，這一點父親不用擔心。

「至於三叔，他會跟隨我們一起前往肅州，有瑾澤照顧監督，等父親再見他的時候定然大有長進，這一點父親也不用擔心。還有小姑……小姑的年紀已經不小了，媳婦會給她請一位宮裡出來的教養嬤嬤，小姑會跟著她學規矩和為人處事的本事，雖然會辛苦一些，但這對她以後找夫家、以及以後在夫家立足都有好處。」

聽了敏瑜的話，楊勇心裡很是複雜，說實話，這樣的安排真的很合他的心意，他和趙姨娘之前其實也商量過該怎麼為子女打算安排——楊勇心裡清楚，除了沒有在身邊長大的長子之外，其他的三個子女都是天分不高、卻又被寵得都沒有學到什麼拿得出手本事的人，也沒妄想過他們有一天能夠飛黃騰達、光宗耀祖什麼的，自己想要對他們的安排和敏瑜說的也差不多——

讓楊衛遠和段氏安安穩穩地過日子，別再胡混下去；而年幼一些卻更懂事、也更有點本事的楊衛武能好好磨練一番，將來能混個一官半職自然更好，免得和楊衛遠一樣文不成、武不就，到最後連個門當戶對的媳婦都娶不到。至於楊雅琳，他們都沒有想過給她請什麼教養嬤嬤，教養嬤嬤可不是什麼人家都能請得到的，他們想的不過是給她攢一份稍微豐厚一些的嫁妝，讓她嫁過去之後多些依仗而已，算計敏瑜的嫁妝更多的就是因為這個。

敏瑜的安排可以說是挑剔不出什麼不好來，但他終究是意難平，冷笑一聲，道：「請宮裡出來的教養嬤嬤？說得倒是輕巧！我知道，皇后娘娘對妳另眼相看，連賞賜的嫁妝都格外豐厚，請個宮裡的教養嬤嬤對妳來說更是易如反掌的事情。可是，妳可想過，我們家可養得起這樣的教養嬤嬤？」

「媳婦知道家裡沒有什麼產業，這些年都是依靠父親的俸祿維持，而現在，父親成了這個樣子，家裡必然更加拮据。」敏瑜點頭，道：「媳婦已經從陪嫁中拿出幾處產業交給弟妹了，雖然不能因此就讓全家過上錦衣玉食的奢華生活，但養一個教養嬤嬤卻還是綽綽有餘的。」

楊家沒有什麼產業敏瑜自然是再清楚不過的了，她對此也十分的不解——楊勇人品差了些，但打仗可不含糊，他被譽為「大齊第一勇將」可是實打實的沒過水，別說像他這樣的猛將在每次大戰結束之後定然能得到不少的戰利品，就說皇上的賞賜就應該也有不少。

這些東西加在一起，不說能夠置辦多大的產業，但起碼也能置辦三、五處不錯的田莊，一、兩處不大不小，位置也不好不壞的宅院和一、兩處店鋪了吧！可是呢，楊家卻僅有近郊的兩處莊子，田產不多，產出也不怎麼好，不過是補貼一下家用罷了。敏瑜很好奇，趙姨娘到底有多無能，才能掌家這麼多年，卻把家掌成這個樣子。

楊勇這會兒是真的挑不出什麼錯來了，他甚至覺得自己和趙姨娘這樣那樣的算計不過是枉做小人罷了，他苦笑一聲，再嘆一聲，道：「老三是個實心眼的，讓老大多照顧一下。」

「這個父親可以放心！」敏瑜笑了，道：「瑾澤雖然和小叔們並不怎麼親近，但也一定會好好照顧三叔，更會好好督促三叔的……瑾澤雖然沒有指望過有個兄弟能為他分擔什麼，但也不希望有個不省事的拖後腿添亂。」

敏瑜原本不想說最後一句話的，但是楊勇眼中的懷疑卻還是讓她將這樣的話說了出來，這也是她的心裡話，對楊家所有人，包括楊勇她都沒有寄予任何的期望，期望他們對楊瑜霖有任何的幫助，只希望他們少給楊瑜霖添麻煩拖後腿，事實上她的所有安排也都只是為了達到這個目的——

楊瑜霖不可能真的和楊家劃清界線、切割開來，那麼只能讓他們稍微爭氣一些，不要總是拖後腿了。

楊勇最後提著的心終於放了下來，那種枉做小人的感覺也更強烈了——他和趙姨娘非要將趙慶燕塞給楊瑜霖，不就是希望她能讓楊瑜霖照顧弟弟、妹妹嗎？

楊勇再次苦笑，而後看著敏瑜，卻不知道應該說什麼了。雖然敏瑜沒有說，但是他相信，在他們夫妻眼中，最不省事、最可能給他們添麻煩拖後腿的那個人肯定是自己，其他人反而還差了點。

楊勇本來就是個沒有多少城府的人，心裡想什麼臉上也就帶了出來，而敏瑜呢，不用仔細觀察就能看出他心裡在想些什麼了。

她微微一笑，道：「說到不要給瑾澤拖後腿添亂……父親所有的功績都是在戰場上真刀真槍用命拚出來的，我想您會比任何人都清楚瑾澤的不容易；而楊家……我想父親心裡應該比我更清楚，瑾澤兄弟三人，能夠撐起這個家、能夠讓楊家越來越好的人只有瑾澤。」

楊勇死死地看著敏瑜，好一會兒才道：「妳放心吧，以後這個家裡不會有人故意給老大惹麻煩的。」

敏瑜笑了，這是她最想聽到的話，至於楊勇能不能做到，她並不擔心，事實上她也沒有在楊勇身上寄予太多的希望……

第七十七章

「沒想到趕路這麼煩悶！」秋喜發了一句牢騷，她們上路已經九天了，剛開始的時候還有幾分新鮮，等新鮮勁兒過了之後，只剩下煩悶了，恨不得能插上翅膀早點飛到肅州；而到了現在，大家更是煩悶不堪，有那麼一、兩個人，甚至都已經後悔為什麼要主動請纓跟敏瑜到肅州了。

「趕路不就這樣嗎？」敏瑜微笑。

她手上拿著一本遊記，這是她出門之前特意準備的，她聽馬瑛抱怨過旅途的無聊，雖然是頭一次出遠門，準備得卻也十分的充足。

她笑著道：「昨兒瑾澤也說了，我們不已經到蘄州的地界上了嗎？蘄州和肅州相鄰，再過兩、三天也該到肅州了。」

「真希望早點到，再這樣晃下去，我都不會走平路了。」秋喜打趣了一句，又關心地道：「姑娘，馬車晃得緊，您也別整天只會看書，小心眼睛。您都看一個上午了，也該歇一會兒了。」

敏瑜點點頭，放下手上的書，沒等她開口說什麼，車簾便被掀開，楊瑜霖滿臉是笑地遞進來一枝綴滿了紫紅色小果子的枝子，笑道：「敏瑜，這是路邊的野果，看著不起眼，味道卻不錯，妳嚐嚐。」

看那果子上的水跡，敏瑜就知道楊瑜霖特意洗過了，當下也不客氣，接過枝子，摘了一個果子下來，放到嘴裡。果子的味道還真不錯，酸酸甜甜的，回味稍微有些澀，但卻不影響它的好味道。

看著楊瑜霖滿眼的期望，敏瑜綻開笑容，道：「真不錯！這是什麼果子？」

「只知道這果子能吃，至於叫什麼名字卻還真是不知道。」楊瑜霖笑笑，然後關心地道：「這樣整天趕路肯定又悶又累，再過去兩里就有一處驛站，我們到了驛站就休息。」

「也沒有多累，還是別耽擱了，繼續趕路吧！」敏瑜搖搖頭。

她知道楊瑜霖是關心自己，但是看楊瑜霖還有時間精力摘了野果子、清洗過後拿給自己，就知道這樣的趕路在他眼裡就跟玩似的，不知道已經慢成了什麼樣子。她笑著道：「你不是說沒幾天了嗎？這麼些天都過來了，再辛苦兩天，一鼓作氣，到了肅州之後再好好的休整不是更好？」

「倒也不是要故意停下來讓妳好好休息一下，而是過了這處驛站之後，下一個驛站就遠了許多，這兩個驛站之間相隔八十多里，趕夜路的話亥時也不一定就能趕到，要是不趕夜路，就只能露宿了。妳頭一次出遠門，這麼緊趕慢趕的已經很辛苦了，要是再讓妳露宿……岳父、岳母知道了，還不知道會心疼成什麼樣子呢！」楊瑜霖笑著解釋道。

要是他自己孤身上路，從京城到肅州頂多五、六天也就夠了，但是有這麼一隊人，自然不能像他那樣，天不亮就出發，天黑之後走到哪兒就歇在哪兒，錯過了宿頭就露宿。他原本預計在路上需要半個月的時間，現在，耒陽侯府的下人雖然規矩不錯，也都是些能吃苦的，一路上全聽自己的，讓走就走，午餐就隨便吃點乾糧也沒有怨言，比他預計的速度快了很多。然而再能吃苦，也不能讓他們跟著自己在林子裡過夜，尤其是敏瑜，她真不該吃這樣的苦。

「露宿？」楊瑜霖不這樣解釋還好，這麼一說，敏瑜眼睛就亮了起來，敏惟和她說過露宿特別有趣，說一般都會在有水源的地方露宿，取河水、溪水來做飯，摘幾把野菜做湯，再打上幾隻野雞、野兔燒烤……不過，她自然不會說自己很想感受一下露宿的樂趣，而是一本正經地道：「沒關係，只要能早點趕到肅州，露宿一宿又算得了什麼呢？」

看著她嘴裡說著一本正經的話，眼中卻滿是嚮往之色，楊瑜霖就知道自己的解釋反而挑起了敏瑜難得一見的好奇心，他也不做那種掃興之人，當下就笑著道：「既然敏瑜不怕受這露宿之苦，那麼我們就繼續趕路好了，等到了宿營的地方，我去打幾樣野味過來，也讓妳嚐嚐最有野趣的野味。」

敏瑜連連點頭，眼中閃爍著光芒，讓楊瑜霖心裡充滿了心疼——她再怎麼早慧也都還是個未及笄的小姑娘，自然還保留著一份童真，只是在京城那樣的環境下，不得不將這份童真壓抑住，以一副落落大方的姿態示人。

想到這裡，楊瑜霖壓不住、也不想壓住心頭的那份憐惜，半是玩笑半是認真地道：「我記得妳的騎術也不錯，要是嫌悶的話可以出來騎一會兒馬，騎得累了，就回馬車休息，倒也不會太辛苦。」

「可以嗎？」敏瑜的眼睛更亮了，她跟了羅荃英那麼長時間，知道肅州的規矩禮儀鬆散，對女子更是寬容，別說是嫁了人的婦人，就算未出嫁的姑娘家拋頭露面也不會遭人非議，但是這還沒有到肅州呢。

「當然可以！」楊瑜霖笑了，道：「不過，路上煙塵大，妳可得蒙著面紗或者戴上帷帽，要不然的話定然會滿臉灰塵的。」

看著敏瑜閃亮的眼睛，秋喜心裡偷笑著，小心翼翼地挪了出去，坐到了馬夫身邊，這是她第一次像個粗使婆子一樣坐在外面，但聽著車廂裡傳出來的歡悅交談聲，卻讓她覺得就算吃了滿嘴的灰也值了……

「這些就是能吃的野菜嗎？」敏瑜饒有興致地插話。

許是因為這一行人沒幾個有露營的經驗，楊瑜霖早早地就吩咐停下準備露營，將裝有行囊的幾輛馬車和坐人的馬車分別停到他指定的位置，讓車夫卸下馬車，去溪邊放馬之後，他又在溪邊和野菜茂盛的地方隨意地轉悠了一圈，摘了幾樣可以食用的野菜給秋霜，讓丫鬟、婆子們照著去摘野菜，敏瑜一見便湊了上來。

「是啊！」

楊瑜霖笑著點點頭，而後簡單地講了一下這幾樣野菜的做法，野菜大多都有澀味或者鏽嘴的味道，都需要用開水燙一下，將那股子澀味或者鏽口的味道去了，再用來炒、煮、涼拌。

教會丫鬟、婆子辨認野菜之後，楊瑜霖又指派了幾個人去砍柴，他們露營的地方靠近官道，一般而言不會有什麼大型的野獸，豺狼也極少見，但因為已經入秋，天氣漸冷，整晚都燃著篝火還是很有必要的。

除了採野菜的、砍柴的以外，剩下的人則照著楊瑜霖的交代準備宿營的地方。女人們不用說，自然是宿在馬車裡，裡面的棉被等物一應俱全，除了敏瑜需要多墊一層皮子之外，基本上不用再佈置；但是男人們就不同了，需要砍些樹枝來搭個簡易的帳篷，外面罩上油布，比不得馬車舒服，但也會很暖和。這個任務楊瑜霖交給了楊衛武，除了他之外，別人恐怕也搭不起來。一路上沈默寡言的楊衛武點點頭，沒有二話地答應了下來。

佈置好之後，楊瑜霖便騎著馬離開了，他手裡拿著弓箭，顯然是打獵去了，楊瑜霖的運氣不錯，不過兩刻鐘便回來了；收獲還不少，五、六隻野雞，兩隻大雁，還有七、八隻野兔，將獵物丟給下人剝洗之後，便朝著敏瑜過來，遞給她一隻毛茸茸的小兔子，而他手裡還留了兩隻。

「這兔子能養活嗎？」敏瑜從楊瑜霖手裡接過一隻小兔子，野兔原本就不大，這沒有長大的兔子就更小了，捧在手裡小小的一團，看著可愛極了。女孩對這樣的小東西都沒有什麼抵抗力，敏瑜更是，她小的時候就最喜歡小貓、小狗什麼的，只是一直沒有機會自己養一隻罷了。

「我試過了，已經會吃草了。」楊瑜霖笑著道，如果不是確定這些小兔子會吃草的話，他是絕對不會帶回來的。

「我試試！」敏瑜順手扯了一把草，湊到兔子嘴邊，那兔子顯然受了不小的驚嚇，就算食物到了嘴邊也不敢張嘴，反而縮成一小團，連動都不敢動。看牠的樣子，敏瑜有些擔心，斜睨著楊瑜霖，沒有說話，但不滿的意味十足。

看著敏瑜那孩子氣的表情，楊瑜霖笑了起來，道：「牠被嚇壞了，一時半會兒的可能緩不過神來，我給牠們弄個小籠子，把牠們放裡面，等牠們回過神來也就好了。」

「那好吧！」敏瑜點點頭，又從楊瑜霖那裡接過另外兩隻兔子，然後抱著三隻兔子看著他手腳麻利地用樹枝和不知道從哪裡弄來的藤條編了起來，不過，楊瑜霖顯然高估了自己的能力，折騰了半個時辰，樹枝和藤條雖然纏繞在了一起，但卻什麼都不是，看著他滿臉鬱悶的樣子，敏瑜的眼睛彎成了月牙形。

楊瑜霖就納悶了，他見過幾個師弟用藤條編籠子的，看著很簡單，怎麼自己做起來卻這麼難呢？不過，他也沒有鬱悶太久，看著敏瑜笑彎了眼的樣子，他忽然覺得這麼出醜倒也值了。將手上纏繞成一團的東西丟了，將三隻兔子放到秋霜不知道從哪裡搜出來的籃子，他決定給敏瑜露一手有把握的本事，將收拾好的野雞、野兔穿到木棍上，親手為敏瑜做起烤野味來。

楊瑜霖烤野味的本事還真是不錯，沒用多長時問，野雞野兔便烤成了金黃色；而這個時候，米飯好了，野菜也出鍋了，整個營地都瀰漫著一股食物的香氣，楊瑜霖則笑著將手上的烤雞、烤兔撕成一塊一塊，放到盤子裡。

過沒多久，飯菜就上齊了，就在所有人都準備動筷品嚐這野趣十足的一餐的時候，卻有一大一小兩個不速之客闖了進來……

「真是多謝奶奶了！」自稱江氏的婦人滿臉感激地向敏瑜道謝，簡單地就著溪水梳洗整理了一番，她和身邊那個緊緊地拽著她的衣角的孩子都乾淨整齊了很多，沒有了剛剛闖進營地的狼狽相。

江氏看起來清雅大方，而那孩子長得也眉清目秀，只是不知道是不是受了什麼驚嚇，小臉上帶了些倉皇不安的神色，看敏瑜的眼神也怯怯的。

江氏一隻手輕輕地撫著孩子的頭，一邊感激不盡地道：「如果沒有奶奶好心的收留，我們娘倆都不知道是該繼續趕路找宿頭，還是露宿一宿了。」

「太太不用客氣。」敏瑜和氣地道。「大家都是趕路過了宿頭這才露營的，能相互幫忙照應自然不能拒絕，舉手之勞值不當妳這般客氣。」

「對奶奶來說是舉手之勞，但對我們母子而言卻是大恩啊！」江氏笑著，然後微微頓了頓，指了指正佈置值夜人手的楊瑜霖，帶了幾分探究和不好意思地看著敏瑜，道：「不知道那位爺可是楊瑜霖楊將軍？」

敏瑜微微有些吃驚，但馬上省悟過來，看著江氏，微笑道：「太太認識外子？這倒真是巧了！秋喜，去請姑爺過來一下。」

「不！不用！妾身只是很驚訝能遇到楊將軍而已，並沒有別的意思。」江氏連忙阻止，而後帶了笑，解釋道：「妾身是肅州人，肅州人最敬佩的便是保家衛國的熱血英雄，這兩年，最讓肅州老百姓敬仰的便是楊將軍了。楊將軍雖然年輕，到肅州也不過兩年光景，但這兩年來立下的戰功，卻比在肅州待了十年、八年的尋常將領要多得多。每次打了勝仗，肅州的百姓都會夾道迎接凱旋歸來的將士，妾身雖然不愛熱鬧，卻從來不會錯過這樣的事情，自然也見過幾次浴血奮戰、守衛了肅州和大齊的楊將軍。只是，楊將軍出了名的嚴肅，而他剛剛卻是一臉的笑，所以不敢肯定真的是楊將軍。」

江氏嘴上說楊瑜霖嚴肅，但敏瑜看得出來，江氏說的是客氣話，如果不是看出自己和楊瑜霖定然是非比尋常的關係，或許她會說楊瑜霖古板、冷漠、不近人情，但不知道為什麼，敏瑜的心情卻莫名地好了起來，笑著道：「太太是想說他性子冷，還有些古板吧！」

江氏有些不好意思地笑笑，道：「聽說楊將軍凱旋回京之後，皇上憐惜他為國戍邊卻耽誤了自己的婚事，特意賜了一門親事，不知道奶奶可是楊將軍的新婚夫人？」

「妳的消息還真是靈通啊，連這個也都聽說了！」敏瑜臉上的表情未變，但是眼神卻微微冷了下來，她不認為自己和楊瑜霖的婚事能讓在千里之外的肅州都人盡皆知，眼前的這個江氏如果不是一直留意著楊瑜霖的消息，那麼恐怕就是別有用心的人了。

「這個……」敏瑜話裡淡淡的嘲諷江氏也聽出來了，她原本也是個頗有心計的，只是敏瑜原本就年幼，加上從小就養尊處優，看起來更稚嫩了幾分，她心裡沒有當回事，說話沒有仔細思索琢磨。

她微微猶豫了一下，而後苦笑一聲，道：「皇上為楊將軍指婚的事情雖然沒有滿肅州城的傳開，但官宦人家卻都聽說了。不瞞奶奶，妾身的夫君曾是肅州都指揮使司的一個斷事，妾身是聽他說起這件事情的。」

斷事的夫人？

敏瑜心裡思忖著，臉上的表情卻沒有絲毫的變化，依舊笑著道：「這麼說來，夫人的夫君和瑾澤還是同僚，夫人能否將尊夫名諱告訴我，我也好問問瑾澤……」

「拙夫是個不起眼的，楊將軍應該不記得的！」沒等敏瑜將話說完，江氏就略帶了幾分慌張地道，而後不等敏瑜再說什麼，便不自然地道：「時候也不早了，妾身不耽誤奶奶休息了。」

「時候是不早了，明兒還要早點起身趕路，也是該休息了。」敏瑜知道江氏不想再談下去，她雖然很想探一探江氏的底細，但卻也沒有非要打探清楚不可的心思，順著江氏的話說了一句，而後又笑道：「既然夫人是肅州人，尊夫還是肅州都指揮使司的斷事，不知道夫人可是帶著孩子回肅州？如果是的話，不妨和我們做個伴，夫人還帶著孩子，和我們一起的話孩子也能輕鬆一些。」

江氏有些遲疑，但不知道想到了什麼，最後點點頭，道：「那就叨擾奶奶了！」

簡單地侍候著敏瑜收拾了一下，又侍候著敏瑜躺下，自己也在靠外的地方躺下，秋霜才輕聲問道：「姑娘，您有沒有覺得江氏有些可疑？」

「秋霜姊姊說說，她哪裡可疑？」敏瑜懶懶散散地躺在那裡，漫不經心地反問了一聲。

「哪裡都可疑！」秋霜在敏瑜身邊那麼多年，又是看著敏瑜長大的，和敏瑜說話也比秋霞、秋喜膽大得多，心裡怎麼想就怎麼說了出來，道：「哪來這麼多的湊巧？湊巧遇上了我們？湊巧認識姑爺？湊巧知道姑爺和您是皇上賜的婚？世間哪有這麼多的湊巧啊！」

「那麼秋霜姊姊是認為這江氏極有可能是故意闖到我們的營地，然後故意和我們結交的了？」敏瑜微微笑著，道：「那麼，秋霜姊姊覺得她這樣做到底是為了圖謀什麼？」

「圖謀什麼奴婢猜不出來，但是她一個婦人卻敢冒著險帶著那麼大的一個孩子製造和姑娘您結識的機會，所圖定然非小，姑娘一定要多加提防才是。」秋霜搖搖頭，她只覺得江氏沒有那麼簡單，但是江氏圖謀什麼卻不敢胡亂猜測。

「我倒覺得江氏看起來處處可疑，但實際上卻真的只是湊巧遇上了。」敏瑜卻持相反的看法，她輕聲道：「江氏其人雖不見得有多麼的聰慧，但也不愚笨，如果真的是有什麼圖謀，想要製造一個和我結識的機會，再尋機謀算的話，那麼就不會像現在這樣讓人處處生疑了。依我看，她不過是急著趕路才遇上了我們，愕然發現瑾澤後猜測出了我的身分，然後看我年幼，便想探幾句話，看看能不能有什麼意外收穫罷了。」

「那麼姑娘覺得是湊巧湊到了一塊兒了？」秋霜的眉頭打起了結，道：「可是奴婢還是覺得沒有這麼巧的事情，尤其江氏一介女子，還是堂堂正六品官員的妻室，居然一個下人都不帶，就這麼騎著馬帶著一個四、五歲的孩子趕路，還為了趕路錯過了宿頭，這未免也太荒唐了吧？」

「秋霜姊姊，江氏只說她的丈夫是肅州都指揮使的斷事，但卻沒有說自己是斷事的妻室啊！」敏瑜臉上帶了一抹冷笑，想起了關於肅州的某些事情。

「姑娘是說江氏是個妾室？」秋霜訝然，而後道：「這不大可能吧?奴婢看江氏雖然沒有多少官家夫人的氣派，但也不像是個居於人下的妾室，尤其是她還帶著個孩子。一個妾室，就算是那孩子的生母，也沒有資格就這麼帶著孩子到處亂竄吧？」

「秋霜姊姊不知道，肅州的規矩和京城可不大一樣，聽說肅州六、七品官員的家眷中，有不少妾室很是體面，甚至還能像正室夫人一樣在外面交際應酬；雖然不如正室夫人那般名正言順，也沒有正室夫人那麼體面，但也不會太受人冷落，說不準這江氏就是那樣的妾室呢！」敏瑜微微一笑。

「這也太沒規矩了吧?!」秋霜的眉頭皺得更緊了，道：「要是肅州真這麼不講究的話，姑娘以後和人交際往來的時候可得注意著點。」

「我既然知道這些事情，自然會多加小心的。」敏瑜笑了，嘴角帶了濃濃的嘲諷，道：「不過，妳也不用太擔心，六月中的時候，肅州軍和肅州都指揮使司都有大半的將領官員被調去了兗州，聽說接到調令的一般都是家有寵妾的，那些人走了，肅州的風氣也該變變了。」

「姑娘是說這江氏的夫君已經被調去了兗州？那她還這麼急巴巴地往肅州趕？」秋霜立刻聽出了敏瑜話裡的意思，卻更不理解了，道：「莫不是在兗州受了什麼委屈，所以帶著孩子回肅州求娘家為她出頭吧？她要真是正室也就算了，要是個妾室的話，就算受了再大的委屈，也沒有帶著孩子回娘家的道理啊！」

「秋霜姊姊沒有聽她說她的丈夫曾經是肅州都指揮使司的斷事嗎？曾經是，現在可不一定就是了。至於說守規矩……不是每個人都能講道理、守規矩的。」敏瑜臉上嘲諷的意味更重了，道：「如果這江氏到了肅州之後捨不得離開，定然有所圖；但如果到了肅州就立刻告辭離開，那麼今日的相遇就真的只是湊了巧。」

「姑娘說的有道理！」秋霜笑呵呵地應了一聲，卻又道：「姑娘，要不要奴婢去探一探她的話，看看能不能探出什麼來？」

「不用，我之所以收留她也不過是看她帶著孩子有些可憐，想結個善緣罷了，可沒有什麼追根究柢的意思，沒有必要多事。」敏瑜搖搖頭，道：「還是讓他們母子好生休息兩天，我看他們這一路趕過來應該也吃了不少苦頭。」

「奴婢知道了！」秋霜點點頭，道：「奴婢也會約束著其他人，不讓他們打擾江氏母子的。」

「這就對了。」敏瑜點點頭，正準備催秋霜睡覺，卻聽到車外傳來楊瑜霖的聲音——

「敏瑜還沒有睡嗎？可要出來和我一起在火堆邊坐坐，看看月色？」

「姑娘，您終於醒了！」敏瑜才睡醒回籠覺，秋霜就端著藥進來，笑著道：「奴婢看時辰已經不早了，正準備進來叫醒您呢！」

「什麼時辰了？怎麼我看天色已經不早了。」敏瑜輕輕地皺了皺鼻子，一大早醒來就聞到藥味，實在是讓人高興不起來。

「巳時兩刻了。」秋霜將藥碗放到一邊，上前扶敏瑜坐起來，伸手在她額頭上探了一下，而後笑著道：「藥好了，您快點趁熱喝吧！」

「涼一會兒再喝吧！」敏瑜皺皺鼻子，實在不想吃藥。

「已經涼了，再過一會兒就冷了，更苦了。」秋霜不為所動地把藥碗遞到敏瑜面前，侍候敏瑜吃藥的事情還真得她親自出馬，要不然，敏瑜定然是能拖就拖，拖不過的話一碗藥也要剩個小半碗。

看著秋霜沒有半點商量餘地的樣子，敏瑜無奈地接過碗，然後一隻手捏著鼻子，一口將藥喝光——

就像秋霜知道她的壞習慣一樣，她也清楚，如果她不一口喝光的話，秋霜一定會不依不饒的，只好痛快一些了。

一旁的秋喜一邊偷笑，一邊將事先準備好的蜜餞遞過去。

敏瑜連忙拿一塊放到嘴裡壓一下滿嘴的苦藥味，等到藥味壓下去，又用茶水漱了漱口，才問道：「秋霜姊姊，我都已經好了，吃完這一次不用再吃了吧？」

「怕吃藥就不要半夜三更的不好好睡覺去吹冷風！」秋霜沒好氣地回了一句。

宿營的那天晚上，敏瑜抵擋不住那種坐在篝火邊看夜色的誘惑，就算秋霜難得地出言反對，她卻還是跑出去和楊瑜霖坐在篝火邊說了大半夜的話，結果著了涼。

第二天一早醒來，不僅鼻子堵得慌，頭也暈暈的，說話的聲音也不對了，把楊瑜霖給嚇壞了。不管營地的其他人，騎著馬就帶著敏瑜先一步去找大夫了。好在只是小小的風寒，敏瑜的身體底子又極好，找大夫抓了兩副藥，吃了兩次就好了大半。

「秋霜姊姊！」敏瑜輕輕嗔了一聲，楊瑜霖對自己邀請敏瑜看月色的行為後悔不已，但是敏瑜卻覺得能夠那般愜意地坐在篝火邊，看著如水的月色，輕聲和楊瑜霖說說話，增進彼此的瞭解，就算是生病也值得了。

「知道了，不埋汰您了！」秋霜無奈地笑了，而後道：「我知道您也好得差不多了，大夫也交代了，這一副藥吃完就不用再吃了。」

「也就是說還得吃一次！」敏瑜嘟嘟嘴，無奈地點點頭，表示自己知道了，而後又問道：「秋霜姊姊，我們帶過來的行李都收拾好了嗎？」

他們昨日中午到達肅州，直接住進了專門為肅州都指揮使備的府邸——肅州上一任的都指揮使一直是由勇國公兼任，這府邸原本也是他在住，楊瑜霖的調令下來之後，他第一時間派了人，帶了書信過來，讓留在肅州的管家將府邸收拾整理騰了出來。

敏瑜成親之前，便已經和楊瑜霖商議了，讓一部分下人運送了一些大件的家具物件過來，順便也做了交接，秋霜的男人丁勤便早早地到了肅州。昨日，敏瑜一行人到了後，都不用清掃整理便可以住進來，她們安頓下來之後，需要的不過是將隨身帶的行李物件再整理出來而已。

「都已經清點整理出來了！」秋霜笑著，道：「各處的人手也安排了一下，做好了名冊，就等姑娘有精神了，看過之後定下來。」

「跟過來這些人擅長什麼妳比我更清楚，妳安排也就是了。對了，所有人的住處都能安置好了嗎？」敏瑜想了想又問了一聲，之前丁勤帶了十多個下人過來，這次她和楊瑜霖過來的時候又帶了二十幾個，零零總總也有近四十人，而這宅子只是間四進的宅子，也不知道好不好安置，尤其是還有好些像秋霜這樣兩口子或者一家子一起過來的，安排了住在一起沒有地方，但打散了安置又不妥當。

「都安置好了！」秋霜點點頭，而後又笑著道：「姑娘的陪房中，一家子都跟著來肅州的有兩家人，將他們分開來不妥當，但要讓他們一家子住一起也沒地，丁勤就擅作主張，在後巷買了挨在一起的四間小院子安置他們。丁勤昨兒和我說，事先沒有想到宅子不好安置，但是要回了您再安排的話又怕耽誤了事情，便擅自作了主，讓奴婢向姑娘告罪呢！」

「怪不得娘說丁勤是個又機靈又得力的，這事情辦得漂亮！」敏瑜讚了一聲，她之所以派了人先過來就是要讓他們做好準備，要是事事都等自己過來作決定的話，也就沒有必要讓他們打前站了。

「姑娘不怪他胡亂作主，奴婢就放心了。」秋霜只是笑，她知道敏瑜定然不會怪罪，但是該說的話卻還是要說。

「好了，秋霜姊姊。事情有輕重緩急，不可能事事要得了我吩咐才去做，要是遇上要緊的事情，那不是得把事情給耽誤了嗎？」敏瑜笑了，卻又道：「秋霜姊姊，以後內院就由妳打理，外院……妳覺得讓丁勤打理怎麼樣？他雖然年輕了些，但做事卻很妥當。」

「姑娘，這不妥！奴婢知道，姑娘信任奴婢，想要重用奴婢夫妻，但這樣安排不妥當，要是奴婢夫妻存了私心，想要欺上瞞下的話……」秋霜沒有將話說完，拒絕的意思卻很明顯，她知道自己拒絕的是什麼，但是她卻沒有遲疑，她笑著道：「再說，丁勤雖然也算能幹，但終究還是年輕了些。姑娘還是看著找個更老道一些的打理外院，丁勤腿腳麻利，就讓他跟著姑爺跑跑腿、打打雜什麼的就好。」

敏瑜沈吟了一下，道：「那秋霜姊姊覺得丁來喜怎麼樣？」

「來喜叔做事老到穩重，讓他打理外院再妥當不過了！」秋霜點頭贊同，丁來喜原本是耒陽侯府的三管事，三十多歲，是丁夫人特意挑出來的，讓他當這都指揮使府的大管事最合適不過了。

「那暫時這麼定了吧，等瑾澤回來，我和他商議之後再定下來。」敏瑜點點頭，卻沒有就此敲定，想了又想，問道：「瑾澤呢？」

「姑爺剛剛回來了一趟，看姑娘還沒醒，留了話又帶著三少爺出去了，說他要帶三少爺去軍中安置，中午不回來用飯了。」秋霜笑著，道：「另外，有不少府上送來了帖子請柬，有要過來拜訪您的，也有邀請您赴宴的；奴婢收帖子的時候說了，說您剛到肅州，路途勞累不說，還有些水土不服，只能先接了帖子，至於怎麼回覆，卻還要看您精神恢復得怎麼樣。」

「看來這肅州有不少人盯著我們啊！」敏瑜笑笑。

對於這個她並不意外，楊瑜霖的任命下來之後，肅州就應該有很多的人緊緊地盯著京城、盯著楊瑜霖。楊瑜霖和她做了什麼、他們接觸了什麼人、什麼時候從京城出發，都是那些人所關心的。她猜那些人早早地就派了人在城門口守著，他們的車隊一進城，那些人就都知道了。

「可不是！」秋霜笑著點點頭，又道：「還有江氏，她也讓人上門了，送了些點心瓜果，說是謝謝姑娘收留照顧。」

正如敏瑜所意料的那樣，江氏一到肅州之後便告辭離開，並沒有出現秋霜所擔心的，賴著不走的情況。而和他們一道趕路的這一天半中，江氏也極為老實，除了停下來休息的時候，都和孩子躲在馬車裡，連面都不露。

「看來江氏是想留個善緣，以後好相見。」敏瑜微微一笑，看來她沒有看錯，江氏確實是個聰明的，她笑著道：「秋霜姊姊，和門房那邊打個招呼，如果江氏再來的話，別怠慢了。」

「是，姑娘。」秋霜點點頭，雖然不明白敏瑜為什麼肯定江氏還會再來，但還是將敏瑜的話記在了心上。

「還有，這也到了肅州了，稱呼也該改改了，別還整天姑娘、姑爺的，讓人聽了笑話！」敏瑜沈吟了一下，肅州這邊的下人，包括先到的那些，除了一個石松之外，都是敏瑜的陪房。

之前敏瑜一直沒有吩咐改稱呼，便延續了成親前的稱呼。現在到了肅州，還這樣稱呼的話就有些不妥了。被人笑話都是其次的，最擔心的是被有心之人揪著這個，說些不中聽的話出來。

「是。」秋霜點點頭，不假思索地道：「以後就稱您大少夫人，姑爺為大爺，三少爺便稱為三爺，您看可合適？」

「嗯。」敏瑜點點頭，道：「就這麼稱呼，妳交代一聲，從今兒起就改了。」

「是，大少夫人！」秋霜點頭，而她自己也馬上就改了稱呼，道：「大少夫人，您要不要先看看那些帖子請柬？」

「都拿過來吧！」敏瑜嘆口氣，打消了原本休息一、兩天再做事的念頭，道：「秋霜姊姊，妳帶兩個人將我從京城帶過來送禮的東西整理出來，或許我明天就要用了。」

第七十八章

「楊夫人實在是太客氣了！」肅州刺史齊守義的夫人駱氏，看著敏瑜讓人奉上的禮物，笑著道：「夫人能來我就已經是榮幸之至了，帶什麼禮物啊！」

「不過是些京城時新的料子和小物件，齊夫人不嫌簡陋就好。」敏瑜笑盈盈的，她在家裡稍微休息了兩天，將家中裡外的人事安排好之後，便開始了自己的交際。首先要拜訪的自然是肅州刺史的夫人。齊守義在肅州連任兩屆，今年是第五年，如無意外的話，至少還要在肅州待一年多，和他的夫人打好交道是很有必要的。

齊夫人示意身邊的丫鬟將禮物收下，而後笑著道：「原本想著楊夫人剛到肅州，路途勞累不說，家裡也需要好生打整，便只讓人送了帖子，問了一聲好，沒有上門拜訪，沒想到卻讓楊夫人上門了，真是失禮了！」

「齊夫人說這是哪裡話啊！原本就應該是我上門拜訪您才是。」敏瑜笑著，開門見山地道：「不瞞夫人，我今日來，一是拜訪夫人，二來也是因為我初來乍到，什麼都不熟，特意向夫人請教。」

「楊夫人不用客氣，有什麼需要的話只管開口便是。」齊夫人呵呵一笑，而後又道：「楊夫人或許不知道，我和慶郡王妃同族，楊夫人到之前，慶郡王妃便已經給我來了信，說楊夫人是她最疼愛的妹妹，夫人到肅州人生地不熟的，讓我一定要好生幫襯著。說了也不怕楊夫人笑話，我和慶郡王妃雖然同族，但身分上卻有天壤之別，這還是第一次收到慶郡王妃的親筆信呢！」

敏瑜微微一怔，心頭一暖，慶郡王妃待她一向不錯，她成親之後事情繁多，只有進宮謝恩的時候，在坤寧宮見過她一面，卻沒有機會多說幾句話，自然不知道她居然已經和齊夫人打過招呼了。她輕嘆一聲，笑道：「既然慶郡王妃都已經和齊夫人通了信，那麼我也不和夫人客氣了！」

敏瑜並沒有掩飾自己的表情，齊夫人自然將她的錯愕和意外看到了眼中，她微微有些吃驚，默默地將敏瑜的位置又抬高了一些，而後笑著道：「就算沒有王妃的信，楊夫人也不該和我客氣，但凡有需要的地方，夫人只管開口便是。」

「我這還真有事要請夫人幫忙呢！」敏瑜也不客氣，慶郡王夫妻都是不輕易開口的人，慶郡王妃都為她鋪了路，她要再虛套的話，可就辜負了他們夫妻的一番心意了。她笑著道：「夫人或許也知道，我這是頭一次到肅州，對肅州可以說是兩眼一抹黑，什麼都不知道、什麼都不認識。原本想覥著臉一一拜訪，但現在有了夫人，便想走個捷徑，請夫人代為引見肅州府的夫人們。」

「這個好辦！」齊夫人毫不猶豫地道。「每年九月都會有賞菊宴，今年我也附庸風雅一次，籌辦一次賞菊宴，邀請眾位夫人過來賞菊，到時候介紹給妳認識便是。」

「這主意好！」敏瑜笑了，道：「我素來喜歡花木，從京城過來的時候，也帶了一些菊花，改日讓人送來，也算為這個宴會出一分力氣。」

敏瑜之前便已經想到了以宴會為媒介，展開與肅州夫人們的交際，便讓丁勤等人帶了不少名品過來，現在，齊夫人願意牽頭舉辦這個宴會，那麼她也沒有必要將那些花全部留在家中自己賞玩了。

「看來我們還真是想到一塊兒去了！」齊夫人笑了起來，她是個靈透的，一聽敏瑜的話就知道，敏瑜從京城出發的時候便已經做了不少的準備，她笑著道：「賞菊宴的事情，楊夫人不用費心，交給我便是。您剛到肅州，家裡事情定然十分的繁多，您只管好生安頓家中便是。」

「那可就仰仗齊夫人了！」

「娘，您幹麼討好她？」敏瑜一走，一直陪她招呼敏瑜的齊家姑娘齊若眉便不理解地道，她從來沒有見過母親對什麼人這般的上心和曲意討好。

「傻丫頭，慶郡王妃的信妳也看過了，有她的交代，我能不盡心盡力嗎？」齊夫人伸手揉了揉有些僵硬的肩頭。

齊若眉連忙起身，走到齊夫人身後，為她捶肩。女兒的貼心讓齊夫人的眉頭舒展開來。

「可楊夫人也沒說慶郡王妃和她有多親！」齊若眉不以為然地嘀咕了一句。齊夫人最疼愛這個女兒，很多事情都不瞞著她，但她年紀小，成長的環境相對單純，沒有養成凡事往深處想的習慣。

「有慶郡王妃的親筆信了，她還有必要說那些話嗎？」齊夫人輕輕地搖搖頭，如果沒有那封信，敏瑜說得再多，她也不會認為慶郡王妃重視敏瑜。她輕聲嘆氣，道：「妳舅舅來信說，楊夫人出嫁的時候，皇后娘娘賞賜了整整一抬嫁妝，首飾、如意、擺件都有，一看就知道皇后娘娘把楊夫人疼到了骨子裡，要不然的話怎麼會賞賜那麼多的嫁妝。還有慶郡王和王妃，也賞賜了整整一抬嫁妝。慶郡王妃信上說她把楊夫人當妹妹，我看啊，把楊夫人當妹妹的不是王妃，而是慶郡王！妳爹明年就滿兩任了，要是慶郡王能為妳爹說上一句話，他的考評定然是上佳，到時候不管是官升一級還是調回京城都簡單多了。」

「娘，您和爹爹為什麼心心念念的就是調回京城呢？」齊若眉很不理解，她自尚未懂事起就跟著父母離開了京城，對京城並沒有太多的感情，她悶悶地道：「回京城一大家子在一起，多麻煩啊！」

「眉兒，妳大哥已經十八歲了，娘這麼多年一直沒有給他定親事，為的就是想回到京城之後，給他找個出身大家族的妻子。還有妳，妳都十四歲了，再過兩年也該張羅親事了，娘沒有奢望過將妳嫁到王侯人家，但也希望給妳找個各方面都更好一些的。在肅州，真找不出什麼合意的，娘總不能在軍中給妳找一個吧！」齊夫人嘆氣，她現在頭疼的事情很多，丈夫的仕途、兒女的親事，都是她頭疼的。

「女兒不嫁人，女兒只想一輩子陪著爹娘！」齊若眉羞紅了臉，嬌嗔了一句。

「哪有不嫁人的道理？」齊夫人輕輕地拍了齊若眉一下，然後動了動肩頭，道：「好了，不用捶了。」等齊若眉坐下，又嘆氣道：「我真的是老了，只這麼坐了一會兒，就覺得這裡痠那裡疼的，以前坐上兩、三個時辰都不覺得吃力。」

「我看娘是自找苦吃！」齊若眉皺皺鼻子，道：「楊夫人要那麼規規矩矩地坐著由她便是，娘幹麼要和她一樣，一副正襟危坐的樣子，這麼坐了半個多時辰，能舒服嗎？」

「眉兒，妳不覺得這楊夫人一舉一動、一笑一顰都十分的文雅優美嗎？」齊夫人看了看女兒，在她心裡自然覺得女兒是最好的，但見了敏瑜之後卻不得不承認，女兒真被養成了鄉下丫頭。

「我只覺得累得很！」齊若眉嘟囔著，老實說她也覺得敏瑜說話也好、喝茶也好，一舉一動都很好看，她有好幾次都看呆了眼，但女孩的心思卻讓她說了句言不由衷的話。

「妳啊……」齊夫人搖搖頭，女兒話裡的嫉妒她自然聽出來了，她沒有點破，而是笑著道：「這位楊夫人的出身極好不說，還是七公主的陪讀，打小就在宮裡長大，規矩和教養是融到了骨子裡的，哪能讓人覺得做作？妳看看她，再想想薛家那丫頭。」

「噗！」齊若眉笑了起來，帶了幾分歡樂地道：「娘，您不說我還不覺得，您這一說，我還真覺得薛雪玲才是矯揉造作的那個。娘，為什麼會這樣呢？」

齊夫人笑著搖搖頭，道：「這楊夫人學規矩和薛家丫頭的目的不一樣，楊夫人學規矩那是因為人家是公主的陪讀，是學以致用，而薛家丫頭呢？哼！」

「倒也是！」齊若眉點點頭，道：「薛雪玲也就和我們顯擺的時候做做表面功夫，私底下還不知道什麼樣子呢！可是，娘，楊夫人那樣子不覺得累嗎？」

「都已經成了習慣，自然也就不覺得累了。娘以前當姑娘的時候也學了規矩，怎麼走路、怎麼站、怎麼坐都有講究，剛開始的時候是很累，但習慣了也就不覺得累了。只是這些年跟著妳爹一直在任上，懶散了，規矩也就丟了。」齊夫人搖搖頭，正色看著女兒，道：「眉兒，要是明年妳爹任滿之後能調回京城的話，娘也會給妳請個教養嬤嬤回來教妳規矩。」

「啊？娘，用得著學什麼規矩嗎？」

「學規矩是為了妳好啊！」齊夫人看著女兒，她知道以女兒現在這樣子，要學好規矩定然會吃不少苦頭。

「這個還是等到以後再說吧！」齊若眉吐吐舌頭，轉移話題道：「您現在需要考慮的是賞菊宴的事情。娘，您可得想想該請哪些人來呢！」

被女兒這麼一說，齊夫人的眉頭也皺了起來，是啊，是該好好地想想應該請什麼人來了……

雖然齊夫人表示了願意幫襯的意思，敏瑜也沒有因此而坐等齊夫人行動，拜訪了齊夫人的次日，正好是休沐的日子，由楊瑜霖陪同著，敏瑜到了肅州都指揮同知張猛家拜訪。

肅州都指揮使司有都指揮使一人——楊瑜霖，都指揮同知兩人，一個便是出身大平山莊、卻不遺餘力地和大平山莊撇清干係的薛立嗣，而另外一人便是張猛。

和楊勇、薛立嗣一樣，張猛也是大平山莊弟子，而且還是他們那一代中最優秀、最出色的幾人之一。和大多數大平山莊出身的弟子一樣，張猛對大平山莊感情極深，一有時間就會回大平山莊教導弟子，楊瑜霖師兄弟都曾經接受過他的教導，前來肅州的大平山莊弟子更得到他不少的照顧，楊瑜霖自然也不例外。

張猛的出身經歷和楊勇最是相似，同樣出身於普通的百姓人家，同樣在還是個垂髫童子的時候到了大平山莊習武，武藝學成之後，一起到了肅州軍中，從最小的伍長做起。他和楊勇一樣，都有一身好武藝，也都以驍勇善戰而出名。他們都曾經是勇國公最欣賞也最喜愛的子侄，兩人的親事也都是勇國公夫人羅荃英牽的線，張猛的夫人王氏和楊瑜霖的母親石氏還曾是閨中好友。不同的是，張猛對王氏十分愛重，從來沒有和夫人紅過臉，遇上事情也習慣和夫人商量。

張猛對楊瑜霖極好，楊瑜霖剛到肅州的時候，得到他的指點和照應是最多的，在楊瑜霖心中，張猛的存在很大程度上彌補了楊勇的缺失，而張夫人王氏對楊瑜霖也極好，石氏去世後，她每年都會親手給楊瑜霖做上幾套衣裳，楊瑜霖到了肅州之後，更是被她照顧得無微不至。

「敏瑜見過叔父、嬸娘！」知道在楊瑜霖心中，張猛的地位不一般，敏瑜雖然沒有跟著楊瑜霖以師叔相稱，但也用了更為親近的稱呼，神態和語氣甚為親暱。

「好！好！」張猛歡歡喜喜地點點頭，上下打量了敏瑜一番，也不管敏瑜還在跟前，就轉過頭去笑著對夫人王氏道：「這孩子長得好看，看著也靈透，配得上我們瑾澤。」

王氏剜了他一眼，上前拉起敏瑜的手，微微猶豫了一下，道：「楊夫人……」

「嬸娘喚我名字吧！」敏瑜知道，王氏是猶豫給自己看的，但也知道，如果自己不主動這樣說的話，王氏確實是不大好稱呼自己。畢竟楊瑜霖被破格提升，現在已經是張猛的直屬上司了。

敏瑜的話讓王氏心裡稍微踏實了一些，她也是在京城長大的，自然知道京城人原本就有些眼高於頂的脾性，敏瑜既是侯府姑娘，又是公主的陪讀，據說還深得皇后的喜愛，想必眼界更高於常人，她不能初次見面就上趕著叫侄媳婦或者直呼其名。

她笑著道：「好孩子，妳叔父是個粗人，說話不中聽，妳不要理會他！」

「嬸娘不用客氣。」敏瑜笑著道：「瑾澤和我說過好些關於叔父和嬸娘的事情，他說叔父待他如子，嬸娘對他也是十分的疼愛，在叔父和嬸娘眼中，瑾澤自然是千好萬好，能夠得叔父認可，敏瑜只會高興。」

「這話我愛聽！」張猛笑著點頭，對敏瑜能夠說出這番話很是滿意，他笑呵呵地道：「你們剛到的那天，我便想過去看你們，叫你們過來一起吃頓飯，是妳嬸娘說不大合適，這才打消念頭。今天也是，要不是昨天瑾澤說了今天會帶妳過來的話，我才不管妳嬸娘怎麼說，一定會過去的。」

敏瑜笑笑，沒有接這話，而王氏則笑著道：「好了、好了，我知道你和瑾澤有話要說，我也有些話要和敏瑜說，你們去書房，別在這裡礙事！」

張猛笑著就起身，楊瑜霖則輕聲對敏瑜道：「妳陪嬸娘說說話，我和師叔說完話就過來。」

「嗯。」敏瑜點點頭，楊瑜霖相信她定然能應付得來，便也沒有再說什麼，跟著張猛出門，一個右拐去了書房。

進了書房，張猛便道：「這下我總算是放心了！聽到皇上給你賜婚的消息之後，我這心裡就一直懸著，就擔心皇上隨隨便便給你指了一個。後來軍師來了，說你媳婦樣樣都好，沒口子的誇獎……唉，他不說好，我這心裡多少還有些底，他那麼一誇，我反而更擔心了。不是我愛瞎操心，而是我心裡明白，你在皇上面前真沒有多少分量，真要是樣樣都好的，還不一定就能輪到你。就算真的是走了運，得了個樣樣出眾的好媳婦，人家也不一定就樂意和你一起過日子。現在見了人，總算是放心了。」

「我們以後會越來越好的，師叔就放心吧！」楊瑜霖不能將指婚的原委說給張猛聽，只能說句安慰人的話。

「我這心裡還真是放心不了啊！」張猛嘆氣，道：「這幾天我看你忙得氣都喘不過來，有些事情也就沒有和你說，怕讓你心裡更不自在。」
「師叔是想說薛師伯的事情吧！」楊瑜霖了然地道，他這兩、三天是很忙，忙著接手都指揮使的事務，也忙著安頓楊衛武，但是不意味著他就沒有察覺到都指揮使司的異樣，他知道，在他來之前薛立嗣定然做了不少的準備。
張猛點點頭，道：「雖然說六月往兗州調了不少將領和軍士，其中很多都是薛師兄這些年苦心培養的，但能留下來的無一不是他最器重最得力的，有他們明裡暗裡地和你作對，你想要在短時間內成為實至名歸的都指揮使，可沒有那麼容易。」
「我知道，我回來之前也已經做好了一切準備。」楊瑜霖點頭，他知道薛立嗣必然想盡一切辦法給他出難題，而他也做好了準備。
「不是你做好了準備就能夠應付一切的。」張猛嘆氣，道：「不只是你要面對薛師兄給你出的難題，還有你媳婦，薛家那個女人一定會卯足了勁要給你媳婦難堪，那個女人素來有手段，你孀娘都承認比不得她，你媳婦看著還是個孩子，還不知道會不會被她給欺負得哭呢！」
「這個師叔更不用擔心，敏瑜雖然年幼，但是人聰明，見過的事情也多，我相信她不管遇上什麼事情都能應付得來的。」楊瑜霖笑了，他知道敏瑜沒長大的樣子一定會讓很多人看輕了她，但是他也相信敏瑜一定會讓那些看輕她的人大吃一驚。他頓了頓，道：「趙氏一直想謀算敏瑜，但是也沒有討到好。」

張猛皺皺眉，他真不覺得看上去和自己的女兒一般大的敏瑜有什麼能耐，但是楊瑜霖這樣說了他也不好再說什麼，便換了話題，說起了都司的事情。

他在肅州待了二十多年，是大平山莊上一代弟子中唯一一個能夠和薛立嗣抗衡的人物，雖然沒有像薛立嗣那般大肆地培植、提攜親信，但他手上的可用之人卻不見得會比薛立嗣少，尤其是在薛立嗣手下不少得力幹將被調往兗州，此消彼長的情況之下。

唯一讓他頭疼的是，楊瑜霖的任命不光是薛立嗣一系極為不滿，就連自己手下都有不少人也對此大有意見，認為楊瑜霖搶了本該屬於自己的位置，他覺得他們現在最要緊的不是對付薛立嗣那一派系，而是將他手下這些人給收攏過來。

「原本應該先來拜訪嬸娘的，可是瑾澤卻說讓我等他休沐有時間，讓他陪著我一起過來，便先去了刺史府拜訪齊夫人。」敏瑜輕聲解釋道。

她相信張夫人王氏一定知道自己先去刺史府的事情。她在去刺史府之前就已經思慮清楚了，於公於私她先去刺史府都是對的，但是不管對不對，和王氏說清楚卻是很有必要的。

她坦然地道：「我這也是耍了個滑頭，知道我先去了刺史府，嬸娘就算心裡不痛快，看在瑾澤的面子上也不會多說什麼，但齊夫人卻沒有那麼好應付了，還望嬸娘見諒！」

「我聽說了，肅州不過巴掌大的地方，妳才進了刺史府的門，就有人上門和我說這件事情了，還就此說了些不好聽的話。」王氏也很坦然，道：「這件事情妳做得對，齊夫人最是個愛面子的，要是妳沒有先去刺史府的話，還不知道會有多生氣呢！齊夫人對妳可還客氣？」

「齊夫人挺和善的！」敏瑜笑笑，想了又想，道：「嬸娘或許不知道，我九歲那年當了七公主的侍讀，經常在宮裡出入，和慶郡王妃也是熟識的，我們頗為投緣。我來肅州之前，王妃寫了信，讓齊夫人照顧一二。」

「妳這麼一說，我倒是想起來了，齊夫人和慶郡王妃同族。」王氏恍然，她之前是沒有想到這些事情，至於敏瑜說的她和慶郡王妃熟識的事情也沒有懷疑，在得知楊瑜霖被指了婚的時候，她也得到了一些敏瑜的資訊，敏瑜深得皇后喜歡的事情自然也知道了。她笑著道：「齊夫人最是個長袖善舞的，有她幫襯，很多事情定然會更簡單的。」

「齊夫人準備籌辦一個賞菊宴，到時候會為我引見赴宴的各位夫人，只要認識了人，很多的事情就好辦了。」敏瑜微微一笑。

「賞菊宴？」王氏笑了起來，道：「肅州這四、五年來，每年一到八月就全城戒備，總擔心一覺醒來瓦剌大軍便兵臨城下，哪裡還有心思辦什麼賞菊宴，也虧得她能想到這個名目。不過，話又說回來了，正因為這樣，她這個賞菊宴要是能籌辦起來，去的人一定很多，說不準全肅州有誥命、有臉面的夫人和如夫人都會去呢！」

王氏的話卻讓敏瑜皺緊了眉頭，她輕聲道：「在京城的時候，勇國公吳老夫人也曾教導過一段時日，也聽說肅州很多不一樣的規矩，知道肅州不少官員的妾室居然堂而皇之的出門交際，有些妾室甚至比正室夫人還有臉面。可是，敏瑜實在是無法理解，肅州為何會有這樣的風氣？」

「肅州原本也沒有這樣的風氣！」王氏臉色微微一沈，道：「都是有些沒規矩的人鬧的，弄得肅州這些年來頗有些烏煙瘴氣的。」

敏瑜滿臉疑惑地看著王氏，這件事情勇國公老夫人沒有仔細和她說，但是她卻也通過各種途徑瞭解過，大概知道這件事情的始作俑者是誰。

「娘，我回來了！」沒等王氏說話，一道脆生生的聲音便從外面傳了進來，而後一個綠色的身影也闖了進來，笑嘻嘻地道：「聽說楊大哥帶著嫂子來了，娘，楊大嫂漂亮不？」

「在想什麼？這麼出神？」楊瑜霖坐到臨窗大炕的另外一邊，輕聲問了一聲。從張家回來之後，敏瑜便端著一杯茶，坐在這裡，到現在，茶水都已經涼了，她卻還是保持著那個姿勢。

「我在想薛家的那位薛夫人董氏到底是個怎樣的人。」敏瑜放下一口沒喝的茶，看著楊瑜霖，道：「你覺得她會是個什麼樣的人呢？」

楊瑜霖要讓自己都指揮使一職能夠實至名歸，最大的障礙就是薛立嗣，而敏瑜想要當好他的賢內助、讓他後顧無憂，還要幫襯到他，最大的障礙則是薛立嗣的夫人董氏。

敏瑜最早是從吳老夫人那裡聽到董氏之名的，吳老夫人對董氏的評價毀譽參半，還說她從未見過像董氏這樣，渾身上下充滿了矛盾的人，說她似乎見識極為廣博，但卻又似乎沒有什麼見識。她對人，乍看似乎是無論高低貴賤都一視同仁，不媚上、不欺下，很有佛家說的眾生平等的意思，但是仔細一琢磨，卻又能察覺到她骨子裡有一種高高在上的優越感。

董氏和薛立嗣原是青梅竹馬的一對，夫妻兩人感情極好，董氏對薛立嗣的影響極深，薛立嗣對董氏甚至可以說是言聽計從，薛立嗣不遺餘力的做那些和大平山莊切割的事情，極有可能是受了董氏的影響。

敏瑜自己透過管道也打聽到了一些關於董氏的消息，譬如說她十多年前到了肅州之後，費盡心機、想盡一切辦法將肅州專門安置在戰亂中失去親人的孤寡百姓的善堂掌握在手的事；譬如說她每年過冬都要組織肅州富人和官家夫人設粥棚，還派人到各家收集舊衣裳，將那些衣裳洗乾淨之後分給窮人家；譬如說每逢瓦剌大軍兵臨城下，她總會帶著一幫女子軍為軍士送熱水，遇上天寒地凍的時候還會送薑湯……這一切的行為讓她身上帶了一道聖潔的光環，肅州的百姓提起她，莫不誇一聲好。

只是，肅州的百姓定然不知道，肅州不少官員的妾室不但能夠堂而皇之的出門交際應酬，某些妾室甚至比正室夫人更有面子，始作俑者也是這位薛夫人。她和薛立嗣伉儷情深，哪怕成親二十多年只得了一個寶貝女兒，薛立嗣也沒有納妾、納通房，但是她所掌管的善堂中，不少女子在及笄之後，卻被肅州軍中的將領納為妾室。那些將領多是薛立嗣提拔、培植起來的，唯薛立嗣馬首是瞻，對薛夫人十分尊敬，而對薛夫人看著長大的妾室自然也分外的不一樣，雖然不至於因此明目張膽地寵妾滅妻，但給足妾室寵愛和臉面，讓她們有足夠的底氣和正室叫板的情況卻比比皆是。

敏瑜對她著實很好奇，到肅州最想見上一見的便是這位薛夫人，只是她到肅州之後接到不少帖子，但卻沒有這位薛夫人的，加上薛立嗣既是楊瑜霖的下屬，又和楊瑜霖立場不同，敏瑜自然不能以對待齊夫人或者張夫人那樣的態度，主動去拜訪她了——她和薛夫人注定是對手，謙讓只會讓人誤以為她怯了。

今日原本還想從張夫人王氏那裡打聽一些董氏的事情，她相信張夫人對董氏的評價定然和吳老夫人不一樣——吳老夫人是長輩，身分又更加貴重，而張夫人則和薛夫人年紀相仿，身分又相當，對她的看法自然不會一樣，她想知道張夫人是怎麼看董氏的。尤其是她們同在肅州近二十年，接觸的機會定然極多，相互之間的磨擦和明爭暗鬥也定然不少，張夫人定然也比吳老夫人更瞭解她。

可惜的是她還沒有來得及從張夫人那裡打聽到什麼，張菁菁便闖了進來。張夫人顯然不想在女兒面前說太多的是非，而敏瑜察覺到了張夫人的心思之後，更是一個字都沒有提，所以，後來兩人就說了一些無關緊要的閒話

「妳這話算是問錯人了！」楊瑜霖苦笑一聲，道：「我和薛師伯立場不同，除了公事之外，私底下就沒有什麼來往，和這位薛夫人都沒有正面打過招呼，妳問我這個，無異於問路於盲。」

「你在肅州兩年，就沒有見過薛夫人嗎？」敏瑜很是詫異，看來薛立嗣和大平山莊眾弟子的關係真的是冷到了冰點，難道他就不明白，他這般對待大平山莊弟子會讓人心寒齒冷嗎？

「見過很多次。」楊瑜霖頓了頓，道：「我到肅州的第一年，瓦剌傾舉國之兵力來犯，整整十五萬大軍，從城頭上看過去，只看得到連綿到天邊的營帳和黑壓壓的人，我們都抱著最壞的打算，肅州城的百姓，能撤走的都撤走了。薛師伯一貫勇猛，他的家眷自然不能棄城離開，薛夫人便帶著沒有撤走的人幫著做些照顧傷員、燒水做飯的事情，每次從戰後回城，總能看到薛夫人帶著人迎接，奉上熱水什麼的。聽說，薛夫人在肅州十多年，每有戰事，她都會做那些事情，軍中不少將士因此對薛夫人十分的敬佩，說她體恤將士，也說她有膽有識，兵臨城下卻面不改色，是不讓鬚眉的巾幗英雄。」

「那麼，你是怎麼認為呢？」敏瑜輕輕挑眉，一聽這話就知道，楊瑜霖和大部分人的看法不一樣。

「我只覺得這位薛夫人很厲害，很會做表面功夫，也很會收買人心！」楊瑜霖冷笑一聲，道：「別人我不知道，但嬸娘做的事情卻不見得就比她少，以前我不清楚，但是去年我們師兄弟二十多人身受重傷，在傷病營房養傷的時候，沒有見過這位薛夫人幫什麼忙，傷病營房主要是嬸娘帶著人幫忙，就連菁菁，她當時才十二歲，就跟前跟後地幫忙，等到戰事結束，整個人瘦了一圈，小臉上半點肉都沒有，眼睛都凹了進去。嬸娘也一樣，戰事結束，等我們養好了傷之後，她卻因為勞累過度病倒了。但那之後，我也遠遠地見過這位薛夫人，和戰事剛開始的時候，好像沒有多少變化。」

也就是說，這位薛夫人別的不說，但表面功夫卻很到家啊！敏瑜笑了，道：「難道就沒有別人看出這個來嗎？」

「我不知道別人有沒有發現這個，但是我想世上長了眼睛的人應該不只剩我一個，只是從未聽人說起這個罷了。」楊瑜霖冷笑。他相信心中有底的人不只自己，只是礙於薛夫人的好名聲和薛立嗣的地位，大家都心照不宣地將這些事情看在眼中，埋在心裡，誰都不主動挑破而已。

敏瑜笑了起來，而後搖搖頭，道：「聽你這麼一說，我對這薛夫人更好奇了，也不知道什麼時候才能見一見廬山真面目呢！」

「和常人也沒有什麼不同，有什麼好見的！」楊瑜霖冷哼一聲，卻又道：「如果真想見她，倒也簡單。每逢初一、十五，薛家都會在南市的坊樓前給乞丐佈施饅頭，每次都是薛夫人親自帶著人去佈施。還有兩天便是初一，妳如果實在是好奇的話，初一那天可以到坊樓附近的茶樓坐一坐。」

「這位薛夫人還真的是……」敏瑜笑著嘆氣搖頭，真不知道這位薛夫人是怎麼想的，她就這麼擔心自己做了好事卻沒有好名聲傳出去嗎？她就不知道她這般刻意的行為會讓人背地裡笑話嗎？不過，敏瑜卻沒有說這個，而是笑著道：「看來薛家家底很厚啊，薛夫人這般長年累月地做好事，應該需要不少的銀錢支撐啊！」

「薛夫人花錢厲害，賺錢更厲害。我以前沒有留意過，但任命下來之後，卻也認真地查探了一番，不查不知道，這一查，卻還真是不得了。」楊瑜霖道。「薛家在肅州城的生意可不少，酒樓、茶樓、客棧應有盡有，甚至有兩家青樓背後都有薛家的影子，至於什麼綢緞鋪子、首飾鋪子、脂粉鋪子、點心鋪子、茶葉鋪子、藥材鋪子也不少……肅州城大大小小的鋪子中，起碼有百分之二十的鋪子要不是薛家的，就是有薛家當後臺，說他們薛家日進斗金也不為過。就薛夫人花費的那些，不過是九牛一毛罷了。」

「薛夫人真會經營啊！」敏瑜笑了，道：「薛大人有這麼一個能幹，既能為他揚好名聲，又能為他斂財的夫人可真是福氣啊！薛家有這麼多的產業，想必也置了不少良田吧？」

「這個妳就猜錯了！」楊瑜霖搖搖頭，道：「薛夫人對開鋪子賺錢情有獨鍾，對置田地卻不熱衷。薛家在肅州只有一個莊子，種的卻還都是果蔬，薛家上下，包括莊子上需要的糧食都是從外面買進來的。

敏瑜搖搖頭，越發不明白董氏腦子裡到底是些什麼東西了，官宦人家有幾間鋪子、酒樓什麼的產業倒也正常，畢竟如果只靠朝廷俸祿，也只能養家餬口，卻不能過得太安逸。但是凡事都要有個度，如果真有那麼多的錢財，多置些田地、莊子也就是了，哪能像商戶一樣。不過，她也終於明白薛立嗣為什麼會這般讓勇國公看不上眼了，楊瑜霖都能查到這些，勇國公心裡想必更清楚，他又怎麼能將肅州軍交到這麼一對重名重利的夫妻手中呢？以這對夫妻的心性和本事，說不定再過十年，這肅州城就改姓薛了。

想到這裡，她對找時機見見董氏的心思就消了幾分，不是不好奇了，而是明白以董氏的能耐，說不定早已經將這都指揮使給盯死了，自己要真是像楊瑜霖說的，去了南市坊樓的話，那位薛夫人說不準會主動上前招呼自己，要是那樣，自己可就被動了。

想著，她就笑了，道：「齊夫人的賞菊宴雖然還沒有定下時間，但估計也就重陽前後，不過十來天的工夫，我還有耐心。我今天見了菁菁之後很喜歡她，約她明日上家裡玩耍，我還是趁著沒什麼煩心事的時候，多消遣幾日的好。」

她的話讓楊瑜霖笑了，道：「菁菁是個好動的，師叔和嬸娘天天罵她是個野猴子，小心她到了家裡，鬧得妳不得安寧！」

楊瑜霖的話說得敏瑜也笑了起來，好奇地問起關於張家諸人的事情，楊瑜霖和張家關係一向很好，和張家兄妹都像親生兄妹一般，說了不少張家的趣事，讓敏瑜笑彎了眼……

第七十九章

「楊大嫂，對不起啊！」張菁菁湊到敏瑜耳邊，臉上帶了歉意，眼中更是滿滿的抱歉，道：「我真沒有想到出門就會碰上她們，更沒有想到她們一聽我說要來妳這裡，就一起起鬨要跟著來，還說什麼京城來的人倒是不少見，但是卻從來沒有見過像嫂嫂這樣身分貴重的，吵著嚷著非要跟著一起來，我拒絕了，可是她們卻打定主意不聽我的，我想盡了法子都甩不脫……」

張菁菁滿心的都是不自在和歉意，她一早就興沖沖地出了門，剛到都指揮使府的那個街口便遇見了一起長大、也經常在一起玩耍的幾個小姊妹，她們便問她去哪裡。

張菁菁原本就是個藏不住事情的人，出門前張夫人又沒有特別交代過她，一時口快便說了自己的去向，那幾個小姑娘一聽，便帶了些好奇地問她敏瑜是怎樣的一個人。

敏瑜對張菁菁的印象不錯，而張菁菁也很喜歡敏瑜，自然說了不少的好話，當下就有人不信，說口說無憑，除非她帶她們一道進都指揮使府見見敏瑜。

張菁菁雖然不拘小節，但也知道要是那樣做的話相當失禮，自然不肯，卻礙不住其中有人說了風涼話，攛掇著另外幾人硬跟著張菁菁過來。

都是十二、三歲的小姑娘，又都是被家人寵著沒有多少心機和規矩的，原本就存了好奇之心，再被人這麼一攛掇，便也厚著臉皮說了要跟過來長見識的話。除了那個說風涼話的，另外的幾個平日裡和張菁菁關係都不錯，到最後，張菁菁就算知道不妥，也只能硬著頭皮帶她們一起來了。

進了門之後，張菁菁雖然沒有察覺到敏瑜在生氣，但卻還是滿心的懊惱和歉意。敏瑜臉上帶著笑，認真地聽著，眼角的餘光看到張菁菁交纏在一起的小手。顯然，她比表現出來的更緊促不安，這讓敏瑜心裡的不舒服去了大半的同時，也升起了一股憐惜之心。

她笑著道：「妹妹不用覺得抱歉，我就是因為家中冷清才請妹妹過來玩耍的，妹妹不但自己來了，還帶了這麼一群活潑可愛的小姊妹，我高興還來不及呢！」

「真的？」張菁菁的小臉驟然亮了起來，卻還是帶了一絲不確定地道：「楊大嫂真的一點都不生氣？」

「一點都不生氣是假！」敏瑜笑著搖搖頭，看著臉上的光彩驟然消失的張菁菁，又笑道：「妳要是機靈一些，知道甩不脫她們，讓隨妳過來的丫鬟、婆子早一步過來報個信，我才會真的一點都不生氣。」

張菁菁只是天真了些，並非愚笨之人，聽了這話總算是放下了心中的擔憂，輕輕地吐了吐舌頭，拍了一下自己的腦門，道：「我真是笨！只知道想法子甩開她們，卻不知道先給楊大嫂送個信。」

「這次犯了錯不要緊，以後再遇上這樣的事情，知道該怎麼做了就好。」敏瑜笑笑，只要知道她不是故意就好了，其他的還真是不怎麼重要。

「菁菁，妳和楊夫人躲在這裡說什麼呢？」一個小姑娘笑咪咪地湊了上來，一副好奇心重的樣子，可惜修練不到家，只知道裝裝樣子，眼中滿滿的刺探讓敏瑜一眼就看穿了，而她卻恍然不知的裝模作樣，道：「不會是因為我們跟著一起來讓楊夫人生氣了吧？」

「葛菱，妳別亂說，楊大嫂才不是那種人呢！」張菁菁沒好氣地瞪了葛菱一眼，看她的樣子顯然和這個葛菱關係不怎麼樣，只是反駁一句，沒有和她多說的意思，反而不客氣地道：「我和楊大嫂在說話呢，妳湊上來做什麼？」

「我不過是關心妳才過來問一句，妳這麼惱怒做什麼啊！」葛菱似乎一點都沒有察覺到張菁菁嫌她多事，回了一句，又看著敏瑜，道：「楊夫人，妳別生菁菁的氣，她是礙不過情面才帶我們過來的，可不是想炫耀什麼。」

「菁菁，這位是……」敏瑜看了葛菱一眼，便將探詢的眼神落回張菁菁身上，這個葛菱比張菁菁有心機多了，但是在敏瑜眼中卻真的不夠看，除了說話勉強有幾分技巧之外，表情不到位，眼神更將她的心思暴露無遺。

「她叫葛菱，是都指揮使司經歷葛大人的女兒。」張菁菁不是很情願地為敏瑜介紹，她和葛菱算不得多好的朋友，素日來往也不多，今日便是葛菱帶頭起鬨要跟著她過來湊熱鬧開眼界的，如果不是因為和葛菱一起的另外五人平素和她相處得都很好，她絕對會拉下臉來拒絕葛菱的。

「原來是葛大人家的姑娘！葛姑娘第一次到家中來做客，千萬別拘束，一定要好好地玩。」敏瑜淺淺一笑，而後看著張菁菁道：「菁菁，帶了朋友過來就要好好的招呼，可別讓她們覺得被怠慢了。」

「嗯！」張菁菁本能地應了一聲，應答之後卻又不解了起來——楊大嫂這話好像有些奇怪啊！

她還沒有轉過彎來，葛菱卻聽出了敏瑜的話裡將張菁菁當成了主人家，她瞪大了眼睛，滿臉好奇地看看敏瑜，又看看張菁菁，帶了幾分惡意地道：「菁菁，楊夫人這是把妳當自家人了啊！」

「外子將菁菁當親妹妹，我這個剛進門的嫂嫂，自然要將菁菁當小姑來對待了。」敏瑜臉上的笑容未變，但眼神卻驟然一冷，冰冷的視線就那麼落在葛菱身上，淡淡地道：「當嫂子的討好一下小姑，沒有什麼不合適的吧？」

葛菱嘻嘻一笑，先習慣性地抬眼看人，而後滿肚子不適宜的話便凍住了——

敏瑜那冷厲的眼神讓她忍不住打了一個寒顫，好一會兒才回過神來。她又羞又惱，但心裡卻也生出了些忌憚，不敢再胡說什麼，只訕訕一笑，道：「我不打擾妳們說話了，我找倩蓉去了。」

看著葛菱有些倉皇地離開，張菁菁納悶地摸了摸鼻子，道：「這個葛菱一向臉皮厚，怎麼今天忽然知趣了？」

「或許是想給我留個好印象吧！」敏瑜微微一笑，眼中的冷冽消失，笑著看看張菁菁，道：「妳和葛菱平日裡相處得不怎麼好吧？」

「楊大嫂怎麼知道的？」張菁菁瞪大了眼睛，臉上也不自覺地帶了嘆服的神色，逗得敏瑜笑了起來。

敏瑜搖搖頭，道：「妳別管我怎麼知道的，還是先好好招待妳帶來的幾位姑娘吧，不管她們是不是受邀上門，但既然來了，就一定要把人招呼好了。」

「嗯！」張菁菁重重地點點頭，又開心地笑了起來。

「少夫人，幾位姑娘都已經到家了！」秋霜進來回話的時候，敏瑜正躺在軟榻上閉目養神，一個上午就陪幾個滿肚子好奇的小姑娘說話了，等她們心滿意足地拿著敏瑜送給她們的絹花和點心離開之後，敏瑜也有些累了。

「然後呢？」敏瑜沒有睜開眼，而是輕聲又問了一句，幾人離開之前，敏瑜便讓秋霜安排了人，她們離開的時候，身後都綴了尾巴。

「葛菱姑娘直接去了薛府；沈媛媛姑娘回家不久，沈家便有人去了薛府，人一直在轎子裡，不知道是沈家的哪位主子。」秋霜輕聲道，安排盯梢的是丁勤，過來回話的也是丁勤，自然由她來回話更好一些，她繼續道：「至於其他幾位姑娘和她們的家人則沒有什麼動靜。」

「葛經歷明面上就是薛氏一系的，葛菱去了薛府倒也正常，至於沈家……」敏瑜嘴角輕輕一挑，看來不光是自己對董氏好奇，董氏對自己也很好奇呢！她笑道：「沈大人一貫就是個長袖善舞的，應該抱了左右逢源的主意。」

「少夫人，那我們該做什麼呢？」秋霜看著敏瑜，她最瞭解敏瑜，小事上雖會給敏瑜出主意甚至直接作主，但大事上卻從來不擅作主張。

「我們什麼都不做。」敏瑜搖搖頭，笑了，道：「看來薛夫人對我很好奇，既然這樣，那麼就讓她更好奇一些吧！秋霜姊姊，妳去廚房取些點心，然後親自送去張家給張夫人，將今日的事情和嬸娘說一聲，讓她千萬別責罵菁菁姑娘，我還想讓菁菁多過來陪我說說話解解悶呢，要是被她罵了，菁菁哪裡還敢上門？另外，妳透個信，就說菁菁今天也是被人算計的，有人事先知道菁菁出門的目的和時辰，然後特意堵了她的路，想著法子地跟著她來了家裡。菁菁本是個單純的，又無心機，被人算計利用了也正常。」

「是，少夫人。」秋霜點點頭，將敏瑜的交代在心裡重複了一遍，確定記住了之後，又道：「少夫人還有別的吩咐嗎？」

「妳和嬸娘說，如果這些日子有人好奇，去她那裡打聽關於我的事情，嬸娘不用為我保密什麼。高興了多說幾句給她們聽，不高興的話，少說幾句也無妨……」敏瑜說到這裡又笑了，道：「我可沒有什麼羞於見人，不能讓人打聽的，就讓她們早點知道又如何！」

齊夫人的賞菊宴最後定在了九月初七，敏瑜帶著秋霜等人到齊府的時候，齊府已來了不少客人，但齊夫人卻還是將所有的客人暫時撇下迎了出來。

「楊夫人來得可真是時候！」齊夫人臉上帶著笑，心底也忍不住有些佩服敏瑜時間上拿捏得恰到好處，她笑著道：「正巧有幾位夫人在問楊夫人今日會不會赴宴，夫人就來了！」

敏瑜微微一笑，道：「原本應該一早就過來的，只是這是我到肅州之後第一次赴宴，心裡有些惶恐，挑衣服、首飾花了不少功夫，耽擱了時間，來遲了些，還望齊夫人不要怪罪。」

「楊夫人這是哪裡的話！」齊夫人笑了，她才不相信敏瑜會因為這麼一個小小的宴會而緊張，今日這樣的宴會對她來說或許重要，但絕對不會讓她緊張。她笑著引著敏瑜往裡走，一邊走一邊笑道：「今日原是為了賞菊才設的宴，便將宴席安排在了花園裡，簡陋了些，夫人可別見怪。」

「正是秋高氣爽的時候，將宴席安排在花園才舒服呢！」敏瑜笑著道，到了肅州之後，敏瑜覺得肅州也有肅州的好，譬如說這宅子，都指揮使府不過是間四進的宅子，卻比京城尋常的五進大宅院還要寬敞，還有一個占地面積不小的花園，那花園甚至比耒陽侯府的大花園還要大，只是花木的品種少了些，也沒有什麼名品而已。

除此之外，還有占地面積不小的練武場和馬廄，敏瑜到之前還擔心不夠住，到了之後卻完全不擔心了——除了一家子不好打散了住的陪房以外，其他的人都住在府裡，而且住的都很寬綽。

敏瑜只來過刺史府一次，並沒有好好地逛過，但刺史府也是朝廷所賜的官邸，一樣是四進的宅院，定然不會比都指揮使府小，齊守義一家在肅州又住了好幾年，想必打理得更好，而花園也定然比都指揮使府要好一些。

「夫人不覺得被怠慢了就好！」齊夫人笑著，還沒有走近便聽到花園裡傳出來的笑鬧聲，她解釋道：「好幾位夫人都帶了女兒一起過來，這是她們的聲音……夫人前幾日讓人送來的菊花都是肅州難得一見的名品，姑娘們大多沒有見過，正圍在一起看花呢！」

「夫人喜歡就好。」敏瑜笑笑。

她讓人送來的確實是名品，但也不過是墨菊、帥旗、十丈垂簾這樣傳統的名品而已，還真談不上是難得一見。

說笑間，兩人進了花園，花園中除了數十盆開得燦爛的菊花之外，還種了兩棵桂花，一棵金桂一棵銀桂，都是有好些年頭的，上面綴滿了花，宴席便設在了桂花樹邊。

看著兩人進來，原本有些嘈雜的花園驟然一靜，卻是花園裡的人不約而同地看了過來，甚至連正在說的話也停頓了一下，而後又意識到這樣有些失態，這麼一瞬間之後，有些人故作無事地繼續說笑，而有些人則乾脆停了下來，將目光投了過來——

能受邀前來的都不是傻子，就算不知道齊夫人舉辦這個賞菊宴另有目的，在接到請柬之後也稍微打聽了一番，知道這是齊夫人向新來的都指揮使楊瑜霖的夫人示好的舉動。對此，眾人褒貶不一，但卻都不願意錯過這個能夠認識敏瑜的機會，畢竟，她的丈夫已經是肅州這地界上官階最高的人。

「齊夫人，這位看起來面生的夫人，可是剛剛跟隨楊將軍到肅州來的楊夫人？」一位夫人很坦蕩地笑著問道，說話的當口也站了起來，表達出了足夠的尊重和善意。

「正是楊夫人！」齊夫人笑著點點頭，而後對敏瑜道：「楊夫人，這位是肅州同知徐大人的夫人辛氏，也是從京城過來的。」

「徐夫人好！」敏瑜笑著點點頭。

肅州不只軍方分了兩個派系，地方官也一樣分了派別，只是明面上並不明顯而已，但肅州設有同知兩人，徐姓的這位和齊大人素來少有分歧，而他的夫人辛氏自然也和齊夫人更為親近一些。

「楊夫人安好！」徐夫人笑呵呵地看著敏瑜，道：「早在楊夫人剛到肅州的時候便想去拜訪，卻又想著夫人千里迢迢的過來，一時半會兒的安頓不好，不敢上門叨擾；今日能見到楊夫人，也算是沾了齊夫人的光了。」

「徐夫人客氣了！」敏瑜微微一笑，道：「原該是我設宴請各位夫人的，可是我剛到肅州，人生地不熟的，要請什麼人、該怎樣準備宴席，卻是兩眼一抹黑。好在齊夫人設宴，我也正好投個巧，藉這個機會請齊夫人引見各位了。」說到這裡，敏瑜微微一頓，目光流轉，將在場的所有人，包括聚在一旁的姑娘們都打量了一番，而後笑著輕輕一福，道：「我在這裡給各位見禮了！」

敏瑜這麼一福，大多人都坐不住了，紛紛起身還禮，齊夫人微微一笑，正想說幾句客氣的場面話，一個不和諧的聲音響起——

「看起來倒像是個知禮的！」

這是什麼話！

齊夫人臉色微微一沈，看著一臉傲然的小姑娘，眉頭一皺，但這一次又被敏瑜搶先一步開口，道：「齊夫人，不知道這位姑娘是哪家府上的？」

「小女性子衝動，讓楊夫人見笑了！」不用齊夫人介紹，又有一位夫人站了出來，她走到小姑娘身邊，輕叱一聲道：「玲兒，這麼多的長輩在這裡，哪有妳說話的分，還不給楊夫人賠禮！」

玲兒？

敏瑜腦子飛快地轉動著，眼前這小姑娘約莫十二、三歲，小姑娘的母親看起來頗為年輕，不過是二、三十歲的樣子，但看她的神態和齊夫人隱約有些忌憚的神色，敏瑜便猜出了眼前這對母女的身分，但她卻沒有說破，而是在那被稱為玲兒的小姑娘不情不願地上前的時候，輕輕後退一步，笑道：「不知道這位夫人是誰？連夫人的身分都未曾知曉，我哪裡敢當得起令嬡的賠禮呢？」

難道知道了就當得起了嗎？

那夫人眼中閃過一絲厲色，卻沒有順勢做自我介紹，而是將目光投向齊夫人，可是不知道湊巧還是怎樣，齊夫人的視線落到了一旁，並沒有看到她的眼神，自然也無法領會她的意思，為她引見、為敏瑜解惑了。

她多年來順風順水慣了，當下心頭便升起一股惱意，不過她也是慣會做面上功夫的，心裡雖然惱怒，但臉上的表情卻沒有多少變化，目光也很自然地從齊夫人身上轉到了另外一位夫人的身上。

「楊夫人，這位是薛夫人！」立刻有人站出來為敏瑜解惑，臉上還帶了一絲淡淡的、卻也很明顯的懷疑，道：「楊夫人到肅州也有好些天了，怎麼會連薛夫人都不知道，未免也太孤陋寡聞了些吧？」

敏瑜微微一笑，似乎沒有聽到這位夫人話裡的嘲諷，而是帶了幾分疑惑地問道：「齊夫人，這位又是哪家府上的？為何會說不認識這位薛夫人便是孤陋寡聞呢？難道這肅州不認識薛夫人的，便是孤陋寡聞、便是罪不可恕嗎？」

敏瑜的話讓齊夫人想笑，她看看眼中閃過怒色的薛夫人，又看看那位臉色有些尷尬的夫人，道：「這位是肅州同知何大人的夫人馬氏，而這位則是都指揮同知薛大人的夫人董氏，楊夫人或許也聽說過薛夫人的名頭。」

「原來是薛大人的夫人！」敏瑜嘴角輕輕一挑，臉上的笑容卻帶出了那麼一絲疏遠，回應著齊夫人的話，道：「沒有認出薛夫人來，還真是失禮了。」
薛夫人眼中又閃過一絲怒色，但臉上卻帶了笑容，道：「楊夫人初來乍到，不認得人也在情理之中，談不上失禮。」
「薛夫人能夠理解就好。」敏瑜微微一笑，卻沒有再和薛夫人說什麼，而是將目光投向齊夫人，笑道：「煩請齊夫人代為引見在場的諸位夫人，免得再一次因為孤陋寡聞而失禮，讓人笑話！」
敏瑜的話讓薛夫人的臉色微微一僵，齊夫人心裡卻很痛快，她相信敏瑜就算沒有見過薛夫人，但肯定打聽過薛夫人的消息，見到人之後多少也能猜出薛夫人的身分來，但是她這樣故作不知的樣子，還是讓齊夫人心裡很痛快，尤其是那句「孤陋寡聞」——哼，就算肅州沒有那麼多的規矩，但也沒有哪家的夫人會像董氏一樣，恨不得時時刻刻在外拋頭露面，讓所有的人都認識她。
「楊夫人客氣了！」心裡快意，說話的語氣也不禁地輕快了幾分，齊夫人知道自己這樣會得罪薛夫人，但卻不是很在乎，別說薛立嗣還不是肅州軍方的最高長官，就算是，有慶郡王妃的那封信，齊夫人也願意為了敏瑜得罪她。她笑盈盈地道：「今日設宴，說是得了幾盆上好的菊花，邀請各位夫人過來賞玩，其實也是為了請楊夫人過來，和諸位夫人相互結識，為楊夫人介紹引見，更是我的分內事。」
齊夫人的話讓薛夫人的臉色微微地沈了沈，她和齊夫人打交道這麼多年，深知齊夫人是個長袖善舞、極會做人的，很少像今天這樣對一個人這般的好，她今天這樣子若不是得了齊守義的授意，便是偏向丁敏瑜對她而言有更大的好處。而不管是哪一個，都是自己所不願意看到的……

第八十章

「菁菁和楊夫人好像很親啊！」何夫人馬氏意有所指地對敏瑜笑著道：「原以為楊夫人到了肅州之後只拜訪了齊夫人，沒想到也拜訪了張夫人……楊夫人，張夫人和薛夫人一般身分，您這樣似乎有些厚此薄彼啊！」

張夫人比敏瑜來得還要晚一些，張菁菁和她一起來的，她向諸位夫人行禮問好之後，沒有和其他的姑娘坐一起說笑，而是蹭到了敏瑜身邊，一副親暱依賴的樣子。

敏瑜只是淡淡地看了何夫人一眼，臉上的笑容依舊，沒有說話，那眼神卻讓何夫人心裡微微一跳，覺得自己的心思被人看透了。

「何伯母這話正是我想說的！」坐在薛夫人身旁的薛雪玲看敏瑜的眼神很不善，頗有些興師問罪地質問道：「楊夫人為何這般厚此薄彼？是看不起我爹娘嗎？」

敏瑜只輕輕地瞟了薛雪玲一眼，便將目光轉向薛夫人，淡淡地問道：「薛夫人，令嬡這是在興師問罪嗎？」

「是我問妳話……」薛雪玲從小就被薛立嗣夫妻捧在手心裡，跟著薛夫人出門應酬的時候別說同齡的姑娘，就連夫人們也都看在她父母的情面上讓她幾分，何曾被人這般輕視過，差點就暴跳起來，是薛夫人見機快，輕輕地拉了她一把，這才沒有把話說完，但那問罪的意思卻表露無遺。

「楊夫人，小女被我們夫妻寵壞了，有些不知道天高地厚，失禮之處還請楊夫人見諒！」薛夫人笑著說了一句賠禮的話，但她的話裡有幾分誠意，在場的人都能感受到。

「確實是有些不知道天高地厚。」敏瑜沒有故作大度地表示不在意，而是順著薛夫人的話點點頭，道：「令嬡一個姑娘家，插話已經是不應該了，還這般無禮……薛夫人，您和薛大人膝下就這麼一個女兒，可得好好地教養啊！」

敏瑜的話讓薛雪玲看她的目光更多了些憤恨，眼神中帶了刀子一般地瞪著敏瑜，而一直維持笑容的薛夫人面子也頗有些掛不住了。私底下別人怎麼議論的她可以不理會，但是當著她的面就說她的寶貝女兒不好、沒有教養，這卻還是第一次。

薛夫人董氏淡淡地一笑，道：「我們夫妻就這麼一個女兒，哪裡捨得對她太過嚴厲？不過，好在她還小，慢慢地教也就是了。」

「這倒也是！聽說令嬡才十四歲，是還小，慢慢教養也是來得及的。」敏瑜贊同地點點頭，而後轉向張夫人，笑道：「對了，這個月二十六是我的生辰，瑾澤說了，要為我辦一個像模像樣的及笄禮，到時候要請嬸娘為我做正賓，嬸娘可不能推辭。」

敏瑜這話出口，腦子不那麼靈活的，只覺得她有些莫名其妙，怎麼說到了她的及笄禮了，但心思靈活的卻暗暗發笑，一個還未及笄的「夫人」和一個十四歲的「姑娘」，除了這身分已然不同之外，年紀上可沒有多少差距，被一個同齡的「夫人」說年紀小、沒有教養也情有可原，還真的是一個笑話！

薛夫人也是個心思靈活的，自然聽出敏瑜的意思，她臉色微微一沈，笑容終於掛不住了，有些硬邦邦地道：「小女自有我們夫妻教養，不勞楊夫人費神！」

「薛夫人生氣了嗎？」敏瑜的笑容卻還是那麼的得體，她輕嘆一聲，輕輕地搖搖頭，沒有再說什麼，但是那表情，卻讓好幾位夫人暗自發笑，雖然礙於情面，沒有笑出聲來，但那比直接笑出來還讓人覺得難堪。

「楊夫人，您到肅州也有近十天了，卻只拜訪了齊夫人和張夫人……」歉然地看了薛夫人一眼之後，何夫人馬氏又搶著開口為薛夫人解圍，道：「唉，我也知道以我們的身分，楊夫人可能看不上眼，可是楊夫人這樣還是讓人心裡不是滋味啊！」

敏瑜臉上的笑容微微一斂，眼神中帶了幾分寒意地看著何夫人，淡淡地道：「原來何夫人還知道自己的身分啊！」

何夫人被敏瑜這話噎了一下，當下有些著惱，道：「楊夫人這話是什麼意思？」

「何夫人以為呢？」敏瑜一點都不客氣地反問。何夫人的一再糾纏讓她也惱了，當然，這也是因為何夫人的丈夫只是肅州同知之一，如果她的身分更高一些，是肅州刺史夫人的話，敏瑜也不會這麼不給面子。她淡淡的語氣中帶了警告，道：「何夫人，有些事情沒有必要揪著不放，若是說破了，大家面上都很難看，您以為呢？」

何夫人表情有些僵硬，她不是什麼千伶百俐的人，要不然就不會為了討好薛夫人把話說

到這個地步；但也不是傻子，知道要再揪著不放，可不是面上無光就能脫身的，當下勉強地笑笑，算是認同了敏瑜的話，

何夫人偃旗息鼓，但不意味著別人也能就此甘休，薛雪玲不顧薛夫人的眼色，冷嘲道：「楊夫人好大的威風啊！」

「薛姑娘有什麼意見嗎？」敏瑜微笑著看著滿臉憤恨的薛雪玲，如果厚道一些，她不理會薛雪玲也就是了，相信薛夫人一定會出面制止女兒，意思意思地喝斥一聲，便可以揭過。但她之前沒有大度地說不在意，這會兒就更不會輕輕放過了——

薛立嗣和楊瑜霖之間的矛盾是不可能調和的，那麼她和薛夫人之間也就不存在和平共處的可能了，既然如此，那麼就該抓住一切機會，不遺餘力地給予打擊，而不是心存幻想，錯失良機。至於說薛雪玲還小，還是個孩子，這樣做是否存在以大欺小的嫌疑，敏瑜就更沒有必要在乎了，她可沒有比這位感覺良好的薛姑娘大多少啊！

「我能有什麼意見？」薛雪玲冷笑一聲。

薛立嗣夫妻就這麼一個女兒，恨不得將全天下最美好的一切都給她，在敏瑜眼中，她只是個尋常官宦人家的姑娘，但在她自己眼中，她就是肅州的小公主，根本就沒有必要忌憚什麼。

薛雪玲冷嘲道：「楊夫人眼高於頂，除了自己以外，恐怕誰都沒有看在眼中，我又怎敢有什麼意見？」

「說來說去，薛姑娘還是對我沒有主動拜訪薛夫人心存怨言。」敏瑜喟嘆一聲，似乎感觸良多，但是很快，話音一轉，道：「只是，薛姑娘為什麼會認為我應該主動拜訪薛夫人，而不是薛夫人應該主動拜訪我呢？為何我和薛夫人到今日才見面，失禮的卻是我而不是薛夫人呢？」

「憑什麼讓我娘主動拜訪妳？妳以為妳是誰啊！」敏瑜的話讓薛雪玲大受刺激，心裡想什麼嘴上衝口而出，一點都沒有考慮這些話是否妥當。

一旁的薛夫人雖然暗自皺眉，但也只是頭疼女兒的直性子，對女兒的話卻還是贊同的——她心裡也認為敏瑜應該先去拜訪她，而不是讓她紆尊降貴。

「就憑外子都指揮使，是令尊的上司！」敏瑜簡單的一句話，讓聽者微微一怔。是啊，肅州的天已經變了！有腦子更靈活的，想得更深一些，薛立嗣是否是眾望所歸的那一個還不好說，但可以肯定的是，他從來就不是肅州軍最大的那一個，以前不是，現在不是，至於以後……在占盡優勢時都沒有成功的事情，在優勢大減的情況下還能成功嗎？

「那我爹還是楊瑜霖的師伯呢！」薛雪玲沒有蠢到說張猛也是下屬，敏瑜的夫妻卻上門拜訪的事情，但意思沒什麼兩樣。

「薛姑娘還記得令尊出身大平山莊啊！」敏瑜心中喟嘆一聲，她到現在還不清楚這薛夫人有多厲害，但是她卻能肯定，薛雪玲是個沒多少腦子的，這不是上趕著授人話柄嗎？

以張夫人為首的好幾位夫人，相視一眼，眼中滿滿的都是快意，她們的丈夫都是大平山莊子弟，薛立嗣多年來不遺餘力的和大平山莊切割的舉動惹惱了他們，如果不是因為薛立嗣打著忠君的旗號，如果不是因為勇國公暗地裡壓制他們、不讓他們鬧事的話，他們早就爆發出來了。她們不知道楊瑜霖是什麼態度，但敏瑜說了這樣的話，楊瑜霖或許不會再容忍下去了吧！

薛夫人的心情截然相反，她的心沈了下去，何夫人今日的一再挑釁是她事先授意的，她也多方打聽過敏瑜的消息，只是敏瑜素來低調，能夠打探到的消息不多，再加上她的年紀擺在那裡……原以為一個沒有及笄的小丫頭，再聰明也翻不出自己的手掌心，但是現在，她顯然做了錯誤的判斷。

意識到自己因為激進而犯了錯，薛夫人立刻穩住心神，不動聲色地朝都指揮僉事沈志峰的夫人劉氏使了個眼色。

沈夫人劉氏會意，輕笑一聲，將眾人的眼光吸引過去之後，笑道：「好了！好了！齊夫人為了今日的賞菊宴可花了不少功夫，可不能因為別的事情白費了齊夫人的心血啊！」

劉夫人這麼一打圓場，立刻有人附和，薛雪玲雖然心有不甘，但是被薛夫人瞪了幾眼之後，也只能悻悻地閉上了嘴。

敏瑜也見好就收，笑著和眾人談笑起來，說著說著，很自然地從齊夫人準備的那些菊花上頭說到了菊花的賞玩，而後說到了馬上就要到的重陽節，再說到了各地方過重陽節的習俗。

都指揮副斷事馮偉的夫人莊氏似乎不經意地笑著道：「說到重陽的習俗，我覺得還是肅州的習俗最好，別處無非也就是登高望遠、插茱萸、賞菊花、吃重陽糕、喝菊花酒這些習俗罷了，只有我們肅州，除了那些以外還多了尊老、敬老、愛老和助老的習俗，無怪乎不少的肅州百姓將重陽節當成了敬老節，到了這一天，都要為老人做些事情。」

「我也覺得肅州重陽節的習俗是最好的！」葛菱的母親錢氏笑著應和一聲，而後看著薛夫人，道：「薛夫人，如果我沒有記錯的話，這個習俗最早是您倡導的，因為這個，您每年到重陽節時，都會為肅州的孤寡老人送些應節氣的東西，今年也不例外吧？」

「年年如此，今年自然也不例外！」薛夫人笑著點點頭，道：「東西我已經親自準備好了，和往年一樣，也準備在重陽節的一早，親自送出去。」說到這裡，薛夫人微微一頓，看著敏瑜笑道：「不知道楊夫人可做了什麼準備？」

「這個啊……」敏瑜微微地沈吟一下，而後笑著道：「我還真不知道肅州的重陽節有這樣的習俗。不過，我要是一直不知道便也罷了，現在知道了，怎麼也得入鄉隨俗，為老人們盡一份心意。」

「那麼楊夫人可有什麼打算？」薛夫人笑著問道。「如果需要幫助的話，儘管開口。」

「我聽說肅州有一處善堂，裡面有不少孤寡老人，我就往善堂送些應節氣的東西吧！」

敏瑜笑了，道：「我初來乍到，對肅州實在是不熟悉，有些投機取巧，還望諸位莫要取笑。」

往善堂送東西？敏瑜的話可以說一石激起千層浪，善堂可是薛夫人的地盤，她這是想插手薛夫人的地盤嗎？

「敏瑜，妳是不是太冒進了些？我知道妳是想幫瑾澤的，只是……」張夫人王氏微微頓了頓，斟酌著語氣道：「瑾澤被薛大人想著法子為難的事情我也聽妳叔父說了，但越是這樣，妳就越要沈住氣，要是妳這裡出點什麼差錯的話，不但幫不了瑾澤，還會給瑾澤添麻煩的。」

「嬸娘不贊同我往善堂送東西？」敏瑜輕輕挑眉，從齊府出來之後，張夫人便以有話要和她說為由，將她叫到了張家的馬車裡，原本和張夫人乘坐馬車的張菁菁則被打發了去騎馬。

張夫人點點頭，道：「妳或許不知道，董氏對善堂十分的重視，可以說將之視為禁臠，不容任何人打善堂的主意，自從她掌管善堂之日起，善堂的一切事務就緊緊握在她的手中，沒有撒過手。五年前，齊大人剛到肅州上任的時候，齊夫人也曾經借著節日的便利，往善堂送了些吃食。就在當天，好幾個吃了齊夫人送去吃食的人上吐下瀉，大夫看了之後，說他們是因為吃了不新鮮、不乾淨的東西才那樣的……」

張夫人說到這裡，輕嘆了一口氣，苦笑道：「齊夫人往善堂送東西，自然抱了結善緣的心思，就算送去的東西不是特別好，也絕對不會送些不乾淨、不新鮮的，那不是自毀長城嗎？可是，事情出了，大夫又這樣說了，善堂的人又信誓旦旦地說那些害病的除了齊夫人送過去的東西以外，沒有吃過別的東西，而善堂從來也沒有發生過類似的事情……好在，齊夫人和董氏沒有根本的利益衝突，所以在齊夫人百口莫辯的時候，董氏能站了出來，將這件事情壓了下去，這才沒有把事情鬧大，齊大人的名聲和仕途也沒有因此受損，但是，從那以後，所有的人都知道了，善堂不是隨便能插手的地方。」

「這件事情我也聽說了！」敏瑜笑了笑，因為這件事情，齊夫人這些年不得不避讓著薛夫人三分，但是也因為這件事情，齊夫人和薛夫人怎麼都不可能走到一塊兒去。她笑著道：「席間我去更衣的時候，齊夫人也和我提了這件事情，她和嬸娘一樣，也勸我三思而後行。」

「那妳……」張夫人期待地看著敏瑜，希望她改變主意，或許會因此讓人笑話，但起碼不會重蹈齊夫人的覆轍。她相信，如果敏瑜送去的東西出了問題，薛夫人一定會揪住不放，甚至還會將事情鬧大，而那東西會不會出問題，說了算的人並不是敏瑜。

「我既然說了往善堂送東西，那麼就一定會往善堂送東西，剛剛說出口的事情轉眼就有了變動，豈不是讓人笑話？」敏瑜輕輕地搖搖頭，她不會輕易地決定做某件事情，更不會輕易地被人影響而更改自己的決定。

「敏瑜……」張夫人眉頭緊皺，臉色也極為嚴肅地看著她，道：「妳或許不明白，善堂對於薛夫人來說有多重要，那是她最重視的地盤，她是不會容忍任何試探的舉動的。」

「我明白！」敏瑜的笑容中帶了濃濃的嘲諷，道：「我知道薛夫人費盡心機才將善堂掌握在手中，也知道善堂為他們夫妻帶來了巨大的利益，知道了這些，自然就會明白善堂對她而言有多麼的重要。」

敏瑜極少在外人面前這麼情緒外露，但是她卻真的一點都不想隱藏，肅州的善堂被薛夫人掌握在手中至少有十多個年頭。這十多年來，每年都有二、三十人長大離開——男子大多數進了肅州軍，從最普通的小兵幹起。除了那些在戰爭中犧牲的，資質差的熬出了資歷，成了下層將領；資質好的，則在薛立嗣的培養關照下，成了中層的將領，甚至還有幾個十分出眾的當上了千總。沒有進肅州軍的男子，幾乎都在薛家的產業中做事，從小學徒到大掌櫃，從薛家的小廝到薛家的大管家……

而女子呢，那些容貌出眾的，幾乎都嫁給了肅州軍中的將領，成了他們的夫人或者如夫人，容貌一般的則和平常百姓人家的姑娘一樣，嫁個平常人，過平常人的日子。這些人前途不同，但無一例外的是都存了對薛夫人以及薛立嗣的感恩之心，都願意為他們所用。

善堂對於薛立嗣夫妻而言，無疑是一個培育親信的溫床，只要將善堂掌握在手中，就能源源不斷地培養出唯他們的命令是從的有用之人，這樣重要的地方，薛夫人又怎麼可能不視為禁臠、又怎麼能讓人隨隨便便地便將手伸進去呢？

「那妳還……」張夫人不理解地搖搖頭，苦口婆心地勸道：「敏瑜，我也知道，如果妳能在某些事情上和薛夫人分庭抗禮，對瑾澤的幫助會很大，但這邁出去的第一步，一定要慎之又慎，善堂不是個好選擇。妳剛到肅州，不要急於求成！」

「我知道嬸娘的意思，嬸娘是希望我慢慢來，穩中求勝。」敏瑜點點頭，卻又笑著道：「但是，嬸娘可知道我為何會選擇從善堂入手？」

「我知道，那是因為妳看到了善堂的重要性。」張夫人輕嘆，眼前的女子或許聰慧過人，或許眼神毒辣，但她終究還是個半大孩子，只看到了插手善堂成功能夠帶來的巨大影響和好處，卻沒有想到背後的巨大風險。

「不，我最看重的是善堂在薛大人夫妻心中的地位，至於善堂的重要性，我還真不在意。」敏瑜笑了，她可不是那種只看到利益卻忽視了風險的人，她輕笑著，道：「比起一點一點地試探別人的容忍度，我更喜歡一開始就挑戰她的最大容忍度；我相信，經此之後，我不管再做什麼，她都會更容易接受，不是嗎？」

「妳的意思是……」張夫人有些動容地看著敏瑜，這才明白敏瑜的目的，她並非想要將手伸進善堂，而是藉此讓薛夫人對她有更大的容忍之心。如果她成功了，那麼以後她再插手別的事情就會簡單很多，薛夫人抵觸之心也會淡一些……可是，她能成功嗎？

敏瑜點點頭，而後又笑道：「往善堂送東西的決定並非心血來潮，嬸娘不用擔心，我不敢肯定就能成功，但卻能保證不會給自己和瑾澤惹一身腥。」

張夫人定定看著敏瑜，從她那張猶帶稚氣的臉龐上看到了巨大的信心，她張了張嘴，卻又閉上，好一會兒，輕嘆一聲，道：「我也不問妳準備怎麼做了，但妳一定要慎重！」

「嬸娘放心，我會的。」敏瑜笑著點頭，張夫人不問自然最好，做事最忌諱的只有兩個字——「不密」，張夫人不多問，那麼她也不用為難，更不用得罪人了！

與此同時，從齊府回到家的薛夫人，也因為這件事情把薛府的大管家叫了過來，這一次她沒有讓女兒避開，今天和敏瑜的交鋒給她最大的衝擊只有一點，那就是不能再將女兒當成孩子了，要不然的話，她永遠都長不大。

母親的態度轉變，薛雪玲自然察覺到了，對此她很開心也很興奮，腦子思忖著，一定要給母親出點主意，讓她知道自己其實已經能夠為她分憂了。

「這楊夫人未免也太不知道天高地厚了！」聽了薛夫人的話，大管家孫明冷笑起來，道：「她以為肅州是她一個小丫頭片子就能掀起浪花的地方嗎？」

「孫明，你可別小看了這丫頭片子！」薛夫人輕輕地搖搖頭，道：「不管怎麼說，她都是都指揮使夫人，是老爺上司的夫人！」

「上司」兩個字幾乎是從牙縫裡擠出來的，薛立嗣在都指揮同知的位置上已經待了整整十一個年頭了，盯著都指揮使的位置也五、六年了，為了能夠坐到這個位置上，她和薛立嗣都在努力著。就在去年大捷之後，他們都還信心滿滿地認為接任這位置的人非薛立嗣莫屬，可是就在他們為勇國公辭去都指揮使一職、留在京城頤養天年的決定歡欣鼓舞的時候，都指揮使花落他家的消息猶如一盆冰水，將他們夫妻淋了一個透心寒。

當然，要是落到了和薛立嗣一般資歷、身分的人身上也就罷了，偏偏接任者居然是楊瑜霖，一個什麼都比不上薛立嗣的年輕人，他們怎能服氣？

但是就在他們多方籌劃，準備在楊瑜霖上任之前將這件事情破壞的時候，一個更壞的消息傳了出來。朝廷居然下旨，將大戰之後肅州軍所剩不多的精兵良將抽調至兗州！被抽調的將領中，有足足五成是薛立嗣培植、提拔上來的，另外還有兩成則是支持薛立嗣上位的。

這樣的打擊，讓他們不得不停止了之前的所有謀劃，將目標從在楊瑜霖上任之前將此事破壞，改成了楊瑜霖上任之後，讓他灰頭土臉地下臺。反正，他們是絕對不會就此認命的──楊瑜霖實在太年輕，如果讓他坐穩了這個位置，那麼除非他犯了不可饒恕的錯誤、除非他英年早逝，薛立嗣都將無出頭之日，而那是他們夫妻怎麼都無法接受的。

「那又如何？這裡可是肅州，別說她一個小丫頭片子，誰來了也不能越過夫人您！」孫明冷笑一聲，道：「夫人，該怎麼應對，小人聽您的吩咐！」

「老法子！」薛夫人冷笑一聲，道：「她要是送了吃食，那麼該拉肚子的就拉肚子，該嘔吐不止的就嘔吐不止；要是她謹慎些，吸取了前車之鑑的教訓，送了衣物的話，那麼身上起紅斑也一樣，夠她吃一壺的！」

「娘，這法子會不會老套了些？」薛雪玲插嘴，道：「齊夫人是什麼態度您也看到了，席間她們還一起消失了一會兒，說不定已經將自己的事情和她說過了，萬一她改了主意，什麼都不送的話，那又怎麼辦呢？」

「法子最要緊的是有用，老套一些沒關係。」薛夫人嗤了一聲，道：「至於要是她改變主意……孫明，你讓人把楊夫人的善舉傳出去，務必讓肅州的百姓都知道，重陽節那日，楊夫人會往善堂送些東西給老人們過節。」

「小人明白。」孫明點點頭，笑著道：「夫人真是英明，這樣一來，楊夫人不管怎麼做，都會惹一身騷的。」

「那不夠！」薛夫人搖搖頭，道：「她和齊夫人可不一樣，齊夫人只要不想動我的大餅，那麼我們便可以相安無事，但她……孫明，她要是不送東西，就讓她成為肅州的笑話；要是送了，那就把事情鬧出來，務必將她的名聲徹底搞臭！當妻子的名聲臭大街了，他楊瑜霖還能坐得穩自己的位置嗎？」

「夫人高明！」孫明奉承了一句，道：「小人這就去做事。」

「慢著！」薛雪玲叫住孫明，而後看著薛夫人，道：「娘，只是上吐下瀉或者身上起些紅斑，是不是有些不夠分量呢？」

看著女兒臉上閃爍著的戾氣，薛夫人立刻明白了她是什麼意思，她皺起眉頭思索著，好大一會兒之後，輕輕地搖搖頭，她知道有的時候做事不能有婦人之仁，但她也無法草菅人命。

「娘！」薛雪玲急了，道：「我知道您心軟，可是您也說過，有的時候是必須得狠心一些的。」

「玲兒，不要再說了！」薛夫人搖搖頭，依舊不願意採納女兒的意見。

「娘！」薛雪玲嘴上叫著她，但卻有大半的注意力落在孫明身上，她帶了幾分蠱惑地道：「如果楊夫人是給善堂裡的哥哥姊姊、弟弟妹妹送東西的話，我也不會這麼想，可她是給那些上了年紀的老頭、老太太送東西，他們就算不出什麼事情，也活不了幾年了……」

「好了，什麼都別說了！」薛夫人打斷女兒的話，道：「我絕對不會同意的，我不希望妳再說這樣的話！」

「我知道了。」薛雪玲撇撇嘴，表示薛夫人的話她聽進去了，不過，孫明臉上閃過的狠戾她也沒有錯過，她知道，自己的話孫明也聽進去了……

——未完，待續，請看文創風219《貴女》5完結篇

穿越做地主　努力向錢看

小確幸也能有大精彩，品嚐種田新滋味／月色如華

醫仙地主婆

全套五冊

她的命格據說貴不可言，
但現代女穿越來到大名朝，現代技能難施展，
只好立志坐擁良田向錢看，究竟會怎麼貴起來？

文創風 203 1

車禍穿越來到完全沒聽過的大名朝，中醫林小寧成了農村小姑娘！
上有老獵戶爺爺和大哥，下有年幼的妹妹小香和傻弟弟小寶，
一家人窮得快揭不開鍋，還好上天給她一個寶物——隨身空間！
既然已成定局，她乾脆「轉行」靠土地吃飯，
要是能坐擁百千良田，也不枉穿來這一遭了……

文創風 204 2

林小寧卻突發奇想，又是買地又是建設，
這廂她忙得不亦樂乎，那廂縣令卻換了個年輕的蘇大人，
林小寧好奇萬分，成天跟著她到處轉，莫非是對她有意思？
而她之前救了個陌生男子，如今對方現身桃村，自稱是「王大人」；
大人物同時出現，到底是關心地方，還是對她的「能力」起疑？

文創風 205 3

桃村漸漸開發，生氣盎然，林小寧更是賺得笑呵呵；
不過人怕出名豬怕肥，有了名之後，麻煩也就滾滾而來——
前有個太傅之女曾嫣嫣要跟她「切磋」醫術，卻是來了不走，
後有身分成謎的王大人，一副對她勢在必得的態度，又是在演哪一齣？
待她多方觀察，才知王大人並非姓「王」，而是本身就是個王！

文創風 206 4

林小寧被封為天下「醫仙」，在京城還有了自己的「醫仙府」，
好姊妹也一同創業，將華陀術發揚光大，但厲害如她也有解不開的難題！
寧王之母貴為太后，雖然心喜小兒子要娶親，
可嫌她只是平民，還曾經議過親，根本配不上皇子！
婆媳問題成了擋路石，縱然林小寧是醫仙也束手無策啊……

文創風 207 5 完

欽天監卜出一卦，寧王死劫只有林小寧能解，代價卻是以命相抵，
預言一出，教他怎麼敢娶？自己的深情將置她於死地，
捨棄令人痛，卻也必須捨，為保住心愛的女子，
他只得請皇上下旨退婚，又將醫仙府護衛得滴水不漏，便離京赴戰場；
但他的舉動卻讓林小寧誤會，有情人為此分隔兩地……

筆鋒犀利，一解心中千千愁／蕭九離

重生婆婆鬥穿越兒媳

全套二冊

帶著憾恨重生而來的王府續弦妃、
不甘落於人後的穿越世子媳，
大家各憑本事，置之死地而後愛！

文創風 213 上

前世恍如一場夢魘，教重生後的顧晚晴不能忘也不想忘，
都恨她識人不清，引狼入室，害死了娘親，連自己也慘遭毒手，
豈料再世為人，不但沒聽見那包藏禍心的庶妹遭到報應，
還因「賢孝之名」被指婚給平親王世子，教她如何甘心?!
既然蒼天無眼，那就由她親手了結這段弒親奪嫡之恨——
素聞平親王姜恒雖是而立之年，卻因接連剋死五妻而無人敢嫁，
那教名媛們避之唯恐不及的王妃之位，便是她復仇之路的開端，
無論如何，她都要先一步嫁進王府，設下天羅地網，
任憑那庶妹本事再滔天，她也要與之纏鬥不休，
死過一回之人何懼之有？如今，她要把失去的一一討回來……

文創風 214 下

想她侯婉雲，事母至孝，割肉救姊，是名動京城的「嫻德孝女」，
殊不知，身為侯府庶女的她為求上位，不擇手段！
舉凡所有討好嫡母、嫡姊的手段，全是謀害伎倆，
既能為前程斬除一切阻礙，又能博得好名聲，真可謂兩全其美。
眼看她終於如願以償，又求太后指了婚，
只盼著嫁進平親王府，和和美美地當她的世子妃，
偏偏那王妃婆婆處處針鋒相對，彷彿跟她有仇似的，
從進門第一天就不給她好果子吃，嫁禍栽贓樣樣來，
面上仁慈似菩薩，手段卻狠厲如修羅，逼得她鬥心再起！
有道是敬酒不吃吃罰酒，既然婆婆不仁，就休怪兒媳不義……

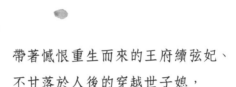

情感刻劃細膩，催淚指數破表／溫柔刀

娘子不給愛

全套五冊

她知道他不喜她生的兒子……準確的說法，是厭惡。
可在兒子振翅高飛的戰場上，她需要他豐厚的羽翼擋住利箭，
因此，她戴上溫婉的假面，當起他要的可人妻子……

文創風 208 1

別人穿越不是吃香喝辣，生活起碼也過得不賴，
可她不知是否前世把老天爺給得罪慘了，
穿到張小碗這個八、九歲的小女孩身上也就罷了，
偏偏這女孩家裡一窮二白，就是生生給餓死的呀！
而且她上有體弱父、懷孕母，下還有兩幼弟，
重點是，家裡只剩下一咪咪向別人借來的糙米可吃啦！
看來得想法子覓食了，否則她肯定得再死一回啊！

文創風 209 2

為著政治利益一些狗屁倒灶的事，張小碗被親舅舅迫著出嫁，
即便這個舅舅多年不曾往來過，她也只能被趕上花轎嫁人去，
果然，她一個鄉下出身的村婦，哪配得上京城當官的夫家？
要不是因為舅舅救過她公公，這樁婚事根本輪不到她頭上，
她硬生生占住了汪家正妻的位置，惹得公婆不疼、夫君不愛，
這不，新婚沒幾天，她就被夫家趕到偏遠的宅子自生自滅了！
幸好她很滿意流放的日子，但……她開始噁心嘔吐是怎麼回事？

文創風 210 3

她懷孕生子了！一次就中，該說她張小碗倒楣到家嗎？
老天爺對她真是太壞了，這苦難的日子就沒一刻消停，
什麼母以子貴這種鬼話，她是完全沒在信的，
雖說她這當娘的出身不高，她的兒子八成也不得人疼，
但不怕一萬，只怕萬一，她產子一事還是能瞞就瞞吧，
不料，這事最終還是透了風，教她公公給知道了，
迫於無奈，她只得帶著兒子，千里迢迢回汪家認祖去啦～～

文創風 211 4

汪永昭，一個令歷任皇帝都忌憚不已、欲殺不能的大臣。
他不僅聰明絕頂，而且心腸比誰都狠，不喜的便是不喜，
兒子自小便恨極了他，因為他的存在對他們母子倆只有磨難，
然而張小碗卻清楚明白一點——違抗他是沒有好果子吃的。
因此在他跟前，再低的腰她都彎得下去，他的話也必定服從，
對她而言，他從不是什麼良人，只是一個可怕而強大的對手，
她小心謹慎地踏出每一步，因為一步錯，迎來的必是粉身碎骨！

文創風 212 5 完

汪永昭寵著她、護著她，會為她醋勁大發、與皇帝對峙，
甚至，為了不讓她傷心，他還瞞著她幹了不少好事、髒事，
這男人愛上她了，她知道，但張小碗並不愛他，他也知道。
男人的愛從來就不久長，尤其還是個權力大過天的男人，
她明白只有順著他的毛摸，才能換來他的寵愛與憐惜，
所有他想要的一切，她都可以給也願意給，除了愛。
呵，相較於他的冷酷，狠心絕情的她其實也不是個好人啊……

流浪貓狗介紹所

LOVE

為流浪貓狗加油 和貓寶貝 狗寶貝

廝守終生(一定要終生喔！)的幸福機會

對人來說，貓寶貝狗寶貝只是生活的一部分，
但妳（你）對牠們來說，卻是生活的全部，領養前請一定要考慮清楚——

▲ 等真正幸福的饅頭

性　　別：男生
品　　種：米克斯
年　　紀：3歲
個　　性：樂觀懂事、親人親狗
健康狀況：已結紮、定期注射疫苗、
　　　　　定期體內外驅蟲。
目前住所：新北市三芝區

本期資料來源：https://www.facebook.com/blackmixmantou

『饅頭』的故事：

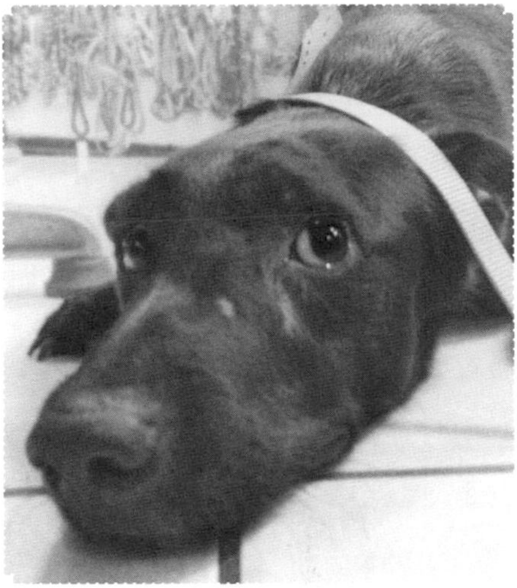

第一次遇見饅頭，是在街道上的寧靜角落。面對我的靠近，牠總是搖著尾巴，笑臉迎人，那親人、不怕生的可愛模樣融化了我的心。不捨牠這般流浪，所以當時我積極為牠尋找家人，但也因為是第一次送養，以為牠真的找到幸福時，卻因自己未好好了解認養人，在半年後被告知饅頭因為齒槽癌癌末，只剩下幾個月的生命……

聽到這個消息，我不禁錯愕又自責。尤其看到饅頭受病痛折磨，口、耳、鼻流著膿血而奄奄一息，在抱饅頭的那一刻，眼淚不禁落了下來。半年前牠還是健康的小幼幼，為何在短短的時間內就病成這樣？聽認養人說僅帶照片給醫生看，就草率判定牠罹患齒槽癌?!當下，我決定帶回饅頭，親自帶牠送醫治療，才得知牠可能在流浪時期，口腔感染到菜花，因未及時發現，所以才會這般嚴重。

在治療的過程中，饅頭那股堅毅眼神，時不時將頭靠在我的腿上，像在安慰我不要傷心，牠會挺過去，我不禁對牠在受這麼大痛苦時，還會體貼人感到窩心，同時又萬般自責牠這般堅強懂事，竟遭受這等折磨！所幸饅頭撐過來了，現在身體恢復良好，不過因為感染到菜花，以後不能再啃骨頭或任何尖銳食物，但吃飼料是沒有問題的。

熬過病痛的饅頭恢復以往的活潑、有朝氣，特別喜歡和人玩耍，也和其他狗狗相處得很好。在饅頭小幼幼時就很會討人喜歡，而現在的牠更體貼人了！歡迎來信至ivy0623@yahoo.com.tw，讓這個苦過來、樂觀堅強的孩子，能夠擁有真正溫暖的家。

認養資格：

1. 認養者須徵得家人或室友同意，若租屋者要確認房東是否同意飼養。
2. 認養後須配合後續送養人不定期之追蹤探訪。
3. 若因任何原因無法續養，認養人不得任意將認養動物轉讓予他人，必須先通知送養人並與送養人討論。
4. 同意於認養時與狗狗及送養人合照並簽署認養協議書，並提供身分證影本。

來信請說明：

a. 個人基本資料：姓名、性別、年齡、家庭狀況、職業與經濟來源等。
b. 想認養「饅頭」的理由。
c. 過去養寵物的經驗，及簡介一下您的飼養環境。
d. 若未來有當兵、結婚、懷孕、畢業、出國或搬家等計劃，將如何安置「饅頭」？

文創風
218

貴女 4

國家圖書館出版品預行編目資料

貴女 / 油燈著. --
初版. -- 臺北市 : 狗屋, 2014.09
冊 ; 公分. --（文創風）
ISBN 978-986-328-345-4（第4冊 : 平裝）. --

857.7　　103013317

著作者	油燈
編輯	王佳薇
校對	張詠琳　黃亭蓁
發行所	狗屋出版社有限公司
地址	台北市104中山區龍江路71巷15號1樓
電話	02-2776-5889～0
發行字號	局版台業字845號
法律顧問	蕭雄淋律師
總經銷	知遠文化事業有限公司
電話	02-2664-8800
初版	103年9月
國際書碼	ISBN-13　978-986-328-345-4
原著書名	《贵女》，由起點女生網（www.qdmm.com）授權出版

定價250元

狗屋劃撥帳號：19001626

網址：love.doghouse.com.tw　E-mail：love@doghouse.com.tw